U0533675

「瘾」私门

安娜芳芳
大卫 **著**
Anna fangfang
David

重庆出版集团 重庆出版社

图书在版编目（CIP）数据

"瘾"私门 / 安娜芳芳，大卫著. -- 重庆：重庆出版社，2012.7

ISBN 978-7-229-05017-7

Ⅰ. ①瘾… Ⅱ. ①安… ②大… Ⅲ. ①推理小说－中国－当代 Ⅳ. ①I247.5

中国版本图书馆CIP数据核字(2012)第050223号

"瘾"私门

YIN SI MEN

安娜芳芳 大卫 著

出 版 人：罗小卫
责任编辑：陶志宏 何 晶
责任校对：郑小石
装帧设计：弗工作室

重庆出版集团
重庆出版社 出版

重庆长江二路205号 邮政编码：400016 http://www.cqph.com
北京市雅迪彩色印刷有限公司制版
北京市雅迪彩色印刷有限公司印刷
重庆出版集团图书发行有限公司发行
E-MAIL：fxchu@cqph.com 邮购电话：023-68809452
全国新华书店经销

开本：710mm×1000mm 1/16 印张：15 字数：222千
2012年7月第1版 2012年7月第1次印刷
ISBN 978-7-229-05017-7
定价：28.00元

如有印装质量问题，请向本集团图书发行有限公司调换：023-68706683

版权所有 侵权必究

人希望被爱，若没有，那么被崇拜。没有被崇拜，那么被畏惧，没有被畏惧，那么被仇恨和蔑视。人想给他人注入某种感情，灵魂害怕真空，不顾一切代价，它向往接触。

——《格拉斯医生》 [瑞典]雅尔玛尔·瑟德尔贝里

第一章

再过几天就是2008年的圣诞节了。

在上海市区最繁华的地段,一所名叫"逸园"的老式花园洋房里,美国西岸联合化工有限公司大中华区的精英年会正在热烈进行中。

西岸化工是全美最大的三家化工企业之一,在全球亦能排到前五名之内,是极具实力和规模的跨国企业。早在20世纪的八十年代,西岸化工美国总部就决策进入中国市场,在深圳建立办事处和分公司。近三十年来,西岸化工在中国境内先后成立了二十多家独资和合资企业,大中华区的总部则选址上海,下辖中国公司在金山的老化工基地建有大片合作厂区,又在淮海路的核心商圈租用了最顶级商务楼里的好几层楼面办公。

有意思的是,西岸化工大中华区总部的办公地点并未设在任何一座现代商务楼中,而是租用了一栋位于原法租界内的旧上海老洋房。

今天晚上是孟飞扬头一次来到"逸园",却不是受邀参加年会,而是陪同自己所在的伊藤株式会社的日本老板——攸川康介来求人帮忙的。

攸川康介被西岸化工的塑料产品部总监张乃驰请进二楼办公室,孟飞扬知道他们的会晤不可能很快结束,便独自下楼走走。老洋房的底楼大厅特别高阔,淡香的空气清爽流动,此时挤满了参加年会的来宾,却没有丝毫气闷的感觉。墙壁、地面和天花板一律由雪白的大理石铺就,纤尘不染,几乎能予人圣洁之感。晚会的灯光极为考究,错落交织的淡金色光晕将现场渲染得如同一场温暖的绮梦。

孟飞扬从现实主义的角度考较,立刻暗暗得出结论——对一家从事商业活动的公司来讲，这个空间绝对至美而无用。正如他从"逸园"的院门走到主楼建筑时，需要穿过的那片相当于半个足球场大的草坪，坦然横陈在上海寸土寸金的市中心区，仿佛只为维护草坪中央一棵掉光了叶子、在寒风中瑟瑟发抖的丁香树。

如此奢侈，实在令人惊叹。

"咦？你怎么站在这里？从这个角度什么都看不见啊。"

孟飞扬一惊，意识到身旁有人在向自己问话。他扭过头去，一张妆容精致的面孔落入视线，无边框的眼镜上反光灼灼，薄薄红唇从两头翘起，弧度恰到好处。

"我……呃，前面站满了。"其实孟飞扬是特意找了个不引人注目的角落藏身，他心事重重，本没有凑热闹的兴致。现在抬头一看，眼前果然被楼梯挡得严严实实。

红唇的小舟轻轻一荡，她向孟飞扬招招手："来，跟我来。"

女人带着孟飞扬在人群中穿梭，七拐八弯，好一阵眼花缭乱，她突然停下："唔，这里看得很清楚……你是第一次参加精英年会吧？"

"是。你呢？"

"我是西岸化工的……"她转过脸来对孟飞扬说，"Maggie，西岸化工大中华区的人事总监。"

"哦，幸会。我叫孟飞扬，伊藤株式会社的。"孟飞扬有些尴尬，这位Maggie身上的香水味很浓烈，他止不住地想打喷嚏，只好把头转向前方，尽可能避开那股香气。

Maggie又开口了，带着广东口音的普通话："你觉得怎么样？"

"啊？你指什么？"

也许是感到孟飞扬反应迟钝，Maggie轻轻哼了一声："他的演讲啊，我们的李威连总裁——William Lee。"

到这时孟飞扬才注意到，前方不远处的柔金色光环中，一个男人正在用英语侃侃而谈。

"哦，应该很不错吧。"

她眯起眼睛重复:"应该很不错?"语调在末尾不经意地上扬,极富礼仪的反问和香气一起抛过来,孟飞扬连忙抬手揉了揉鼻子:"我学的是日语,英语很一般,看看文档、写写邮件还行,听这样的演讲嘛……就不太行了。不过我看大家都听得津津有味,所以应该很不错。"

Maggie盯着孟飞扬瞧了瞧,随即露齿而笑:"你失去了一个多么好的机会。William的演说向来为人称道,尤其是他的英语演讲,不仅充满真知灼见,而且语言精致优美,是非常难得能听到的高雅文辞。你看,今天的来宾以中国人为主,可是很多都专程来听他的英文演讲。"

她的语调中充满难掩的骄傲,她的容貌原本精巧有余,却不够生动,这时也在真情洋溢中焕发出可爱的感染力。

孟飞扬没有答腔,拼命夸耀老板的下属他见过很多,有假意吹捧的,也有盲目崇拜的,这位Maggie的溢美之词即便出于真心,也不足为奇。但她成功地引起了孟飞扬对那位演讲中的总裁的兴趣。

认真观察后的第一印象差点儿让孟飞扬脱口发问:"你们的总裁是老外吗?"李威连总裁有一张轮廓分明、肤色洁净的面孔,很容易使人误会为乌眸黑发的白种人,尤其是高昂的眉宇和清朗的双颊,是中国男人的相貌中极罕见的。更为奇妙的是,这张脸的线条在刚硬中蕴含柔和,正是这种东方式的温文感帮助孟飞扬及时纠正了错觉。

李威连的微笑从容不迫,演讲时情绪饱满而热忱适度,体现了强大的掌控力,从而也泄漏了他的实际年龄——虽然外表看去不到四十岁,但如此自信自持需要丰富的阅历和经验的堆积,他应该已届中年。笑容冲淡了面貌中天生的冷峻,完全能够想象得到,他严肃时会如何令人敬畏,不过现场气氛很好,来宾们时时欢笑鼓掌,可以猜出李总裁的妙语连珠。

李威连总裁的魅力相当显著,又与孟飞扬见识过的其他商界精英很不相同。他的笑容平淡,不虚伪、不讨好、不自满,也没有夸张的激昂。处于被瞩目的中心,他丝毫没有失去平衡感,这使他显得卓尔不群,也暴露出个性中的清高。

"你以前没见过William吗?"

孟飞扬猛醒到,旁边这位西岸化工的人事总监Maggie一直在仔细观察自己。

"是，今天是头一次。"孟飞扬承认。红唇小舟仿佛驶入漩涡，微笑停滞在脸上。孟飞扬连忙加了一句："李威连总裁的声名在对华化工贸易圈子里如雷贯耳，我虽然一直没机会见到真人，传说也听了不少。"

这番发自真心的客套并没让Maggie满意，职业化的笑容已经稀薄得遮不住满脸狐疑："精英年会邀请的都是西岸化工大中华区最重要的合作伙伴和客户，你怎么会没见过William呢？"

她的语气让孟飞扬深感自己犯了错，可究竟是错在未经邀请擅自闯入呢，还是错在到了人家的地盘上居然不识真神？孟飞扬有些想不明白。

"嗯，你刚才说伊藤株式会社……今晚的客人名单里似乎没有这家公司？还是我记错了？"

孟飞扬决定不叫Maggie继续为难："我是陪我的老板攸川康介先生来的，他并没受邀参加年会，只是与贵公司的张乃驰总监有约，今晚过来谈些事情。他们十分钟前进了二楼办公室，我就下楼来随便走走。"

不等Maggie答话，他往二楼的方向指了指："老板们估计快谈完了。对不起，少陪。"

"哎，马上要在花园里放焰火，先去看焰火吧。"

孟飞扬对背后飘来的话音置之不理，急匆匆走向乳白色大理石的旋转楼梯。刚跨了几级台阶，大厅里传来噼里啪啦的鼓掌声，李威连改用字正腔圆的普通话招呼众人去花园观赏焰火表演。孟飞扬停住脚步，探头向楼梯下望了望，正瞧见Maggie满脸热切地望向前方，如同小女孩般直白的崇拜之色好似绯靡的火焰，点燃她的双颊。

随着她的目光，孟飞扬看见李威连独自站在金色的灯光中央。来宾开始往门口散去，李威连并未领头前行，而是沉默地伫立在众人背后，像是守候，又像是送别。孟飞扬居高临下，只觉大厅被骤然分成两个部分，一部分是熙熙攘攘骚动的人群，另一部分则是完全隔绝在光环中的沉静身影，宛如一位身披金缕的孤漠君王。

孟飞扬转身向上，其实华宴、君王和女粉丝均与他无关，他只期待攸川老板赶紧谈完。此时，孟飞扬的女朋友——戴希正在"逸园"附近的咖啡馆里等着孟飞扬，今天是她的生日，如果不是为了陪攸川来"逸园"，现在孟飞扬应该在为心爱的女孩庆生呢。寒潮来袭，今晚异常寒冷，而且看起来马上就要下雪，孟飞扬真不愿意让戴希再等下去了……

大理石楼梯上铺着深灰色的羊毛地毯，质地高贵得让人不忍心践踏。孟飞扬记得刚才张乃驰领着攸川进了自己的办公室，应该就是正对楼梯的这间吧。

乳白色的房门紧闭着，孟飞扬在门前犹豫，突然听见一声含糊不清的呼号从屋内传来，好像濒临绝境的野兽发出的哀鸣。他吓了一大跳，赶紧跨步凑到门前，再想仔细听听，楼下响起了爵士风格的钢琴曲，和着宾客们的谈笑，紧闭的房门里又似乎变得寂寂无声了。孟飞扬的鬓角有点冒汗，他举起手刚要敲门，门打开了。

"唔，是飞扬啊？有事吗？"

开门的正是西岸化工的塑料产品部门总监张乃驰，他笑容可掬地向孟飞扬问话，还亲切地眨了眨眼睛。张乃驰主持的塑料产品部和伊藤株式会社的生意往来比较多，并且他和攸川康介本人似乎也有些私交，因此孟飞扬曾见过他好几次。在孟飞扬的印象中，张乃驰是"力图让所有人喜欢的"那种人，他的心思细腻，很能照顾他人的感受，与人相处时从不吝啬溢美之词。就连他那张和港星张国荣酷似的脸也令人尤其是女人平添几分好感。可惜他虽有一副好相貌，气质却太过阴柔，有点儿"娘娘腔"，以至于张乃驰是同性恋的流言飞语传得沸沸扬扬。

"哦，张总，我来看看你和攸川君谈完了吗，李总的讲话刚刚结束……"

张乃驰打断了孟飞扬的话："是啊，是啊，谈完了，正好谈完。呵呵，花园里马上要放焰火了吧？"他轻捷地从孟飞扬的旁边闪身出屋，一边还兴致勃勃地招呼，"走，一起去看看。老洋房花园里的焰火，可是难得一见的哦。"

孟飞扬朝屋内看去，攸川康介肥胖的背影埋陷在皮沙发里，一动不动。他随口答应着："马上就去，您先请。"随即迈步进了办公室。攸川面朝办公桌而坐,背冲着门口,孟飞扬在他身后叫了两声,没有应答,只好转到他的前方。

这是一张濒死之人才有的脸。通红的双眼嵌在惨白的面庞上,汗珠从光秃的额头不停淌下,原来肥厚的面颊全部松垮下来,好像整张面皮虚挂在脸上,随时都要脱落似的。孟飞扬大吃一惊,连忙躬身轻唤:"攸川君,攸川君!"

一连叫了好几声,攸川康介才费力地抬起眼皮,看了看孟飞扬。

"唔?你怎么还在这里?"他的声音虚无飘渺,仿佛来自另一个空间。

"我……"不是你要我来陪你的吗?!但孟飞扬没有这样说,只是问,"攸川君,你和张总谈得怎么样?他肯帮忙吗?"

"张总?帮忙?……"攸川康介喃喃着,突然间双手抱头,从喉咙挤出一声呜咽,好似承受着锯齿锉骨般的痛楚,"完了,全完了,他……这一切全都是他……"

"什么?什么全完了?"孟飞扬的手心完全汗湿了,紧张得连连追问,"攸川君,您说什么?什么他?"

攸川康介终于抬起头来:"你走吧,快走吧。快离开这里。"

"可是……攸川君,你没事吧?需要我送你回去吗?"

"我没事,没事。"攸川康介扭动嘴唇,露出堪称狰狞的笑容,"乃驰答应送我回酒店。"

孟飞扬迟疑了一下:"那……好吧。"他向外走了两步,又转回去,从口袋里掏出封特快专递,"差点儿忘了,这是日本来的特快专递,今天中午刚送到公司,我就给您带过来了。"

攸川康介直勾勾地瞪着孟飞扬,好像不明白他在说什么。孟飞扬等了好一会儿,攸川康介才将特快专递接过去,手抖得几乎托不住封套,然后虚弱地嘟囔了一句:"走吧……"

二楼的左侧有个大露台,花园里的焰火表演已经开始了,露台边的落地长窗上映出五彩斑斓的图景,伴随着轰鸣和尖啸,仿佛只要推开窗户,就能见到战火纷飞的战场。孟飞扬走上露台,攸川康介的样子令他很担心，因此他打算稍等会儿再去看看，确认没事以后再离开。

孟飞扬就职的伊藤株式会社，是一家以化工产品为主的日本贸易公司，公司老板攸川康介是个中国通，二十多年前就开始和中国做生意。孟飞扬三年前跳槽到伊藤，攸川老板对他颇为器重，很快就把他提拔到了华东业务负责人的位置上。孟飞扬干得兢兢业业，业绩十分出色，攸川康介信赖之下，更是逐渐把中国绝大部分的业务都交给孟飞扬打理。

可就在临近今年年底的时候，伊藤的一桩大业务出了问题。一个星期前，攸川康介从日本赶赴北京，似要为此项大单亲身一搏。不过在孟飞扬看来，这个年逾六旬的日本人显得力不从心：始终灰白的脸色、时常前言不搭后语；稍微多走几步路就气喘吁吁、手脚颤抖不停，还不时咳得前仰后合，搞得孟飞扬跟在旁边紧张兮兮，老是担心他会突然不支倒下。

其实，这笔供给中国最大的石油化工企业——中晟石化的生意一直是攸川康介独自处理的，直到大批货物在智利的瓦尔帕莱索港口上船发运，孟飞扬才得到攸川的通知，当时他就感到费解甚至隐隐的不快。但后来这笔交易出现问题的时候，孟飞扬还是按照攸川的指示竭尽全力地操办补救，以至于连女朋友戴希出国留学三年后第一次回沪，都只能在机场接到她后又立即出差，去北京与中晟石化总部接洽，以及和相关银行打通关节，可惜全都劳而无功。

因为西岸化工和中晟石化的关系相当深入，今天攸川康介突然提出要找西岸化工的张乃驰总监帮忙，还让孟飞扬陪他来姑且一试。万万没想到，谈话结束后攸川康介会是这么个可怕的模样。孟飞扬摸不着头脑——他们到底怎么谈的啊？

从二楼的露台往下看，大草坪上已经站满了翘首观赏的宾客，不知何时下起的大雪漫天飘舞，一束束焰火升入半空，在白色雪雾中瞬间绽放，随即又落英缤纷，硝烟弥久不散，给半白的夜增添了一股硫磺火气。人群中欢声笑语此起彼伏，好一阵才安静下来。

孟飞扬想给戴希打个电话，掏出手机一瞧，没有信号。正在懊恼，露台之下飘来轻言细语，不可阻挡地钻入耳窝。

"William！你现在就要走吗？年会还没结束呢。"

"我的任务已经完成了，后面的程序由你们来执行。"

"可是William，来宾们都希望和你多聊聊的……"

"你们知道该如何处理。精英年会这个说法不就是你提出的吗，Maggie？"

"……William，我请示过你。"

"是啊，可笑的提法。不过今天看来效果不错，来宾们很喜欢被称为精英。Maggie，干得不错，所以还是由你继续招待他们吧——可爱的精英们。"

"……Richard今晚一直在和日本人谈话，你知道是什么事吗？"

"塑料产品部的事情由Richard全权负责，既然你这样好奇，可以直接去问他。"

"可你……再等一会儿走吧，雪下得好大。"

"我现在必须走。"

"William，你、你又要去那个地方吗？就是从边门过去的……"

"你在监视我？"

"不！我只是偶然看见……要不让司机开车送你吧？步行会冷的。"

"没关系。"

最后这句话沉着地关闭了隐秘之门，整晚在"逸园"里所感受到的不自在达到顶峰——此地不宜再留，孟飞扬决定马上离开。

最后几束焰火啸叫着升上夜空，在白色的雪雾中砰然炸开，又徐徐湮灭。户内灯光骤灭，有人在喊："焰火结束了，大家去前厅，最后一个节目是Richard亲自为大家演奏钢琴曲！"孟飞扬瞥了眼手表，已经过了十点，他看看变得漆黑一片的室内，微微觉得诧异，即使灭了大灯创造气氛，刚才自己离开办公室时，记得并没有关门，怎么没有灯光从那里透出？难道攸川康介已经离开了？一楼大厅里面点起星星亮亮的烛火，宾客们三三两两从室外返回，孟飞扬靠近栏杆借着从楼下传来的微光前行，很快摸到了张乃驰的办公室外。

他举手一推，房门就开了。里面一样黑暗，只有窗上透进雪夜特有的灰色。孟飞扬竭力朝内张望，办公桌前的皮椅上已经看不见人影，看样子确实离开了……他松了口气，刚一转眼却发现靠近右侧门边的墙下横躺着一个人！孟飞扬的心狂跳起来，那个人形分明就是攸川，他肥胖的身躯和在一片漆黑中银闪闪的西装孟飞扬再熟悉不过。

　　孟飞扬本能地伸手到墙上，摸到开关接连按了好几下，灯没有亮。他咽了口唾沫，低低喊了几声："攸川君！攸川君！"耳边只有楼下传来的鼓掌声，好像表演要开始了。孟飞扬往前跨了一步，脚下"咔嚓"声响，一只破损的酒瓶从他的脚边滚到门前。他惊惧地缩回脚，依稀看到地毯上长出深浅不一的瘢痕……孟飞扬突然意识到了什么，他深吸口气，快步跑向栏杆，冲着楼下的大厅高喊一声："出事了，快开灯！"

　　楼下大厅里，身穿全套黑色燕尾服的张乃驰正端坐到钢琴前，他微笑着掀起琴盖，头顶上猛然响起的喊叫声吓了所有的人一大跳。大家齐齐望向二楼，还没看清楚扑在栏杆上挥舞着双手的孟飞扬，钢琴前又是一声撕心裂肺的狂叫，人们再次齐刷刷地把惊恐的目光投到前方，荧荧的烛火跳动在张乃驰的脸上，这张出名英俊的面孔扭曲得完全变了形，他像见了鬼似的直盯着掀起的琴盖。站在最前排的人们发现，黑白相间的琴键上似乎有什么东西在闪着可怖的光芒。

　　片刻令人窒息的寂静之后，琴凳轰然倒地。张乃驰全身颤抖，倒退着爆发出新的嘶喊："是他！就是他！他想害死我！！一定是他！！！"

　　十点刚过，与"逸园"仅一街之隔的咖啡馆——"双妹1919"里的客人就已经走光了，整间店堂里只剩下戴希孤零零的一个人。其他桌上的蜡烛熄灭以后，本就昏暗的空间更显得阴森晦涩。

　　戴希第N次拨了孟飞扬的手机号，录音回复从最初的"您所拨打的用户暂时无法接通"变成"您所拨打的用户已关机"。戴希攥牢手机，听到自己的牙齿在打战，真的不想再等下去了。可窗外连一丝光亮都见不到，她将脸紧靠在冰凉的窗玻璃上，密集的雪花编成大网，寂寂无声地等待着猎物投怀——这时候出去是绝对叫不到出租车的。

　　现在戴希感到后悔极了，其实自己今天根本就不该来等孟飞扬——他究竟在干什么？为什么还不来？！

孟飞扬中午才从北京出差回来，晚上又要陪日本老板参加合作方的新年年会，本来他想等晚上忙完后就去戴希的住处，可她非要过来等他。于是孟飞扬才想了这么个地点，就因为"双妹1919"离他参加年会的西岸化工的总部不远。

"双妹1919"是上海一处颇有名气的怀旧主题咖啡馆，创办十年来始终是时尚杂志上津津乐道的怀旧符号。咖啡馆的生意很好，戴希三小时前刚到的时候，就只有垂纱落地的窗下还剩一张空桌了。

孟飞扬发来短信，说日本老板情况不佳，自己一时无法脱身，让戴希自己先吃些东西。戴希虽然百般不情愿，也只好在那唯一的空桌前坐下。她环顾四周，光线黯淡的户内满座，只有一名黑衣服的店员在其间忙碌，根本无暇朝她看上一眼。漆黑的护墙板从天花板一直延伸至地面，满满地装饰着殖民时期上海的标志物品：唱片封套、报纸影印件、黑白炭精画上的女明星看起来比老照片里更加眉目生动。

正对着戴希的这面墙上是一连三幅的月份牌，她百无聊赖地念起那个年代的商品广告：阴丹士林布、美丽牌香烟、双妹雪花膏。双妹雪花膏——画面上两个搔首弄姿脸蛋绯红的民国女人容貌和服饰都一模一样，那么说"双妹1919"的双妹就是指这个咯？

戴希觉得饥寒交迫，还是像孟飞扬说的，先吃点东西吧……可是，桌上居然找不到菜单！她不满地抬起头，刚想招呼店员，却发现桌前站了个身穿旗袍的女人。

深赭色旗袍竖领上是一张中年妇女的脸孔，她居高临下地打量着戴希，好像在审视一只误闯家院的小野猫："这张桌子有预订，你不能坐。"

"哦，我……不知道，对不起。"戴希局促地弓起身，又坐下了，"可是刚才一直没人对我说啊，而且旁边都没空位了。"

"那你也不能坐这个座位。"中年女人的语气生硬极了。戴希朝窗外瞥了一眼，玻璃底色更黑了，还隐隐地泛起白光，是不是已经开始下雪了？戴希感到心情烦躁，突然就赌起气来："你是谁？人家店里的都没说什么，你凭什么不让我坐？我就要坐这……"

"小姐，这个座位确实有预订。这位是我们的老板娘。"满脸慌乱的店员出现了，声音压得低低的。中年女人把双手往胸前一拢，颐指气使地申斥："你是干什么的？还要我来管这种事，跟你说过多少遍了，今晚这个座位必须空出来！"

戴希有点儿坐不住了，恰好旁边一桌客人起身离店，玻璃门开合之间风卷冰花，整间屋子都被寒气扫荡了一遍。"下雪了啊！"惊叹声零落入耳，戴希站起来："我换那桌吧，给我菜单。"

"小姐，这里的晚餐已经结束了。"

戴希瞪着老板娘比冰霜还冷的脸，咬了咬嘴唇，一屁股又坐回去："我要咖啡，咖啡你们总有吧？除非你告诉我现在就关门！"

"唔？我这里十一点关门。"老板娘的脸上扳出乖张的神色，愈加显得老气横秋，"不过小姐，今天晚上降温，外面已经飘雪花了。你看看人家都在埋单，咖啡嘛我劝你就不要喝了，早点走，省得晚了打不到车。"

早走？可我要等人啊，而且还不知道要等到什么时候！这一刻戴希简直恨透了孟飞扬，她故作姿态地昂起头："我就在这里喝咖啡，晚了有人来接我。"在桌子底下踢了踢穿着高筒皮靴的双腿，戴希加了一句："他就在后面那条街上的'逸园'开会呢，否则我也不在这儿等！"

"你说'逸园'？！"

"嗯？"戴希不解地瞅瞅老板娘忽然变得煞白的脸色。

"'逸园'？……原来是这样，很好。"老板娘嘟囔着扭身就走，又从牙缝里挤出句话来，"那你就坐这个座位吧，算是给你留的。"

戴希一头雾水，倒也不好再挪动了。

"小姐，您的咖啡。"

店员放下咖啡杯，立即闪身逃走。戴希啜了一小口，竟是难得一品的上好咖啡，醇香的味道刚刚在齿颊间弥漫开，端杯的手却情不自禁地颤抖起来。

难以言说的不安令戴希的心微微发紧，她从包里掏出手机，有些慌张地拨了孟飞扬的号码。"嘟，嘟，嘟……"一连拨了几个都是无人接听。

……漫长的三个小时就这样过去了，戴希从高朋满座等到一室凄凉。她一直在故作镇定地小口啜饮着咖啡，可是再小口这杯咖啡也终于喝光了。她想再要一杯，扬手招呼时，黑衣店员踪影全无，回应她的只有旧式留声机里的老唱片循环往复，单调的歌声让她全身发凉，大半个世纪前的青春和爱情已如烟而逝，再难追回……

"小姐，这张台子有预订，能不能请你换一张？"

怒火腾地冲上头顶，就算戴希平时是个很好脾气的姑娘，也几乎嚷起来："有预订有预订，不是你们老板娘自己让我坐的嘛！这里马上就要关门了，哪个预订的还会来？！除非是鬼吧！"

更多的抱怨被生生咽了回去，戴希张口结舌地看着面前站着的女人，宝蓝色的旗袍上一张端秀的脸，黯淡光线柔化了岁月的痕迹，使年龄感不再那么触目。她看着戴希的眼神有些惊讶也有些不解："小姐，你这是？……呃，这张座确实有人订了，他马上就会过来，所以……"

"所以才让她在这里等！阿姐，你就别操这份多余的心了，我全都安排好了，保证让他满意！"深赭色的旗袍如鬼魅悄现，一刹那戴希有点儿头晕目眩，在她面前并排着两张相同的脸孔，以及全无二致的身材，却散发着迥然相异的气息：一个温顺、一个乖戾。

哦，双妹……戴希把目光转向对面墙上的月份牌，原来是这样！

"文忻，你说的什么呀？怎么叫安排好了？"

"阿姐，你又糊涂了？还不是老一套？这小姑娘老早就来这里，等到现在了！"

"不，不可能的。他说好今天专门来看我、我们……"

"呸！你少扯上我！是你在等他来看你，可惜他还是玩的老一套，哄哄你开心罢了。你打扮得这么漂亮干什么？再打扮也是四十多岁的老女人了，怎么比得过人家？！"

"我不相信，他不会骗我的。"

"不相信，那好。"赭色旗袍的女人冲戴希阴惨惨地一笑，"小姐，你是在等'逸园'里的人吧？"

"我，是啊……可是这和你们有什么关系？"戴希彻底糊涂了。

"有，当然有！他每次都是这样，约上一个女人到这里来，我们姐妹就做老妈子，伺候吃伺候喝，还要伺候那种事儿……"

"住口！"

一个男人的声音。顷刻间，双胞胎姐妹敛息凝神，一起向那人转过身去。他的头发和黑色大衣上都粘了一层雪花，如同白雪勾勒的影子般诞生于墨黑的店堂深处。他径直走到戴希面前，面无表情地朝戴希点了点头："小姐，请问你在等'逸园'里的什么人？我刚从那里过来，也许可以帮忙？"

"我……"戴希思考乏力，因为她能肯定这男人不是从店门进入的，此情此景怪异到了让她只想赶紧脱身，于是她坦白地说，"我在等我的男朋友，他叫孟飞扬，是去那里参加西岸化工公司的年会的。"

双胞胎姐妹在旁边发出轻轻的吁气声，此起彼伏。那男人却皱起眉头："孟飞扬？年会的邀请函都由我亲自签名，我不记得邀请过这么一个人。"

"不可能！"戴希急得脸通红，她哆哆嗦嗦地抓起手机，"我、我这就给他打电话。"手机适逢其时地铃声大作，是陌生的电话号码。戴希犹豫着接起来："喂？啊，飞扬！你、你到底在哪里？在干什么？你……"她的眼睛湿润了，这整个夜晚的委屈就要喷涌而出。

"小希，小希！你别着急，你先听我说，我还在'逸园'，这里手机信号很差，我用的是固定电话。小希，告诉你出大事了，攸川康介死了！"

戴希觉得，自己已纯然置身于恐怖片的场景中了。

店堂里又响起另一种手机铃声，那个男人走到一边，声音压得很低接电话。

双胞胎姐妹愣愣地站在原地，面面相觑没了主意。很快，男人讲完了电话，他重新走到戴希桌前，彬彬有礼地说："原来孟飞扬是陪伊藤株式会社的攸川康介去的'逸园'，他们两人都不在年会邀请的名单上，刚才是我误会了，对不起。"

他朝戴希的手机微微抬了抬下颚："是孟飞扬打来的电话？他的老板出事了，刚刚被发现死在我们塑料部门总监的办公室里面。"

戴希垂下脑袋："嗯，他刚才跟我说了。"

男人点点头："是的，已经报了警，今晚上估计你们见不了面了。"他的语气变得很温和，"赶紧回家吧，快十一点了。"

戴希挽起皮包，谁都不看就朝门口走。

"等等，"男人快步来到她身边，"你不是开车来的吧？"戴希摇摇头。"嗯，让我的司机送你回去，外面雪下得非常大。"

他推开磨砂玻璃门，风卷着雪花飞扑到戴希的脸上，她伸出左手，几片雪花落在掌心，真的好大，却又那么轻盈，瞬间就化成数点清波，微凉而已。身后，男人在用低沉而命令的口吻说话："文忻、文悦，你们把店关了，早点休息吧，再见。"

正对店门的街沿上，不知道什么时候趴了只毛茸茸的白色大兽。从它的形状和高高竖立在前端的标牌能够看出，这本是辆黑色的奔驰车，因为从上到下覆了一层雪，就变样了。

男人拉开了右后侧的车门，戴希略一迟疑，就坐了进去。他紧跟着坐到戴希的右侧，"砰"地关上车门，向前排的司机说："周峰，先把我送到'逸园'，然后你送这位小姐回家，再回来接我。"

车子缓缓启动，男人微侧过头来："'逸园'和'双妹'只隔着一条街，但两边都是单行道，开车的话就要绕一圈，等我在'逸园'下车以后，你告诉司机地址就行了。"他向戴希伸过右手，"这是我的名片。"

戴希接过来，润滑如玉的纸张上微凸的字体，带给指腹凝练有致的感觉：美国西岸联合化工有限公司亚太区高级副总裁、大中华区总裁——李威连。

警笛的鸣叫划破雪夜的特殊寂静，接连有几辆闪着黄灯的摩托车超过他们，李威连低声说："上海警方的办事效率倒是提升了不少。"

突然一个急刹车。

"怎么回事？"

周姓司机平静地回答："前面封路了。"

透过前方的车窗，可以看见好几辆警车堵住了去路，闪烁的警灯下，有几个警察正在拉起路障，飘飞的雪花让他们看起来活像舞台上的剪影。

短暂的宁静后，李威连问："你以前来过'逸园'吗？"

"啊？"戴希猛然意识到他是在和自己说话，"我……没有。"

"怎么没有？听你的口音是本地人吧？"

"我家离这里比较远，很少来这个区域，也不懂这些老房子。"

"嗯，那你现在倒是可以看看它——'逸园'，很美的巴洛克式样建筑，并不多见。"

戴希往前探了探头，她看见绵绵厚厚的大雪中一栋乳白色的庞大建筑，高高矗立在围墙的上方，每个窗口都大放着光明，在深沉的暗夜中犹如灯塔般壮丽辉煌。

"上海很久没有下这么大的雪了，今夜倒有些像好多年以前。"李威连推门下车，又绕到另一侧，敲了敲戴希身旁的车窗，"请问你的姓名？哦，只是以防万一，也许警方会要我出示不在场证明。"

"我叫戴希。"

"好的，戴小姐，我尽量不麻烦你，再见。"他踏着有力的步伐，缓慢而坚决地走向橙黄色的警戒线。

雪还一直下着，高架道路的入口都封闭了。周司机开得异常小心，用了一个小时才把戴希送到家。一踏进家门，戴希就把小小两居室里的灯全部打开，她蜷缩着身子在沙发上坐了好久，今夜的寒冷深入骨髓，超过她所经历过的所有冬季。

不知道过了多长时间，戴希突然从半梦半醒中惊觉过来，她奔过去一把拉开门："飞扬！"

孟飞扬转过身:"小希,你还没睡?我……就是过来看看。"

"我在等你。"

她把门敞开得更大些,孟飞扬苍白的脸好像红了红,随即跨进屋来。房门在他身后合拢,他们紧紧拥抱,期待了这么久之后,暖意终于开始在他们的身体间传递。孟飞扬在戴希耳边轻轻说着:"小希,对不起,对不起……"

"又不是你的错。"戴希把脸贴在他依旧冰冻的肩头,眼前模糊了,从美国回来以后,她还是头一次感受到他的怀抱,原来一切并没有改变,只是他们无暇体会罢了。

"如今的警察还挺人性化的,问了一遍话以后就让我们先回家了。否则真不知道要等到什么时候。"

孟飞扬轻轻放开戴希,扯下羽绒服的拉链,探手从西装口袋里摸出个深蓝色的丝绒小盒子:"小希,祝你生日快乐。"他瞥了眼墙上的挂钟,"唉……都是昨天了。"

盒子里装着施华洛世奇的水晶化妆盒,戴希打开玲珑剔透的镜盒,冲着镜子里的自己笑笑,几个小时前精心准备的发型和化妆都已黯然失色,她的二十六岁生日就这样过去了。

第二章

　　清晨七点半，搁在床头柜上的手机只闹了一下，孟飞扬就醒了。他摁掉铃声，眼睛慢慢适应门窗紧闭的卧室中的幽暗，模模糊糊地看到枕边堆着黑糊糊的一团，那是戴希的长发。

　　"唔……你走啦？"她迷迷糊糊地哼着，气息里带出甜睡的馨香。孟飞扬借助想象而非视觉捕捉到她因为酣眠而红扑扑的脸蛋，不能自已地迷醉在这幅画面里，三年的离别之痛就这样烟消云散，他的宝贝又回来了。

　　虽然总共才睡了三四个小时，出门时凛冽的寒气迎面激来，孟飞扬稍微有些昏沉的脑袋立刻就清醒了。尽管昨夜的雪下得很大，地上依旧没能形成白色的积雪，融化后的雪水流得遍地都是，又被行人踩踏得污秽不堪，从人行道到绿化带，到处都是黑糊糊的脚印。太阳有气无力地照着，风不如昨夜那般刺骨，刮在脸上还挺疼。

　　在这个老式的住宅小区里，几十栋六层公房像士兵列队般整齐划一，所有房子难分彼此的灰色外墙无疑是丑陋的，而它们的实用性和丑陋恰恰成正比。这里最初是附近那所名牌大学为教职员工专门兴建的住宅小区，后来学校在稍远的近郊建了十分气派的新校园，又补贴教职员工在新校园旁购买崭新的商品房，就这样原先的住户陆续搬走了。空出来的房子尽管面积不大，但交通方便，成为刚开始职场打拼的"新上海人"的抢手货。

　　戴希的父母都是大学教授，在新校区旁买了四室两厅的敞亮新居后，就把这套两居室旧屋给了戴希独住。她和孟飞扬都很喜欢这里的氛围：小区里没有精心设计的绿化景观，但几十年的树木形成了真正的绿荫，春天有小鸟做窝、夏季有蝉虫鸣唱；楼道里没有光可鉴人的大理石墙面，却一日三次不变地飘散出饭菜的味道，充盈着真实生活的油烟气。

戴希去美国留学前的那几个月，孟飞扬每天下班后都会过来，他俩相拥在小小的阳台上，常常从夕阳晚照一直待到繁星坠落，夏夜的风吹不干身上的浮汗，皮肤湿湿地黏在一起，好像每个细胞都舍不得分开。在那些个难忘的日子里，他们看着白发苍苍的老人手牵手在楼下踯躅而过，年轻夫妇带着幼童嬉戏，狗儿撒欢地跑来跑去，晚归的鸽子在头顶盘旋，鸽哨声远远响起又落下……过去的三年中，这些时光凝固在孟飞扬的头脑里，直到昨夜今晨才被戴希真实的妩媚所取代，从而对他失去意义，一去不复返了。

孟飞扬在戴希家的阳台下抽完了一支烟时，手指冻得僵直。他本可以把这些，乃至更多时间都消磨在楼上那间黑暗小屋的温柔乡里，但是昨夜今晨发生的事情不止鸳梦重温这一件——还有一个人死在他的面前，这迫使孟飞扬依依不舍地走出罗曼蒂克，现实生活总是喜忧参半的。

孟飞扬把双手插入衣兜，慢悠悠地拖着步子朝地铁站的方向移动，不时被步履匆忙的上班族超越。刚刚接待过爱情和死亡的造访，孟飞扬发现准时上班变得不那么重要了，他的脚步有些虚浮，因为缺乏睡眠，也因为短暂地失去了人生的重心。

半个小时以后，孟飞扬到了伊藤株式会社的楼下。这是一栋三十多层的办公楼，玻璃幕墙的款式略显老旧，整体还算气派，伊藤株式会社总共才十人不到，就在十六层租了一个百多平米的单元。

孟飞扬走出电梯，一眼看见伊藤株式会社的玻璃门半开着，前台没人，高亢的话音从里间传出来。他转到前台后面，小小的办公区一览无余，空落落的，只有一个光溜溜的半圆球体从某片高耸的蓝色隔板后冒出来，几缕半灰的发丝覆在圆球之巅，替所有提早谢世的同伴们站好最后一班岗。

"好，太好了！哎呀，这可是帮了我们的大忙了呀。我马上报告攸川君，这次必须要好好谢谢……啊，要的，要的，怎么能不谢呢……好，好，你先忙，再见。"

挂断电话，秃顶的主人柯正昀意气风发地扭过脸来："飞扬！好消息！"

"老柯，什么事这么兴奋？"

"咳！还不是那批低密度聚乙烯粒子，总算搞定了！"

孟飞扬站到柯正昀的隔板前："搞定了？银行同意打款了？！"

"那倒不是。不过刚才海关的小曾打电话来，说他们昨晚加班把这批货验完了，今天走一下流程，最晚下班前就会把报告提交给中晟石化。这样银行方面就再没有理由拒付了啊！"

"哦。"孟飞扬点点头。

柯正昀如释重负似的叹了口气："唉！一千万美金的大单子啊，真是好事多磨，没想到一直拖到今天。飞扬，这段时间我们在银行那里碰了多少钉子啊，哈哈，看来还是西岸化工在海关那里说得上话，昨天攸川君去找他们算是找对了，果然立竿见影！"

柯正昀是从国有贸易公司退休后又出来打工的，在伊藤株式会社担任办公室主任兼财务。平常业务员们在外跑单，攸川康介通常要隔几个月才来一次，孟飞扬也是四处出差，就只有老柯和前台小姐雷打不动地留守这间办公室。柯正昀以上海男人特有的细心照顾着公司的一切杂务，事事料理得井井有条，为人也如同他身上从冬到夏一丝不苟的西服衬衫和领带：拘谨、老套、圆滑、谨小慎微。在孟飞扬印象中，老柯还是头一次这样眉飞色舞。

"呃……飞扬，有什么问题吗？"柯正昀总算发现孟飞扬的神色有些异样。

"老柯，昨天是我向攸川君建议，他才给海关的左处长打了电话，请他们帮忙快点清关的——和西岸化工没关系。"

"噢，是嘛？"老柯笑笑，"也对，也对，还是飞扬你的脑筋好啊。反正无论如何吧，攸川君这回可以松口气，我们也可以好好过个新年了。昨天我看他的样子，好像生了重病似的，这批货金额那么大，他先垫资肯定也使出吃奶的劲了，难怪那么紧张……"

"老柯，"孟飞扬朝老柯凑过去，压低声音说，"攸川康介死了，就在昨天晚上，西岸化工的年会现场！"

将发未发的惊呼堵在嗓子里，柯正昀半张开嘴，下巴像中风病人似的悬空着。

孟飞扬继续低声说："还是我第一个发现的。事情蛮蹊跷的，当场就报了110，说不定今天警察还要来公司调查呢。好在几个业务员出差的出差，休假的休假，都不在公司，就先不让他们知道吧。我只跟你说一声，咱们得商量商量下面该怎么办。"

柯正昀的面色有些泛白，他点点头，从抽屉里摸出包上海牌香烟来，又满脸茫然地扔到桌上："他、他是突发疾病？"

"不是。"孟飞扬皱起眉头，昨夜那幕恐怖的场景再次浮现眼前，"看上去……他像是触电死的。"

"触电？这怎么可能？"

"就是触电，他的手伸在一个老式保险丝盒里，当时整栋房子都短路了……"孟飞扬终于下了决心，有些费力地说，"我觉得攸川康介是自杀！"

"自——杀！"柯正昀用拖长了的上海口音念出这两个字，听上去尖利刺耳。

孟飞扬情不自禁地叹了口气，他不愿意详细描述昨晚的一切，只说："确切的死因还是等警方的结论吧，我不想随便乱说。反正，谁也不会无缘无故地把湿手伸到保险丝盒里去吧？唉，快到年底了，居然出了这种倒霉事！"

"老柯！——飞扬，你今天来得真早啊！"

是前台小姐齐靓儿娇滴滴的声音。紧接着，一张圆脸出现在两个男人面前，血色丰盈的脸蛋上那对大眼睛直对着孟飞扬闪闪烁烁："早知道你今天来公司，我就不带饭了。快到新年了，飞扬君该请吃饭咯。"

孟飞扬好像咳嗽似的说："好，一定请，一定请。"转手推开小办公室的门,将呆若木鸡的老柯推进去。

小办公室的一侧放着老板桌和皮椅,背后是朝街的明亮大玻璃窗,长条会议桌摆在中间。这里既是攸川康介的私人办公室,也兼做大家的会议室。

孟飞扬关上小办公室的门,又将玻璃隔断上的百叶帘放下。回过身,老柯已经呆坐在会议桌边。孟飞扬也倚靠到桌旁,皱了皱眉:"老柯,我们现在该怎么办呢?"

"啊?飞扬,你问我吗?"老柯弓起肩膀,脑袋整个缩进肩窝里,和早上的亢奋模样简直判若两人,"我想,我想……"他突然抬起头,好像在嚷:"那个单子怎么办?!低密度聚乙烯的单子怎么办?!"

"老柯,你真觉得这笔单子能成?"孟飞扬的反问和他的脸色一样阴沉。

柯正昀直瞪他:"飞扬,你什么意思?怎么不能成?这不已经快成了?海关把货都查完了,中晟石化要提货就必须付款,再拖几天到年底,银行就要停止处理了。所以我想这两天一定会收到货款的。"

他也不管孟飞扬明显敷衍的表情,继续说下去:"真不懂攸川到底有什么想不开的,只要再多等几天,这么大笔业务就做成了,多少困难都熬过来了,怎么会……怎么会……"

孟飞扬看着他苦笑:"老柯,先不管这单子成不成,首先我们是不是该通知日本方面?"

柯正昀听懂了孟飞扬的意思。伊藤株式会社是攸川康介私人开办的贸易公司,总部设在日本东京,除了康介本人之外,公司的主要管理者就是他的长子攸川信五郎。孟飞扬去日本出差时和信五郎见过面。这次攸川康介在中国猝死,于情于理都应该立即通知他的家人,况且公司后续的安排也需要作为管理者的信五郎来接手。

"飞扬,还是你打电话吧,你的日语最好。"

孟飞扬走到老板桌前,看了看桌上的日历钟——9:45,这个钟永远调的是东京时间,比上海早一个小时。

孟飞扬深吸口气,拨通了伊藤株式会社东京办公室的电话。振铃,音乐，录音，一遍又一遍……奇怪，怎么没有总机接电话？他又看了眼日历钟，早就过了上班时间啊。还是振铃、音乐、录音……孟飞扬直接拨了总经理办公室的分机，依旧无人接听。

"怎么回事？"柯正昀紧张得秃顶前端的头皮全发青了。

"老柯，你有攸川信五郎的手机号吗？"

"我没有……不过，靓儿那里应该有！"老柯腾地跳起身冲了出去。一转眼又冲了回来，把写着个号码的纸条放在孟飞扬面前。孟飞扬几乎能够看到齐靓儿那满腹狐疑的样子，他顾不上其他，立刻默念着号码又拨了出去。

这次才振两回铃，对方就接起来了："喂？"

"是攸川君吗？我是上海公司的孟飞扬。"孟飞扬急急地说，声音居然有些发抖。

"孟——飞——扬？……"好一阵沉默，"噢，是孟君，有什么事吗？"语气出人意料的冷淡，孟飞扬甚至从中听出了愠怒和粗鲁，可他记忆中的信五郎是个相当有礼貌的年轻人啊。

孟飞扬尽量把语气放得平缓："攸川君，对不起，有件不幸的事情要告诉你。攸川康介先生昨天晚上在上海猝然过世了。"

"什么？他死了？！"对方猛地提高声音，似乎很受震动。孟飞扬正打算应付一连串又急又痛的追问，却从话筒那端流淌过来长时间的沉默，重如铅液，孟飞扬听到自己的心脏在压迫下跳动："怦！怦！怦！"

"他是怎么死的？"当话音终于再度响起时，孟飞扬一惊，反而踌躇了："呃，这个……我感觉是自杀，不过不好说，要等警方的正式结论……"

"什么？这不是警方的结论只是你的个人看法？你感觉是自杀？难道你认为怎样就可以随便胡说吗？！这样的言论未免太不负责任了吧！"

"我……"孟飞扬把话筒拿开些，那头滔滔不绝的日语好像开闸放水似的，孟飞扬头皮发麻，一时无法构造出完整的日语句子来。不过显然对方也无意听他解释，只是高声叫嚷自己要说的话："你告诉警方，让他们正式和我沟通,你说的话我难以置信!家父死了,为什么会突然死亡?!太令人意外了!我警告你,休想拿家父的死做什么文章!不要再给我打电话,从现在开始我只和中国官方接触!"

"啪哒!"电话挂断,孟飞扬冲着话筒直发愣。

"怎么啦?"老柯在一旁悄声发问。

孟飞扬无言以对,只能把话筒搁回底座。宽大的办公桌上,一个深棕色的木质相框里嵌着攸川父子的合影,二人均是全身黑色西装,衣冠楚楚地做着老板状,笑容惊人相似。

"到底怎么啦?"老柯又问了一遍,屋里再无第三者,他把声音压得那么低,倒像怕被照片上的人听见似的。孟飞扬还没开口,桌上的电话忽然铃声大作。

"喂?"孟飞扬一把抓起电话,"哦?谁找我?不见,我没空!"

他看看老柯苍白的脸:"是靓儿,说外面有人找我,大概是来谈业务的。唉,现在哪里顾得上这些!"

老柯吐了口气:"哦,我还以为是信五郎……"

"孟、孟经理!"小办公室的门上响起两记怯怯的叩门声,孟飞扬和老柯一起瞪着悄然开启的门缝,齐靓儿涨红的圆脸上有种很像哭的表情:"这位先生找你。"

孟飞扬站起身,门开得更大了,一个陌生的青年男子把齐靓儿挡到后面:"是孟飞扬吗?你好,我叫童晓,是上海市公安局刑侦总队的。"

他伸过右手,掌心里捏了张贴着照片的证件。孟飞扬推了推老柯:"老柯,麻烦你先出去。"

等孟飞扬关上门再转回身时,这位姓童的警官已经气定神闲地坐在了会议桌边,还饶有兴致地四下打量了一圈,这才冲孟飞扬点点头:"我是市局刑侦总队第五支队的,专门负责涉及外国人的案件。"阳光从他的背后照来,映出还十分年轻的面庞。孟飞扬判断,他最多也就是三十出头,应该和自己差不多年纪,穿的是便装,神态也显得很放松。

童警官继续周到地解释来意:"外国人在中国死亡,只要是死亡地点在医疗机构之外、属于非正常死亡的,原则上都需要我们参与确认死因。涉及外事嘛,总要慎重的。"

"当然。"孟飞扬坐到童晓的对面,"那么童警官,攸川康介先生的死因确定了吗?"

童晓从身上斜挎的皮包里掏出一个塑料文件夹,煞有介事地翻了几页:"唔,还没最终确定,否则我也用不着来这里忙乎了。"他戳了戳文件夹里写满字的纸,"昨天晚上是你第一个发现攸川康介的尸体的,你当时就对派出所的警察说攸川是自杀?"

孟飞扬咽了口唾沫:"直觉的反应而已,警察问我怎么想的,我就坦白说了。"

"嗯。"童晓很认真地点了点头,分不清是表示赞赏还是同意,脸上依旧挂着微笑,"我看了这份记录,但上面写得比较简略……能不能请你再说一遍你的想法?"

"我的想法?"

"就是你关于攸川是自杀的直觉,为什么这么肯定?你的依据是什么?"

孟飞扬迟疑了一下:"我的直觉不一定准确,你们反正要出结论的,我怎么想的无关紧要吧?"

童晓注视着孟飞扬没说话,他的目光并不犀利,却显得好奇而友善。孟飞扬连忙凝神叙述起来:"我刚发现攸川倒在地上时,开了好几次灯都开不亮。后来才知道当时整栋房子都断电了,攸川是把被酒浇湿的手伸到保险丝盒子里去的,造成了短路。他这样做,除了自杀我真的找不到别的解释。"

"嗯,他不仅浇湿了手,身上也浇透了酒。真可惜,那些可都是二十年以上的陈年威士忌啊。不过……"童晓又戳了戳文件夹,"当晚的宴会上只供应葡萄酒和香槟,没有威士忌。"

"应该是西岸化工的张乃驰总监的藏酒吧?我看到他的办公室里有个

小酒吧，放满了各种威士忌。可是昨晚攸川死后，那里变得一片狼藉，所有的酒瓶都砸碎了，酒流了一地。"

"是啊，今天早上我去现场时，还能闻到一股浓烈的酒气，呵呵，确实都是好酒呢。"

孟飞扬附和："想必都是张总的珍爱收藏吧，他可真够触霉头的。""对，对，昨晚上除了攸川康介，就数这位张总倒霉了。"童警官的语气里多少沾着点幸灾乐祸的味道，似乎对张乃驰这种以容貌见长的同性，男人都会有种出自本能的轻视，"不过咱们待会儿再谈张乃驰，现在还是继续说攸川。嗯，那么说你就是因为攸川把湿手伸入保险丝盒，被电击致死得出他的自杀结论？"

孟飞扬皱起眉头，一边思索一边回答："我最后一次见到活着的攸川君，他是一个人待在张乃驰的办公室里。之后所有的人都去花园里看焰火，等焰火放完我再去找攸川，他就已经死了。况且他的死法，先要在屋子里找到那个老式保险丝盒子，然后砸开酒瓶把全身浇上酒，最后还把湿手伸到保险丝盒里面，应该是执意寻死才会这样吧——"他像突然想起什么来，把目光对准童晓，"对了童警官，你知道那屋子里怎么会有个老式保险丝盒子吗？我从昨晚起就想不通，虽说'逸园'是所老洋房，可我看见里面全都重新装修过了的。"

童晓一本正经地点了点头："西岸化工租下'逸园'做办公室时，的确对整栋房子做了全面改造，尤其是电路系统，毕竟现代化办公室对用电的要求非常高。不过据说'逸园'本来的电路系统就很不错，而西岸化工的李威连总裁又崇尚老派风格，喜欢搞什么整旧如旧云云，所以才在二楼的几间办公室里都保留了老式的陶瓷保险丝盒，就是因为那款式特别雅致。呵呵，你说一个保险丝盒子能有多雅致，还给当成古董了。"

孟飞扬恍然大悟："难怪，这样就为攸川自杀提供了技术条件啊。"

童晓意味深长地说："不能仅凭技术条件来下结论，通常认定自杀的话，还需要找到充分的心理条件。"

"我明白你的意思。"孟飞扬说，"童警官是想问我，攸川是否有自杀的动机，对吗？说实在的，这还真不好说。我从昨晚想到现在，并没有找出攸川必须要舍弃生命的理由。"

"你没发现他最近有什么异常表现吗?"

"……异常倒是有的。一方面,这次他来中国后,似乎健康状况很差,具体是否生病我不清楚,也没听他谈起过;另一方面嘛,就是我们公司最近的一笔大生意出了点问题,攸川对此十分担忧,他到中国来就是为了亲自处理这件事。哦,昨晚上去找西岸化工的张乃驰,也是想请张总帮帮忙。怎么,张总没有告诉你们他和攸川君的谈话内容?"

"大致说了说,不过昨晚张乃驰受惊不小,有点语无伦次的,没能谈得很详细。所以还得请你尽量把这桩生意的情况解释一下,哦,警方会保护你们合法的商业机密,这一点你尽管放心。"

商业机密?本来真算得上是个重量级的商业机密,但是现在,至少对攸川康介来说已经什么都不是了……孟飞扬按捺下嘲讽的冲动,让自己看上去尽可能的郑重严肃,表现出专业人员的素养:"简单来说,这笔生意就是我们公司为中晟石化从国外进口一批高质量的低密度聚乙烯。"

"低密度聚乙烯是?"

"一种比较常用的塑料原材料,主要用来生产高强度大幅面的塑料薄膜。中晟石化这个订单的最终用户是农业部,你知道今年的冬天特别寒冷,这批低密度聚乙烯粒子就是农业部委托中晟石化进口的,用来生产覆盖在农作物暖棚上的塑料薄膜。"

"原来是这么回事啊。可是,"童晓指了指窗外,"冬天已经开始一个多月了,北方都来过好几次寒潮,你们的货来得及交付给农业部吗?"

"应付北方的寒潮肯定是晚了,做北方大棚的塑料粒子几个月前就该到货了。我们的这批货针对的是长江中下游地区,那里比北方要迟将近一个月降温,这两天才来了第一次寒潮,恰好我们的货物也到岸了,海关这两天正在加速清关,加工成塑料薄膜只需要几天时间,再花一两天发往周边农村,理论上说时间刚刚好。"

"哦,这笔生意不小吧?"

"是的,总金额不便透露,但确实是笔大生意,而且利润非常丰厚。"

"因为是部委的单子,所以利润特别好吗?"

"那倒不是,主要是因为这批低密度聚乙烯粒子的单子比较特殊。其实每年冬季,中国长江以北的农村都需要大量的塑料暖棚保护农作物过冬,相比之下,北方的冬季干冷,而长江中下游的冬季阴湿,农作物的品种也比较精细,因此这个区域暖棚上的塑料薄膜质量要求非常高。符合要求的国产塑料粒子产量有限,碰到像今年冬天这种特殊情况,就需要从国外进口。进口产品的价格比国产的要高出一大截,利润空间相应的也就比较大。"

童晓一个劲地点头,紧接着又连连摇头:"既然是这么好的生意,那所谓的麻烦又是什么呢?"

"问题出在付款环节。按照国际贸易的惯例,货物在发货地港口装运以后,由船运公司出具提单,我们将提单交给我方银行,再由他们转给买方银行,买方银行审核单据后付款,整个过程就是这样。这批货的提单几个星期前就送到买方银行了,但他们却总是百般挑剔我们提供的单据,为了一些无关紧要的字面问题就拒付,甚至连标点符号都不放过。我们来来回回改了好多次单据,银行就是以'单据与合同有不符点'为由,死活通不过,结果一直拖到今天,货都到外高桥码头了,我们还没收到货款呢!"

"这个……国际贸易我不太懂了。"童晓伸手抓了抓头发,他那用摩丝精心撑起的时髦发型这下子惨遭蹂躏,"你是不是在暗示银行方面故意刁难,存心不给你们及时付款吗?"

孟飞扬平静地回答:"我可没这么说。不过货物到达目的港,买方都未支付货款的情况,在国际贸易的案例中也算屈指可数了。其实,银行没有理由刁难,他们都是听买方,也就是中晟石化的指示。当然,要说中晟石化故意拖延付款也很牵强,严冬就在眼前,农业部急等着这批货用在塑料暖棚上,万一耽误了时间,导致大批农作物遭寒潮受损,这个责任谁来承担啊!"

"嗯,但是你刚才提到货物已进入清关程序,是不是中晟石化就一定会付款呢?"

"不付款就不可能提货,这是最后的底线了。况且货都运到了,寒潮也马上要来,我想中晟石化绝对会立马付款提货的。"

"那问题不就解决了?"

"准确地说是胜利在望——只要钱没到账,就不能松最后一口气。"

童晓似乎在思考什么,沉默片刻又问:"那么,攸川康介找张乃驰帮什么忙呢?"

"西岸化工和中晟石化的关系非常深,攸川君想请张乃驰去和中晟石化负责这个单子的人说说好话,让他们尽快通知银行付款。其实我个人觉得这样做有点儿多此一举,因为前天货物就到港了,就像我刚才说的,只要海关验货合格,中晟石化总归是要付款提货的。就算要找张总帮忙,也该早点找,拖到现在才找没意义。"

"你跟攸川说了吗?"

"说了,但他还是坚持要找张乃驰。结果谁想到,竟发生了后面的事情。"孟飞扬顿了顿,又加了一句,"不过无论昨晚他和张乃驰谈得如何,其实都不影响大局。这笔单子虽然过程波折,也算快熬到头了,所以我觉得攸川君的死和这笔单子并没有关系,他不至于连最后两天都等不了吧?"

"嗯,了解,了解。"童晓如释重负般地拍拍文件夹,目光在攸川父子的合影上一掠而过,又回到孟飞扬的脸上,"我问话比较直接噢,伊藤株式会社这个代表处的规模不算大,中晟石化怎么会把这么重要的大单交给你们?"

孟飞扬微笑了,童晓警官肯定不像他声称的那样对国际贸易外行,他的问题针对性很强,无一不具备鲜明的意图。不过孟飞扬还是很耐心解释:"贸易公司的规模和业务额不一定直接相关。有些公司一年做一大堆的小单,加起来的金额也未必比人家一单的金额大,利润就更不成正比了。伊藤株式会社从八十年代起就在日本和中国之间做贸易,虽然规模不大,做的却都是比较高端的生意,始终保持较高的利润。最近这些年,市场竞争越来越激烈,中日贸易难度增大,公司的业务确实有些萎缩。但光凭几十年来积累下来的客户资源,也可以活得不错了。所以我们现在并不追求规模,而是盯着几个长期大客户做,其中就包括中晟石化。生意也不局限在中日贸易范围内,这次的低密度聚乙烯粒子就是从南美进口的。"

"听起来孟经理对伊藤的业务了如指掌啊,攸川这么一出事,压力都到你的身上了。"

又是一次明显的试探,孟飞扬统统当做好意收下:"还好了,伊藤毕竟在日本有总公司,由攸川康介的儿子信五郎坐镇。再说将近年底,公司就这一单业务悬而未决,其他也没什么大事。"

"攸川的儿子叫信五郎?就是那个人吗?"童晓把下巴朝相框抬了抬。

"是的,他们长得很像吧?"

"嗯,你有他的联系方式吗?我们还要负责上报出入境管理局,再由他们联系日本领事馆,通知死者家属。"——原来这就是所谓的官方途径。童晓拉过挎包,从里面找出一支水笔和一个皱巴巴的记事本,询问到现在他居然一个字都没有记录。

孟飞扬把写着攸川信五郎手机号的纸条递过去:"这就是他的手机号。很抱歉我不懂这里面的规矩,已经给信五郎去过电话了。""没事,你那是私人渠道,也应该通知的。"孟飞扬本想对他讲讲信五郎的反应,看着童晓满不在乎的样子,又打消了这个念头。童晓把纸条塞进文件夹,又把文件夹、笔和记事本一股脑扔进挎包,心满意足地拉上拉链:"这就差不多啦。"

孟飞扬跟着他松了口气:"童警官,看样子刑侦工作比我想象的要轻松。"话刚一出口他就后悔了,冲动是魔鬼,真想扇自己一个耳光。

童晓倒毫不在意,只是耸了耸肩:"呵呵,干我们这行的就要有张有弛,否则用不了多久就该精神崩溃了。哎哟!张乃驰,差点儿忘了他了。"

"对啊,张总,他昨天究竟出什么事了?昨晚我光顾着攸川康介的死,都没闹明白张乃驰的状况。"孟飞扬很高兴能够转换话题。

"他嘛,孟经理,他可是非常感激你啊。要不是你发现攸川死了,从二楼吼那一嗓子,张乃驰倒的霉可就不光是几瓶老酒那么简单了。"童晓满脸的忍俊不禁。

"什么意思?"

"哈哈!昨晚你在楼上叫唤时,他正好要表演钢琴独奏,哪里能想到钢琴的琴键上撒满了碎玻璃渣,当时现场为了营造气氛,只点了蜡烛,光线非常黯淡,他根本没有发现异常。听到你从二楼的那一声吼,他才注意看了看琴键,及时避免了十指被扎透的惨剧。"

孟飞扬目瞪口呆:"真的?!……哪里来的碎玻璃渣?"

童晓点了点自己的额头:"你试试推理嘛,其实蛮简单的。"

孟飞扬把眼睛越瞪越大,一直撑到了眼眶边缘:"难道是——那些酒瓶的碎片?!"

"回答正确!另外,这些酒瓶碎片上还沾满了鲜血。"说到这里,童警官简直有点得意洋洋了。

孟飞扬越发诧异:"鲜血?这也太恐怖了吧,谁的血?"

"根据化验结果,都是攸川康介的血。"

"啊!"

没想到事情远比孟飞扬的所见所知诡异太多!他对于攸川康介之死原先所持的半厌恶半感伤的情绪彻底消失了,取而代之的是孩童般强烈的好奇心。

认真地思忖了一小会儿,孟飞扬兴致勃勃地问:"难道攸川砸碎酒瓶后还捧着沾满自己血的碎片下楼,把碎片撒在琴键上,然后再回到张乃驰的办公室里摸电门?"

"这算是一种相对合理的推断。当然还存在另一种可能,就是有人在攸川死后,将他砸碎的酒瓶碎片收集起来,放到楼下的琴键上。不过正如你刚才所说,当时全部参加年会的人员都在花园里,而放焰火的响声又遮过了其他的声响,所以到目前为止,还没有任何人说目击到或者听到什么。"

"这……真是太匪夷所思了。"孟飞扬连连摇头,"莫非是张乃驰拒绝帮忙,攸川怀恨在心想报复?可是……也不至于啊。"

童晓盯住孟飞扬："当时大家都听到张乃驰叫了一句：'他想害死我！'你不是也听到了？"孟飞扬头一次感觉到对方目光中那种清晰的理性，从整个上午的散漫举止中凸现出来，显得特别鲜明有力。他情不自禁地回应："我听见了，现在这么联系起来看，张乃驰确实认为是攸川要加害他。"

"张乃驰的说法和你的一致。然而这里面有一个疑点：就算让碎酒瓶渣把手刺破，也不至于有生命危险。张乃驰昨晚表现出的恐惧太过激了，这里面似乎另有隐情。"

孟飞扬沉默了，看来童警官所面对的谜团还挺复杂的。

童晓从椅子上站起来，把挎包斜背好，正对窗外投入的阳光眯了眯眼睛："涉外案子中最困难的是揣摩当事人的心理，民族特性不同嘛。日本人尤其令我头疼，所以今后我大概还要麻烦你。"

"没问题，公民的责任嘛。"孟飞扬陪着童晓往外走，办公室里依旧没有其他人，只有齐靓儿和柯正昀两双眼睛死死地黏在他们身上。

来到电梯口，童晓朝孟飞扬伸出右手："非常感谢你的时间。这是我的名片，如果想起什么来，随时可以联系我。"孟飞扬接过名片，两人用力地握手，电梯门打开，童晓跨了进去。

电梯门徐徐合拢时他俩目光相错，都看出彼此眼中的樊篱在悄然松动。到底是三十岁左右的年轻人，三言两语就能觉察到脾性相投，对孟飞扬来说，童晓正是那种可以邀在周末一起打篮球、玩游戏和带上女朋友吃饭的人，读书的时候这类人似乎随手就能抓到，上班之后却变得越来越少。时间不够哇，常常有人这么抱怨，孟飞扬突然想到，其实不够的是空间。人生保持着动态平衡的状态，要获取那些就必然会丧失这些……

"飞扬，那个警察来干什么的？"

孟飞扬回头，柯正昀缩着脖子站在走廊里，好像一个早晨变矮了不少。

"啊，老柯，咱们一起吃午饭去。边吃边聊。"

老柯迟疑着："我、我带了饭的……还有靓儿，她不是要你请客？"

"哎呀，今天我们有正经事谈，下回再请她好了。电梯来了！"孟飞扬不由分说把柯正昀扯进电梯。

　　他们在隔街的一个台湾餐厅找到了座位。从昨晚到今晨真是消耗大，孟飞扬觉得自己的胃都饿空了，一口气点了四个热菜三个凉菜，压根不去理会柯正昀莫名惊诧的表情。点饮料的时候孟飞扬犹豫了一下："老柯，喝点啤酒怎么样？"

　　柯正昀苦着脸："太凉了胃不舒服。"

　　"哦，也是。"孟飞扬端详着柯正昀的脸，"老柯，你的肝最近怎么样？脸色不好看。"

　　"一般，一般。"

　　孟飞扬招呼服务小姐："来壶龙井，哦，再来两杯咖啡，一条七星。"

　　狠狠地吸了几口烟之后，孟飞扬觉得身心舒畅了许多。他简单地把和警官的谈话对柯正昀复述了一遍。柯正昀始终沉默地抽着烟，菜上来了他一口没动。孟飞扬讲完，赶紧埋头吃个半饱，这才长出口气，又点起一支烟："老柯，关于攸川康介的死你有什么想法？"

　　柯正昀捏着香烟的手抖得厉害："我……不知道。"

　　孟飞扬安抚地说："老柯，你也不用太担心。不管攸川君的死因是什么，对我们来说就是公司未来走向的问题。这个嘛就交给我，等官方正式通知信五郎以后，我会找他好好聊聊。老子没了儿子可以继续干，伊藤株式会社在中国也能生存下去。就算信五郎要把代表处关了，咱们这些业务员都能找到地方去。至于老柯你，今年有六十五了吧？如果公司真的关门，我劝你就别干了，回家养老得了，还是身体要紧啊。"

　　柯正昀没有答话，仍然一味抽烟，烟雾缭绕在他黑黄的面庞四周。孟飞扬挥了挥面前的烟："老柯，最好烟也少抽点。"他想活跃下气氛，就开玩笑地说，"你每月就那么点零花钱，干脆把烟也戒了吧。"

　　柯正昀对孟飞扬的笑话毫无反应，却哑着喉咙问："飞扬，你说这公司真的没希望了？"

孟飞扬一愣："啊？我没这么说啊。咱们的业务不是一直挺正常的吗？低密度聚乙烯粒子的单子还能大赚一笔……"

"那攸川君为什么一定要寻死呢？"柯正昀激动地打断孟飞扬。

"这我怎么知道！唉，小日本的脑筋爱出问题，再说攸川这人的名声一向不大光彩，那些道听途说什么的我今天都没告诉童警官，可谁知道这其中有没有关联呢。老柯，咱不去管那些闲事，免得惹一身臊。"

"不好，不好！"柯正昀拼命摇头，"我有种大难临头的感觉，大难临头……"他一把抱住头，痛苦地扭动着脖子。孟飞扬出乎意料，给他吓了一跳："老柯，你太紧张了，别这样，自己吓自己要出人命的。"

"我不是自己吓自己！"

"那是？"

柯正昀抖抖索索地抬起头，眼圈发红："今天上午你和警察谈话的时候，我一直在拨海关小曾的电话，想问问他流程的进展。可是他一次都没接，每回都是直接掐断。我很担心……"

"咳！"孟飞扬被烟呛了一口，"人家不是说了今天要走流程嘛，你又打电话干什么，他一定是在忙。"

"不会的，不会的。我们打了几年交道，我很清楚的！小曾过去从来不这样，肯定有问题，绝对有问题！"柯正昀几乎叫起来，周围桌上好几个人朝他们看过来。孟飞扬把咖啡杯往老柯面前推了推："老柯，喝咖啡。"柯正昀端起咖啡杯一饮而尽，黑色液体直接从嘴里跑到脸上。

孟飞扬皱了皱眉："老柯，你今天精神不好，干脆下午回家休息吧。聚乙烯粒子的事情我来处理，我和海关的关系不比你差，曾航我也很熟，怎么样？"

柯正昀不再开口了，孟飞扬结完账推着他往外走，他软塌塌地在地上移动，简直举步维艰。回公司的路上经过地铁口，孟飞扬直截了当地问："老柯，你要是在公司里没什么重要东西，现在就乘地铁回家吧？"柯正昀还在恍惚，孟飞扬记得柯正昀有一双成年儿女，前段时间似乎还拜托过攸川康介帮女儿找工作，就又随口提出："要不让你的儿子或者女儿来接你？"

柯正昀猛然惊跳，瞪着双红彤彤的眼睛直摆手："不、不、不，不用了。我自己能回去。"往地铁站口走了两步，他回头苦笑，"小孟，你今天无论如何得给我一个消息啊。"

孟飞扬在附近找了家咖啡馆，在吸烟区坐下后就开始拼命吞云吐雾。每吸完半支烟，他就给海关的曾航打个电话，老柯说得没错，这个电话始终处于无法接通的状态，这是明确的拒绝通话的意思，但孟飞扬不想放弃，就继续拨下去。大概在下午五点一刻左右的时间，孟飞扬的坚持不懈终于得到了回应。

"嘀！"他的手机上跳出一条即显信息，"海关总署得到举报你们的货以次充好总署和中晟石化已组成专案组今早突击调查我和左处要被你们害死了再别给我打电话切记否则你也没有好下场！"

孟飞扬抓手机的动作过猛，胳膊肘把咖啡杯子打翻在地，他一口气读了几遍这条全篇没有标点符号，却在尾部出现惊叹号集合的古怪短信，脑袋里嗡嗡地响成一片。咖啡店招待满脸不悦地往他脚下伸来拖把，孟飞扬跳起身，手机上又是"嘀"的一声，再看时已了然无痕，那短信就像幻觉似的消失了。

然而孟飞扬从心底里认识到，这是极其可怕的现实。

第三章

位于上海市区中东部的"富丽新城"是一个超大规模的住宅区,始建于20世纪末,历经前后五期将近二十年的开发,终于形成了由几十栋超过三十层的高层住宅楼组成的巨型居住区。"富丽新城"中的居民总数过万,区内环境相当优美:绿化环绕、流水潺潺,小学校、幼儿园、银行、餐馆、便利店和美容院一应俱全,住户不出小区就可以满足基本的生活需要,堪称城中之城。

许多头一次来到"富丽新城"的人都会被成排高楼所围起的水泥森林惊得目瞪口呆,整个住宅区的井然有序更令他们印象深刻,他们当然不会立刻察觉到,表面秩序正如明丽的阳光,在巨大的楼群中投下层层叠叠的阴影,令此地的藏污纳垢更甚于市井喧哗的陋巷棚户。因为只有在"富丽新城"这样的地方,坐拥千万财产的富豪才可能和群租于双层铁床上的农民工相安无事,同居一个屋檐之下又老死不相往来,生活在此地,没有人知道自己的隔壁住的是谁,正在干些什么。

于是这天,就算是在大中午的时间,"富丽新城"三期某栋某层某室所有窗户上的窗帘都拉得严严实实,自然也不会引起任何人的注意。

正在干燥的冬季里,化纤质地的窗帘迅速合拢时会爆出细微的静电,拉窗帘的男人感到自己手背上的汗毛密密地竖起来。他摘下头上一年四季都戴着的黑色棒球帽,搁到窗下的茶几上。几缕光线从窗帘间的缝隙里漏进来,恰好照在男人的头顶上,浓黑短发因为静电的关系微微摆动着,其中好几大块斑秃特别鲜明,像是沼泽中引人失足的旋涡。男人伸出手又用力扯了扯窗帘，屋子里终于漆黑一片了。

他对这里是非常熟悉的，朝左边跨出小半步，就稳稳地坐在一张扶手椅中。房间里面几乎伸手不见五指，他却胸有成竹地往前探身，将面孔缓缓凑向黑暗的虚空，仿佛那里潜伏着什么引诱他的东西，无可名状，又难以抗拒……

随着极其轻微的"吧嗒"一声，像风折残柳的细响，果真有什么在男人面前悄然展开，若隐若现的光芒映在他的脸上，照不出半分表情，只是那双眼睛中的贪欲之色，犹如古井微澜，渐渐抑制不住来自最底处的暗流翻涌。

那是一张液晶显示屏，屏幕里呈现另一个晦暗房间的角落。阴影重重叠叠，光线自上而下，切割出细碎的光斑和色块，无法辨识，唯有正中央的大块白色一阵接一阵地激烈变换着清晰触目的图景。

两个赤裸人体的局部，扭出通常状态下不可企及的古怪姿势，在画面里起伏翻腾，却没有一点点声音。肉体绷得几近变形，在极度紧张中曝光过度，全部刷上白花花的浮点，仍然没有一点点声音。

男人吞咽着唾液，喉咙里咕噜咕噜地直响，头在屏幕前不规则地摆动，操纵机器的手指不住颤抖，终于——他找到了期待已久的时机和角度，用尽全身的力气按下去！

"啊……不要……"颤巍巍的女声仿佛一缕轻烟从液晶屏里飘出来，悬浮在男人置身的小黑屋里。

摄像头的角度正好对准她的脸：五官细致，双颊酡红如同醉酒一般；披头散发，稠密的黑发好像彼此纠缠的蔓草，被湿汗黏在额头和耳边。她跪伏在床沿，目光迷乱地向前方伸出双手，嘴里发出一连串像乞求又像哭泣的呻吟，但不停起伏扭动的身体远比含糊的话音更能表达——这具丰满白皙的肉体上每一个波纹都在索求抚慰。

其实她心里是明白的，她所哀恳的男人绝对不会让她痛快如愿。就在刚才，他从她如饥似渴的吮吸中挣脱出来，一下就把她的神魂甩到半空，没着没落的。本来她在喉头的充塞感中兴奋如狂，虚空突如其来，几乎使她的心跳猝停。

她恨他！是真的，每当这种时刻她就觉得自己恨死了他。他总是想方设法地挑弄她、羞辱她，激发起她的欲望却又不给她满足。明知道她熬过无数个日夜的等待，也不愿在她的包容里停留得稍久一些，只要稍久一些而已，就可以令她多享几许如入癫狂的极乐。她活着，好不容易活到今天，不就是为了这个吗？

然而她是没胆气的，不敢向他流露出丝毫的恨意。她害怕惹火了他，他会就此把她抛开，那么她人生中的一切乐趣便将荡然无存。她更不能奢望拥有他的全部，虽然他们已经相处了很多年，她依旧对他战战兢兢，从不敢造次。她和他之间是有着天壤之别的，她并没有多少见识，对于这点却认识深刻。

也因此，她深深地痴迷于肌肤相亲的每一个瞬间，只有在这种时候，她与他是没有距离的。

液晶屏幕前，男人的手在器械上停顿了一会儿，等他根据多次的经验确定，这个角度和位置已经不用再改变，接下来将为他攫取绝大部分的细节时，他就把手放了下来。随后他把身子向后靠了靠，脚往前伸了伸，特意地放松了躯体。他很清楚，之后将由视觉和听觉形成特殊的触感在脑中搅荡，一轮又一轮，旋转至飞脱……

和往常一样，女人的哀哀泣诉终于引来了怜悯。他从她的背后进入，坚硬地顶到最底端，然后是长久的停顿。时间也跟着停顿下来，她痉挛地屏住呼吸，体会到烈焰在寂静中炽燃起来，她拼命想要扼制住这股火苗，不是怕被它烧死，而是舍不得，舍不得它烧得太猛太迅急，太轻易地脱离了她的拥持。

"……天哪……"

画面里女人的面孔完全脱形，这时只怕最熟悉的人也认不出她来了。她高高地昂起头，瞪大的双眸里神采涣散。如墓的暗室中，液晶屏前的男人仿佛蛰伏在地下的鬼魂，窥探着近在咫尺却无法企及的人世欢爱。女人那变形的脸和杂乱的头发让她变丑，可淫靡的媚态却使男人的目光只能聚焦在她的脸上——这样一张脸，他从未见过。他的额头上青筋根根暴出，拼命舔着嘴唇，好像他的嘴巴就要干裂了。他的双眼死盯着屏幕，左手抵住褪下的裤子，右手却在胯间疯狂地动作起来。

结束了。他俩全都虚脱地瘫在床上，她心里还在想着他最后时刻的呻吟，满腔恨意早就烟消云散，像每次完事的时候一样，她的整个身心仿佛都被爱浸透了，情爱湿淋淋地往外直溢。她多么想与他紧紧相拥，让他把悲哀的秘密说给她听，但是多年的经验教会她，这时候不能问他什么，也不能要求爱抚或者试图爱抚他，他会极其粗暴地推开她。

好在他还不会马上离开，女人便躺到他的身侧，把头靠在他的腰间。即便他什么都不愿对她讲，她总还可以讲给他听，至少这是他默许的。

她一旦开口就没遮没拦，她的脑袋里没多少墨水，颠来倒去就是那么几句：

"今天开心吗？"

"……"

"你看我是不是又老了啊？"

"……"

"你还欢喜我吗？欢喜吗？"

"……"

"你说我和年轻的小姑娘比怎么样啊？听说小姑娘不懂服侍人的，对不对啊？"

"……"

"今天炖的肉里我加了你上次拿来的虫草，味道没变吧？你要是喜欢吃以后我就一直这么做。"

"……"

液晶屏前的男人已经很久不关注画面里的动静了，他瘫软在扶手椅中，右手耷拉在胯间，掌心里还挂着几滴浊液，他两眼空洞地望向黑暗的房间深处，就那么一动不动地坐着，半死不活。刚才的一两个画面反复地闪过脑海，和以前的一样被刻录下来，成为可以复播的记忆带。

"我要走了。"

女人打了个冷战，他用那么动听的声音讲出的话，每每都叫人心碎。

"再多待一会儿吧……"她无望地看了看床头柜上的钟。完事后他总习惯躺一会儿再走，最近休息的时间比过去长了些，仅仅这个细微的变化，便使她对他的爱惜倍增。

他已经坐起身来，女人跳下床，从角落的衣架上取衣服给他。他接过去，却又随手搁到床上，展开胳膊把女人搂到怀中。

"你儿子对新学校习惯吗？"

"好像还行。"女人略作迟疑，"建新这个小人，就会闷皮，我也不晓得他成天在想什么。哎哟，他功课一塌糊涂的，能上那种学校已经很不错了，轮不到他再来挑三拣四。"

他点了点头，开始穿衣服。领带、袖扣、皮带、手表……女人把这些闪着光泽的精致物件一样一样递给他，看他把它们有条不紊地穿戴起来，人类想象力和审美的结晶犹如流星汇入银河，瞬时融入他自身的华彩。她喜忧参半地眼睁睁看他从亲近变到冷峻，终于成为一个陌生人，然后远离她而去。

她的才智有限，领略不了这奇异的变身过程中荒诞而又悲哀的意味，幸好如此——否则她该怎么忍受同样的变化在日复一日、年复一年里。"你好好休息，我走了。"

摄像机前的男人突然跳起身来，惊慌失措地向液晶屏中看了看，"咔嗒"一声，他关上了摄像机开关，又飞快地把摄像机和支架、电线等一概收起，扔进脚边的矮柜，仔细地锁上柜门。紧接着，他扭亮了墙上的壁灯，昏黄的灯光下小屋里杂物横陈，他在满是灰尘的地面上迅速走动，鞋底拖出深深的脚印。靠近门边的墙上挂着面小镜子，他对着它匆匆整理好衣服，戴上帽子，开门出去。

大约十分钟以后，一辆黑色奔驰轿车缓缓开出"富丽新城"地下车库的VIP区，沿着车道驶向小区西部的大门，很快就消失在滚滚车流中。

小区的西侧有个儿童乐园，大中午的，刷着卡通图案的滑梯上没有一个孩子在玩耍。围绕乐园的是一整片的矮黄杨，边上竖着两个乳白色的秋千架，左面那个秋千上坐着个男孩子，他已经在这里坐了很长时间，看来连中午饭都没顾得上吃。

男孩有张清秀的面孔，皮肤很白，嘴唇上沿浅浅的黑色绒毛表明他已进入青春期。厚厚的天蓝色羽绒服紧裹着还来不及培植出雄性气概的纤瘦身体，他纹丝不动地坐在冬日的暖阳之下，脸蛋上尽是少年人特有的孤独表情，似乎在观察和等待着什么，又似乎目空一切。当黑色的奔驰车从儿童乐园前面驶过时，男孩子的眼皮稍微眨了眨，便垂下了头。片刻之后他将头重新抬起，奔驰车的尾部恰好掠过青黄色的灌木丛外，看不见的轻烟飘过来，男孩揉了揉眼睛，纵身跳下秋千架。不远处的高楼之上，刚才遮得严严实实的窗帘全部拉开了。

男孩飞快地跑过枯黄的草坪，一头冲进门厅。电梯直上十六层，他走到1603的门前，从口袋里掏出钥匙打开了门。

"是谁啊？"一个懒洋洋的女声从里间传出来，跟着是趿拉拖鞋的声音。男孩好像被这个声音惊吓到了，呆愣愣地站在门口，只管死瞪着走过来的女人。她一边走，一边抬起双臂束着卷曲的头发，头顶堆着大蓬蓬的浓密鬈发，好像那里伏着一只小狮子狗。她还披着粉色的长睡衣，从领口到下摆全是茸茸的人造毛，这么一来整个人都像只狮子狗了。

看见男孩，女人也是一惊："建新，你怎么回来了？"

男孩没有答话，却冷冷地打量着自己的母亲，他身上散发出的寒气对她非比寻常，从他在她身体里孕育，到产下后第一次看见的肉团团，再长到今天这么大，在她的感觉里，这孩子一直是血肉相连的暖乎乎的。

宋银娣朝前移了两步，抬起手去探男孩的额头："哎哟，我的乖儿子，你是不是生病了呀？啊？"

"别碰我！"

"你、你怎么……？"宋银娣看看自己被儿子打落的手，一脸茫然。

"他又来过了！"

"他？"

男孩昂起头,咬紧牙关逼视她,很满足地看到母亲在一瞬间里已经面无人色。

"你……你瞎说什么?"她还徒劳地想掩饰。

"不!我没瞎说!我看见了,我全都看见了!"

高喊声把她有气无力的申辩全部堵回去:"你……看见了?!"她在莫大的恐惧中倒退了一步,脚后跟踢到茶几的脚——"咚"!

宋银娣在沙发前摇晃了好几下,重新站稳了。血色又回到双颊上,连眼圈都红彤彤的。

"好好的学不上,你偷偷死回来干什么?快别瞎搞了,赶紧回学校去,要是让你爸看见了,打死你!"她铁板着脸说出这席话,虚张声势,祭出父母的地位来恐吓儿子,盼望着他马上落荒而逃。

她立刻就失望了。周建新的眼中聚起屈辱的泪光,声嘶力竭地冲她嚷起来:"对!还有我爸!我爸也在!你们,你们两个都在!你给他做奴隶!我爸当乌龟!!"

"啪!"一记响亮的耳光结结实实地落到周建新的脸上,宋银娣指着儿子的鼻子破口大骂:"小赤佬,你不想活了啊!我们、我们是谁?我们是你的妈、是你的爸!没有我们哪有你!辛辛苦苦把你养这么大,让你吃好穿好,哪一样亏待了你!上学上的都是贵族学校!狗屁,你他妈算什么贵族!你老娘是奴隶,你老爹是乌龟,好啊,那你算什么!啊?算什么!你说啊!"满头鬈发遮住了大半张脸,她涕泪横流地扑过来,揪着儿子的肩膀死命摇晃,她的脸皮被他直接撕烂了,她又气又怕又急,索性撒起泼来。

周建新奋力向前一推,宋银娣几乎坐倒在地上。

泪珠滚满了男孩的脸,他一字一句地说:"你给我听清楚了,如果下次再让我看见他到这里来,我就杀了他!"

他转身而去,用力扇上家门,门内立刻传来号啕大哭的声音。周建新站在楼道里注意倾听着,泪痕未干的脸上渐渐露出似笑非笑的古怪表情。

因为攸川康介在精英年会上猝死,"逸园"暂时被封,西岸化工只得将大中华区的办公场所转移到位于淮海路上的办公楼内。所谓大中华区本来就只有几个最顶层的高管和他们的秘书，"逸园"为他们提供舒适的超大间独立办公室，和豪华的会议室，讲究的就是气派和品位。如今迫不得已只好降低标准，在淮海路的中国公司办公区里腾出一些独立小间来，权做临时之用。

今天午后的阳光特别好，刚刚经历了寒潮的气温骤降，好不容易见到晴空万里，大家都不愿待在室内，所以午饭时间过了很久，外出用餐散步的人们才姗姗来迟，陆续回到办公楼里。大中华区的人事总监朱明明本来在"逸园"有单独的办公室，今天也只好在自己的临时隔间里坐下，才拿出香奈儿的粉盒补妆，头顶上响起醇厚的男中音："Maggie，Richard今天来上班了吗？"

朱明明的手一抖，小镜子里出现类似小丑的苍白鼻翼，她没有信心抬头了："他……呃，早来了！"

"在哪儿？"

朱明明气喘吁吁地抹着粉，李威连就站在桌边等她回答，目光和身影无形地压迫过来。虽然他站着而她坐着，这根本就不合适，但他那温柔的气势就是让朱明明软倒在椅子里，动弹不得。

"William！"她总算抛下了粉扑，鼓足勇气向他仰起脸，"Richard午饭前就到了，他要找你，我和Lisa都给你打过电话，可是你的手机一直关机……"

"是的，我去办了些私事。"

"Richard在小会议室里等你。"

"好。"

"William！"

"怎么？"

朱明明跳起来，差点儿直扑到李威连的胸前。

"William，下回你要是再突然想起要去办什么……私事，我的意思是，原先日程里没有的安排，方便的话还请你跟Lisa或者我关照一声，我们也好知道怎么应付。今天是Richard找你问题不大，上周的内部会议也就算了。可是前天亚太区的例会你也缺席，怎么都找不到你，结果Philips问得我们很为难，Lisa只好说你忽然身体不舒服……"她上气不接下气地说着，紧挨在李威连的耳边。

"你知道的，那些例会都是形式主义，Philips也就是做做样子，你们随便帮我推一推好了。"李威连和朱明明一样地温言细语，神情却非常轻松。

"我明白！可你提前说一声的话，我们就先把托辞给想好了，总不能每次都说你不舒服，人家还以为你健康出问题了呢！"朱明明一下子愤懑起来。

李威连看了看她："也许我就是健康出问题了呢？"他轻描淡写地说，阳光刚好照在他的脸上，眼睛下的青色隐约可见。这是纵欲的封印，是从身体内部慢慢向外的腐蚀。

朱明明小声惊叫："William！"

"开个玩笑。"他戏谑地微笑，她却恨不得杀人。

李威连懒洋洋地坐下来："不过你说的也有道理，这样吧……让我给你个建议，以后你就多想些备用的理由，每当遇到像今天这种情况，你和Lisa就从中随意抽取一条来使用，彼此经常通通气，尽量减少重复。"

现在换成朱明明站在他的面前，哭笑不得地瞪着他。办过"私事"之后李威连总会处于短暂的亢奋中，这种虚浮的愉悦情绪与他一贯的气质并不相符，显得脆弱而无稽。

"Maggie，我一向都很欣赏你的创新精神，你好好发挥吧。"

"哼。"朱明明用鼻子回答。

虽然他们可以像密友般心照不宣地讨论他的隐私，把能说的说完之后，她还是必须回归下属的身份，忠实地奉行他的旨意，不论心中受着怎样的煎熬。

"好吧，我去看看可怜的Richard。"李威连起身就走。

"William，要给你送杯咖啡吗？"朱明明追在他后面问。

"不用了，谢谢。"

李威连头也不回地转过走廊，小会议室就在走廊尽头。他伸手扭开门把，一步跨了进去。

"谁？！"呆坐窗前的张乃驰闻声跃起，张皇失措地往后直躲，活像一只突然暴露在灯光下的仓鼠。

"是我。"李威连把门带上，皱了皱眉，"听说你过来，还以为你缓过劲了。怎么还是这副样子——如丧考妣！"

张乃驰愣愣地看着他："如丧考妣？……我的考妣早就丧光了，你又不是不知道。"

这句话产生了奇妙的效果，李威连脸上阴云微微散开："还没有失去幽默感么？很好，这说明你的心理状态正在恢复中……坐吧。"

他自己拉过一张椅子坐下。

张乃驰长长地出了一口气，也跌坐回椅子里："唉，恢复什么！我这两天夜夜噩梦，一闭上眼睛就是攸川康介那张死人的脸，简直、简直太可怕了！"

"既然做了，就不要怕。"

"可、可我怕鬼……"

"鬼？"李威连往椅背上一靠，"人都不怕，还怕鬼。你怎么越活越倒退了！"

看着张乃驰颓丧憔悴的面容，他又不屑地说："当然，攸川这么个死法确实惨烈了些，日本人自裁的决心倒是令人刮目相看……不过，这不正是你梦寐以求的吗？"

刚刚显露暖意的目光回复阴冷，李威连往前探一探身，好像在审问犯人："Richard，你是不是瞒着我做了些什么？我是说——计划之外的行动。"

张乃驰浑身一颤，躲避着李威连的目光："我……没有……我不……"

"不什么！"李威连一旦发怒，他身边的人都会立即汗毛直竖，因为他的愤怒是积蓄酝酿之后才如火山爆发的，他的怒火从不无缘无故，也必定有始有终。

"如果你没有私下做什么,攸川康介怎么会把矛头指向你?!我们的计划非常隐蔽,按理说他就是到死也猜不出是谁在做他。年会那天他明明是来向你求援的,你到底对他说了些什么?竟然令他决意求死,还要用那么恶毒的方式加害你?!"

"我……"张乃驰在皮椅里快缩成一团了,"我、我怎么知道他脑子里……"

"他的脑子我不关心!我关心的是'逸园'!"李威连加快语速,这表明他已经怒火中烧了,"年会之夜发生这么骇人听闻的惨剧,受邀的宾客受到惊吓,西岸化工的形象被损害……这些也就算了!可是'逸园'的声誉无端受损怎么办?该如何弥补?呃?今后大中华区要恢复使用'逸园'办公,又要花多少心思来消除人们的顾虑?而这就是你逞一时之快的后果!"

李威连的声音并不高,却在张乃驰的耳郭里激起阵阵回响,正当他辗转无措时,耳朵里又冲进来两个字——"算了!"

张乃驰张口结舌地看着李威连,听到他紧锁眉头又说了一遍:"算了,弄了半天还是要我来善后。我告诉你,这种擦屁股的事情是最后一次,以后再别来找我!"

张乃驰不由自主地抬起手,抹了抹额头上想象出来的汗珠。其实他对李威连并没有表现出来的那么敬畏,他太熟悉李威连的性格和行为模式,深知李威连富有强者的宽容心,尤其习惯在最紧要的关头挺身而出。

因此在某种程度上,示弱是张乃驰和李威连相处时的策略。

"Richard,你得到什么消息了吗?"发完一顿脾气,李威连恢复了往常的冷静神态。

"消息?"

"是的,中晟石化那边应该知道攸川康介出事了吧?"

张乃驰咽了口唾沫:"嗯,我正想告诉你——中晟石化那边来电说,海关出具了验货单,明确指出伊藤株式会社的货物都是劣质品,与提单所述货物规格不符。因此中晟石化已经正式书面通知伊藤，决定对这批低密度聚乙烯粒子退货，并提出进一步索赔的要求。"

"哦？"李威连的目光一凛，若有所思地重复，"海关查出来了，真及时……"

"是啊。"张乃驰期期艾艾地接口，"咱们原本不是商量好的？等攸川把货送到浦东口岸后，由我给中晟石化的关系打招呼，告诉那边真相，让他们好做出正确的反应。可是，可是前天晚上攸川康介突然来了那么一下子，我、我就……"

"你就自乱阵脚，精神崩溃了！"李威连打断张乃驰，他又开始冒火，"结果你把通知中晟石化的事情彻底忘了，对不对？而万一这次海关没有查出问题，真的出具验货合格报告给中晟石化，这个计划就要横生枝节了！"

张乃驰忍不住辩解："我真的没想到攸川的反应会那么激烈啊。再说，你也没有预先告诉我会直接举报给海关总署！闹得中晟石化那边非常不爽，给我来电时话说得很难听……"

"哼，这局面不都是你自己造成的？要怪就怪自己，不要总是一出问题就到处推卸责任！"

张乃驰被训斥得面红耳赤，相当不忿地低下头。

"但是……我这里绝不会有人举报给海关总署。"李威连沉吟着说，"奇怪，难道还有其他人知道这批货的问题？可能吗？"

张乃驰小声嘟囔："事到如今了何必再隐瞒呢？你想干什么，我都明白……"

"你说我想干什么？！"李威连厉声反问，"你别忘了！这件事情从一开始就是你求我帮忙，整个计划我们一起讨论，过程中我们各司其职，我一直都按计划行事，而你呢？好好的一个年会都让你给糟蹋了！你还是多找找自己的问题吧！"

张乃驰张了张嘴，却什么都没有说出来。

李威连沉默片刻，略微放缓语气说："你动脑子想想，就算我这里有人要提醒海关小心这批货,也一定是给上海海关打招呼,何必举报给海关总署?这不是明摆着给上海海关难堪?上海海关是西岸化工多少年的关系,谁会做这种损人不利己的事情?至于中晟石化那边,攸川出事之后我就通知我的联系人了,你我的关系咱们各自维护,这是早就定好的规矩,不能因为你的失误就眼睁睁看着整个计划受挫吧。不过海关总署的确是意外冒出来的,非常蹊跷。难道是总署有意要查上海海关,随便借个题目却恰好碰上这批货?……但这种可能性太低了,难以置信,世上真有这么巧合的事?"

李威连思忖着不再说话,从桌上的雪茄烟盒里取出一支雪茄,剪开抽了起来。

张乃驰把头又抬了起来,眼神飘忽不定:"William,中晟石化那边倒提醒了我,伊藤株式会社的货是肯定不能用了,可是农业部要塑料棚要得非常急,现在中晟石化虽然避免了被骗,但不能按期提供原材料的话,后果一样很严重,甚至更要命!马上又要来一次寒潮,到时候再交不出塑料粒子,不仅中晟石化对农业部无法交代,农业部对中央都无法交代了。"

"嗯,"李威连吐出个大烟圈,眼睛看着前方,"你的想法是?"

张乃驰痉挛地握住椅子扶手,身体前倾,满脸迫切:"我是想——我们西岸化工可以接手这笔生意,和中晟石化立即签一个替代合同,由我们在国际市场上购买符合规格的低密度聚乙烯粒子,尽快交付给中国农业部。"

李威连不慌不忙地又吐了个烟圈,很平淡地问:"价格呢?当时攸川报的价是相对最低的,才能拿下这个订单。我们来做绝对不可能做到这个价的。"

"价格不成问题,我已经暗示过中晟石化那边,这次我们纯粹是帮忙救急,价格上去一些也是合理的。再说现在中晟石化已经火烧眉毛了,农业部天天盯在屁股后面,他们没有时间和精力纠缠价格了。"张乃驰越说越兴奋,原本发灰的脸色也明朗起来。

"嗯,听上去还有点意思。不过,你所谓的价格上去一些,到底是多少呢?"李威连依旧不紧不慢地问着。

张乃驰的眉梢微微一跳："价格可以具体再谈嘛，我这不是在和你商量吗？反正这次我有把握，你只要给我授权就行了。"

"Richard，你是大中华区的塑料业务总监，做这个单子你并不需要我的授权。既然你这么有信心，就去做好了。我祝你成功。"李威连掐灭雪茄，稳稳地站起身就朝门口走去。张乃驰面无表情地望着他的背影，眉梢却跳得更急了。

到了门边，李威连又慢悠悠地转回身，随意地说："哦，今晚我就飞美国度假了。你怎么样？听你的口气圣诞节和新年打算在上海过了？葆龄呢，也来上海陪你？"

"我，呃……杂事太多走不开，况且、况且警方说有可能再征询我，我还是留在上海吧。葆龄，我还没来得及和她商量……"

"嗯，早点和她说。事情再多，节总还是要过的。何况攸川康介完了，你更应该好好庆祝一番才是嘛。"李威连微笑了一下，他的眼神其实很生动，笑容在他的严肃表情里增多了几分亲切，然而即便如此，他表示关心的口吻还是居高临下的。

张乃驰坚持不与李威连视线相交，又一次垂下了眼睑。于是李威连的目光就在张乃驰的脑袋上方盘旋着，好像也在犹豫，究竟是该向对方身上播撒怜悯，还是挥洒轻蔑。

就这样略微僵持了两秒钟，李威连才说："Richard，我只提醒你一句话，先调查清楚目前国际市场上所有正品的低密度聚乙烯粒子的价格、到货日期和供货量，再和中晟石化提出的条件做一下比较，以免被动……好，那我就先走了。提前祝你新年快乐，替我向葆龄问好。再见！"

眼看着李威连潇洒地走过自己跟前，目不斜视地离开了办公室，朱明明心中的期待和懊恼犹如室内的温度般同时高企。这座6A级写字楼的中央空调开得太殷勤，硬是把严寒的冬季营造成了小阳春，就像朱明明冷傲外表下那颗骚动不安的心。伪装得久了，有时自己也会糊涂，弄不清楚究竟哪一部分才是真实的自己。

"Maggie，今天看上去怎么有些幽怨啊？"

朱明明当然知道，这个颇有磁性的声音是属于张乃驰的。他说话的语调很特别，软绵绵轻飘飘的，好像悬在半空中的浮云，有气无力地让人心头无名火直蹿，可配上他那张俊秀的面孔、柔情的眼神，又似乎别具某种暧昧的撩拨意味，恰恰是令很多女人无法抗拒的特殊魅力。

朱明明"哼"了一声不睬他。

"其实我感觉你蛮适合这样的。"张乃驰继续说着，又往前凑了凑，身上的阿玛尼香水味一个劲朝朱明明的鼻子里钻，并不是带着烟草和皮革感觉的传统男香，而是兼具檀香和西柚味道的中性香氛，和他这个人一样。

现在她不得不瞟了他一眼，不与张乃驰面对面的时候，几乎所有女人都会嘲笑他缺乏男子气、娘娘腔十足；可一旦到了面前，却又不得不承认，他还是很能让人心情愉快的。朱明明忿忿地想，不像那个李威连，他的能力、威严和气魄多么叫人心驰神往，但每次与他面对时，自己就只剩下卑微的觉悟，连一丝一毫女人在男人之前的优越感都体会不到。

"Richard，你再这么说话，小心我告你骚扰。"朱明明轻笑着说。

张乃驰端出满脸的无辜状："我说的都是真心话，难道这也有罪？"

她的笑容越发妩媚了："看来你已经从前天晚上的事情里恢复过来了，真不错。William对你说了什么就让你宽心了？"

"哎，我刚刚好一点，你又提那些扫兴的干什么？"张乃驰看了看窗外，才将近五点，天色就有些暗了，"晚上有空吗？想请你吃饭。"

"这……"朱明明做出犹豫的表情，实际上她孤身一人被从香港派来上海，业余时间基本上就是空白，张乃驰对此是很清楚的，于是又微笑着加了一句："Maggie，就赏光陪陪我吧，我刚从重创中恢复，实在需要你这样美丽女性的安慰啊。"

"好吧，看你可怜。"

张乃驰喜形于色："太好了，说走就走。"

"还没下班呢？"

"不管他，咱们先喝咖啡，然后再吃意大利餐。走！"

他们在名叫"马可"的意大利餐厅坐下，靠窗的位置很宽敞，时髦的青年男女们成双作对地从窗前经过。朱明明的心情又莫名地黯淡下来，这家餐厅装修成后现代风格，到处是闪着寒光的金属和镜子，她不敢去看自己在镜子里的脸，生怕不经意中发现新的皱纹。

张乃驰似乎也在想心事，目光散漫地看着窗外，突然低低地叫了一声："咦？怎么是他！"

朱明明随着张乃驰的目光望过去，一对青年男女刚好从窗外经过，她努力回想："……这个男的，不是那什么伊藤株式会社的吗？"

"对，他叫孟飞扬，那天晚上陪攸川康介一起来年会的。"

朱明明点点头："我记得，我还和他聊了几句呢。哼，人长得还算帅，就是脑袋有些木。"她跷起小指轻轻弹着咖啡杯，好像要把对木脑袋的不屑弹掉似的。

"我倒不觉得他脑袋木。要是没有他，我就……"张乃驰自言自语，眼睛仍然死死盯着那两个年轻的身影。从窗里望出去，寒冬的暮色晦暗，孟飞扬穿了身黑色皮夹克，比年会那天晚上要精神许多，右手很自然地搂在戴希的腰间。两人的身体紧紧贴在一起，踏着青年人的节奏轻轻摇摆着往前走。

张乃驰喃喃："伊藤出事了，不知道这个孟飞扬会怎么样？……呵，倒是没想到，这小子的女朋友还挺不错嘛。"

朱明明撇了撇嘴："打扮得像个学生，穿衣服一点儿没品位。"

张乃驰抽回视线，出其不意地一把握住朱明明的手："那当然了，谁能像你那么有品位……"

朱明明本能地想把手抽离，可又舍不得破坏这难得的亲昵气氛，她能很清晰地感觉到周围女人投来的嫉妒眼神，这大大地满足了她的虚荣心——毕竟张乃驰是如此英俊的一个男人，穿着和举止都温文得体，引人注目。最让朱明明心动的是，他用欣赏的目光温存地抚过她的全身，她完全能看透他的做作，却在这个将近岁末的寒冷傍晚，异常希望沉沦在他虚伪的情意之中，管它是真是假，她实在是寂寞难耐了……

张乃驰又紧紧握了一下，才放开朱明明的手，叹息着说："我们俩也算得上同是天涯沦落人，真应该相互多多安慰。"

朱明明转过头看窗外，张乃驰的唇边溢出一丝浅笑，对于接下去的谈话内容，他现在完全有信心了。

"Maggie，有件事情想问问你。"侍者端上头道意大利乡下浓汤时，张乃驰不经意地说。

"什么事？"

"就是大中华区三个业务部门调整的事。"

朱明明姿态优美地喝了口汤，拿餐巾按按嘴角，才说："这是头头们定的事，我哪里知道呀。你干吗不直接问William，还不都是他一手操控的吗？"

"唉呀，我的好Maggie，你又不是不知道，William这个人原则性太强……"

"噢？那我就是不顾原则的？再说了，我一个小小的人事经理，这么重要的决策怎么会透露给我？"

张乃驰似笑非笑地说："公司的人事变动逃不过你这个小小的人事经理，就看你肯不肯，有没有诚意帮忙了，Maggie……"他恳求时的眼神是湿漉漉的，很像只乞食的小动物，叫人不忍心回绝。

朱明明叹了口气："Richard，你有什么可担心的呢？塑料产品部这几年的业绩那么好，William和你又是多少年的死党，你这个总监的位置比谁都牢靠呢。"

"这么说真的没希望了……"张乃驰的俊脸扭曲了。

朱明明有些诧异："Richard，化肥和农药部是个苦差事，这几年业务基本没有增长；有机/无机化工部嘛，一直都是William亲自兼任总监，业绩当然是最突出的，你的塑料产品部比上不足比下有余，就知足吧！"

"可明年William要分管亚太区更多的业务，所以要任命一个新的有机/无机化工部总监。Maggie，说句心里话，就凭我这两年在塑料产品部的业绩，我最适合这个位置！"

朱明明当然知道，有机/无机化工部比其他两个业务部门要高一个级别，与亚太区的业务部门平级，所以张乃驰才会如此渴望这个总监的位置，但是……她的眼前浮现出关于这个人事任免的邮件，李威连在邮件里明确指出：张乃驰负责的塑料产品部业绩虽然突出，但主要是得益于这几年中国市场的大幅增长，张乃驰本人的管理能力有很大的局限性，缺少商业远见和运筹能力，不适合有机/无机化工部这个西岸化工的命脉部门。

"Maggie，你告诉我。"张乃驰哭丧着脸，"求求你告诉我，到底定了谁当有机/无机化工部的总监？"

朱明明没有回答，她走神了，今天下午李威连离开时的背影摄走她的魂魄，令她再难遏制自己的想象——热烈、疯狂、不知羞耻的想象。想象中的情景连她自己都不敢承认，却又不得不满怀怨愤地归咎于他。对于所谓的"私事"，他居然堂而皇之地要求她做同盟，难道他看不见她在为他担忧、为他着迷、为他嫉妒、为他痴狂！

——对我，你就没有一点点怜悯之心吗？！

朱明明突然抬起头，恶狠狠地对张乃驰说："告诉你就告诉你。都是William提议的，让化肥和农药部的Mark来做有机/无机化工部的总监！"

"砰"的一声，张乃驰把刀叉扔进盘子，嘴唇发青。

朱明明意犹未尽，把头凑到张乃驰的面前："人家可是很公正的哦。他的理由是，化肥和农药部在市场萎缩的情况下仍能取得目前的业绩，说明Mark的策划、管理和执行能力都非常强。而你嘛，对塑料产品部的市场推广和产品应用更加熟悉，和终端用户也建立了很好的关系，因此不同意将你调离塑料产品部。"

张乃驰闭起眼睛，他不想让朱明明看穿其中的内容。

第四章

北京的傍晚，室外温度早已降到了零度以下。中晟石化集团位于西三环路上的进出口公司最顶层的走廊里匆匆走来一个高大魁梧的中年人，他右手拎着一个鼓鼓囊囊的公文包，左手臂弯里搭着咖啡色毛大衣，可能是户内温度太高，也可能是赶路太急，楼里的灯火辉煌映得他额头锃光闪亮，汗珠在鬓角边聚集成堆。

来到第一会议室的门前，他抬起手敲了敲门。

"谁？"

"是我，郑武定。"

门立即打开了，满屋呛人的烟雾一涌而出，郑武定给熏得几乎窒息。他拼命地瞪大眼睛，好不容易才看清重重迷雾中坐了一屋子的人。正对门口的墙上，"禁止吸烟"的红色标示牌在烟气笼罩中若隐若现。

"小郑，快进来，都等着你呢。"

郑武定赶紧跨前两步，站到会议桌边。招呼他的人坐在东首的主席位上，花白头发下一张皱纹密布的脸，脸色青灰，显得比平日苍老不少。郑武定毕恭毕敬地朝那人点头："丁总。"丁总疲倦地摆手，示意他坐下。

集团公司主管进出口的丁副总裁亲自来主持今天的紧急会议，给了郑武定一个明确的信号。他在留给自己的空位上坐下，感觉到四面八方投来的目光，当然其中最犀利的那双来自于正对面。郑武定不慌不忙地把公文包在桌上摆好，这才抬起眼睛迎向对方——他的顶头上司、进出口公司常务总经理高敏的脸上分明是欲置人于死地而后快的表情，这表情使得她那张肥胖宽阔的脸更加丑陋。郑武定不忍卒睹似的垂下眼睑,几乎掩盖不住心中充溢的兴奋——他苦苦等待了很久的时刻就要到了。

丁总开口了,声音有些喑哑:"小郑啊,你把去上海海关的验货情况向大家介绍一下吧。""是。"郑武定答应着,翻开公文包,取出文件,"丁总,各位领导。"他特意省略了过去每次会议都必须先称的"高总",今天轮不到她了:"本月15日,海关总署收到匿名举报信,信中称我司所订购的一批从南美洲进口的正品低密度聚乙烯粒子存在以次充好的问题,卖方伊藤株式会社涉嫌商业欺诈。由于这批货是我司受农业部委托从国外进口的高级原材料,将用于长江中下游的农作物防寒塑料大棚上,战略意义十分重大,因此海关总署立即通报了集团总公司。在总公司领导的指示下,由我代表中晟石化和海关总署共同组成调查组,于本月17日深夜飞抵上海,对已经到达外高桥口岸的这批货物进行集中查验,这里就是验货的报告。"

他把手中的材料放在丁总面前:"据查,这批货物除了表层的五六吨符合规格之外,其余所有货品都属于市场上等外品的废品塑料粒子!"

会议桌上并没有哗然一片,在座的各位预先都得到了消息,因此只是紧张地注视着丁总,看他一页一页地翻阅郑武定送上的文件,终于,他将报告往桌上狠狠地一拍:"高总!你自己看看吧!这是怎么回事!"

高敏浑身一震,犹犹豫豫地伸手拿过文件,她想仔细读读,可满纸的字都在乱跳,高敏咬了咬牙抬起头:"报告我看过了,伊藤株式会社竟然敢搞这样的商业欺诈,我确实没有想到。我承认,这是我工作中的严重失误。好在,货款并没有付出去,这件事对我司尚未构成实际的经济损失。"

"嗯,"丁总沉吟着问,"货款未付确实是不幸中的万幸,这是你的指示吗?高总?"

"这个……"高敏的脸上红白交叠,在她那副金丝边配上玳瑁脚的眼镜后面,阴狠的目光更加恶狠狠地盯向郑武定,万般不情愿地挤出几个字,"是郑副总的个人行为。"

丁总再次转向郑武定:"是吗,小郑?这样操作不符合国际贸易的规定啊，虽说事实证明你的做法为我司避免了巨大的损失，不过你能解释一下最初这么做的动机吗？"

郑武定神情坦然："丁总，我之所以对这笔合同拖延付款，完全是出于对该合同与卖方的不信任。据我自己的调查，伊藤株式会社从来没有进入过我司的供货方名单，过去也没有和我司有过任何业务往来，这次高总执意要与伊藤签订金额如此大的一笔合同，所订货物又非常重要，所以我对此始终有异议，事先也曾向高总提出过，但她一意孤行……"

"郑武定！"高敏气得声音直发颤，指着郑武定的鼻子尖叫，"你不要胡说八道！你什么时候向我提出过异议？啊？我又怎么一意孤行了？！"

丁总皱起眉头："高总！先让小郑把话说完嘛，你别忘了，正是他的努力才避免了你失误到不可收拾的地步！"

高敏不做声了，勉强扶了扶眼镜，平日里一直精心打理的发型有些散乱。郑武定扫了她一眼，效果比他想象的还要好，但他仍然尽力保持着平静，不紧不慢地说："最初看到这个合同的时候，我就觉得很有问题，撇开伊藤株式会社的供货商资格不谈，单就他们所承诺的超低价格来看，就很可疑，因为这个价格明显低于国际市场价，如果他们没有什么非常手段或者渠道的话，就只能亏本做这笔生意，这显然不合乎情理。"

丁总的眉头皱得更紧了："既然有这么多疑点，你为什么不向上级领导部门反映呢？"

郑武定朝高敏点点头："我已经向上级反映过了，可是……"

这一次高敏没有跳起来，但面孔死板，胸脯起伏不定。郑武定继续说："所以我就在自己的职权范围内，授意银行尽量拖延付款时间，目的就是要等货物到岸，验货合格以后再付款。结果没想到，随着货物一起到的还有匿名举报信！"

丁总沉重地点了点头："嗯，事实经过已经很清楚了，小郑你做得好啊。不过，我们目前还面临着一个更加严峻的问题，就是该如何向农业部交差！"

听到这话，高敏好像突然清醒过来，挺直身子开口了："丁总，关于这个我倒有些想法……"然而她没能够说下去，丁总摆摆手打断了她："高总，进口方面的事情你暂时就不要参与了，小郑，我想听听你的建议。"

高敏的面孔顿时变得惨白，她愣愣地看了看丁总，又慢慢把目光转向郑武定，方才的色厉内荏中糅入了愈加复杂的新内容……郑武定则全然无视她的存在，镇定自若地从公文包里又掏出一份文件："丁总，我这里还有另外一份文件，请您过目。"

丁总诧异地从郑武定手中接过文件，前前后后翻了好几遍。郑武定觉得脖子后面全湿透了，非常想松一松领口透个气，他竭力克制住自己。终于，丁总再次抬起头，转向郑武定的脸上没有丝毫表情："小郑，你怎么会想到签这么一份备用合同的？"

"我知道这批低密度聚乙烯粒子对农业部的重要性，因此必须要有一个备份方案才行。"

丁总轻轻一敲文件："你刚才说了，伊藤承诺的价格极低，甚至低于国际市场价，所以引起了你的怀疑。但是我看见这份备用合同上，西岸化工竟然也承诺了相同的价格！你又怎么能够信赖他们呢？！"

一句话犹如巨石抛入湖心，强抑太久的震惊和困惑齐齐爆发出来，窃窃私语在会议室里响成了一片，几乎所有的人都开始交头接耳，就连高敏也惊叫出声："西岸化工？！"怎么可能？这太让她难以置信了……

郑武定清了清嗓子："刚才我说得很清楚，如果伊藤没有什么非常手段或者渠道的话，他们所承诺的价格的确就是亏本做生意。但是丁总，西岸化工的背景和实力与伊藤有天壤之别，他们如果真想做这个价格的话，是完全可能的。况且，就算亏本赚吆喝，纯粹为了争取客户而接这个单，西岸化工也亏得起！"

"这绝不可能！"高敏从椅子上跳起来，"我问过西岸化工，是他们说做不了……"

郑武定毫不客气地打断了高敏："高总，据我所知这批低密度聚乙烯粒子的采购根本没有走正常的招标流程，选定伊藤株式会社签合同，自始至终由您一手操办。你说向西岸化工询过价，联系人是谁？答复是什么？

我怎么没见到相关记录？不知道在座的各位领导，有谁看到过？"

高敏呆住了，直到此刻她才隐约意识到，这次危机远比她想象的要复杂得多，也可怕得多。她用前所未有的恐惧目光打量着对面的郑武定，这个一直在她的压制下郁郁不得志的人，这个一直被她看成为头脑简单的退伍军人、大兵哥，是什么力量使他突然变得这样思路清晰、进退自如？最令她从心底深处升起寒意的，是郑武定提到的"西岸化工"——高敏的直觉在惊慌中战栗，这四个字像一座大山般朝她的头顶压来，裹挟着阴谋的森严气息，她站不住了，溃然倒向座椅。

"好吧，"丁总接着说，"情势所迫，看来我们别无选择，必须启动这份备用合同。不过我还有个忧虑，离农业部要求我们的交货期只有两天了，西岸化工怎么可能在这么短的时间内把货物运到口岸？"

"货物已经到岸了，就在宁波北仑港。只要我们确认合同成立，就可以立刻验货。"郑武定的回答再次在会议室里掀起轩然大波，连丁总都瞪大了眼睛："都到岸了？你确定？！"

"是的。就在来开会的路上，我和西岸化工的李威连总裁通过电话，他已经派人赶往北仑港，就在那里等待我们去验货。"

"可是，西岸化工怎么能预料到伊藤的合同一定会出事？他们这样做承担了太大的风险啊！"

郑武定淡淡地说："这就是商业上的魄力吧。备用合同是李威连亲自签署的，我想他早就做了最周密的计划，对这批货物准备了几种处置方式。不过现在对我们来讲，按期收货才是最重要的，至于西岸化工内部如何操作我们并不关心。另外特别有利的是，西岸化工的进口货物基本上是免检的，可以大大地节省清关时间。"

"太好了！"丁总重重地一拍桌子，"讨论到此结束。我宣布这份合同立即生效。小郑，你现在就带人赶赴北仑港，督促当地海关办理进口流程。清关后就马上付款提货，组织物流。时间再耽搁不起了。"

"是！"郑武定响亮地答应，差点儿就要并拢双脚行军礼。丁总站起身，拍了拍他的肩膀："小郑，快去吧。随时与我保持联系，我们等你的好消息！"

带着满怀的释然，也带着满腹的疑虑，与会人员各自离场而去。一室的烟雾渐渐散尽，全部打开的灯光就显得过于明亮了，从高敏遮蔽在金丝眼镜后面的呆滞目光看出去，周围的一切都是那么刺眼、狰狞，又暗藏杀机。

"戴希，你男朋友今天晚上似乎不太高兴嘛？"希金斯教授在鱼缸里撒了点鱼食，一边仔细观察着各色鱼儿争食的场面，一边笑眯眯地问。

"还好吧？唔，他的英语不太好，所以搭不上太多话。"

戴希站在教授身边，替他端着装鱼食的小瓷碟。David Higgins，斯坦福大学心理学系的资深教授，酷爱养鱼，在美国的家中有个堪比水族馆的超级大鱼缸，一年四季循环保温，饲养了几百条品种各异的热带鱼。这次希金斯教授受邀来上海的大学做访问学者，刚一安顿好，他就迫不及待地造访本地最大的花鸟市场，又在家里搞起个鱼缸，规模虽然远远比不上美国的那个，好歹能聊解其趣。

"嗯，也许是这个原因吧。戴希，看起来他真的很在意你噢。"教授的目光紧追着鱼群里一条透明的天青色鱼，"假如我是他，在心绪烦乱的情况下，是不会勉强自己去参加一次并非那么有趣的晚宴的。"

戴希撅了撅嘴："他的公司前两天出了点事，我就是想拉他出来走走，散散心。"

"可你注意到了吗？吃饭的时候他一直在走神，戴希啊，你的目的完全没有达到。"

"也许吧，不管他了……"戴希把剩下的一点儿鱼食都倒进鱼缸，指着那条天青色的鱼问："教授，你还管它叫'克林顿'吗？"

"是啊！哈哈，你怎么知道？"

"你的鱼不都是以著名的心理学病例为名的吗？'克林顿'在美国就是你最钟爱的，所以我想到了中国你也一定会先命名一条'克林顿'。不过教授，今后你要多熟悉熟悉中国人的名字了。"

希金斯教授哈哈大笑："对，对，希望我的鱼缸里很快能增添些有趣的中国名字。实际上，戴希，我已经有了中国人的病例。"

"真的吗？"戴希的眼睛好奇地发亮。

"嗯，"希金斯在沙发上坐下，神色却意外地变得黯然，"一个很有意义的病例，我非常重视他。但遗憾的是，就在我决定来中国前不久，他突然中止了定期的面谈，好像是对心理治疗产生了抗拒。"

"这倒真是可惜，"戴希也有些失望，"病人一旦对心理治疗失去信任感，就很难达到理想的效果了。但是教授，你知道这种变化的原因吗？"

希金斯教授摇了摇头："不好说。他是个极其有决断力和自制力的人，这样的人往往会在潜意识里拒绝一切他所认为的外来操控。在心理治疗的初始阶段，治疗师就要花费很大的力气让他放松防御，但是随着治疗的深入，当越来越多令人痛苦的内在体验被挖掘出来，病人必须要给予治疗师极大的信赖，否则便无法面对继续治疗所带来的强烈情感冲击。而显然，我没有使他建立起这种信赖，他潜意识中的阻力异常强大，并且拒绝给我进一步分析和弱化这些阻力的机会。"

教授和蔼地看着戴希："对于这样的病例来说，一个比我更加敏感、温柔的治疗师才能提供和谐舒适的氛围。学术权威远不如体贴的朋友对他更有意义，戴希，一个像你这样的心理医生会比我更适合他的。"

戴希垂下眼睑，正如这些天经常有的那样，她的心中升起些许怅惘之情，混合着内疚和失落，就像听到一首触动心弦的乐曲落下时，随之而来的极淡又极浓的感伤。

"那么说你决定了？"教授意味深长地问。

"嗯。"

"今天看到你和他一起来，我就知道你已经做出决定。"希金斯教授的目光十分亲切，"戴希，我要说我真的很遗憾，你是我所见到过的最有天赋的心理学学生。"

戴希没有回答，她了解自己的这位导师、当代最有权威的心理学家之一，在他的面前不必隐匿内心，虚饰的言辞也只能是徒劳。因为他曾经深入过太多的心灵，在这个最奥妙最神奇的领域里他有着异乎常人的敏锐和洞察力。

"那么,你的父母亲也知道你要放弃攻读心理学博士了?"

"我在回国前就对他们谈起过,这次回来后又讨论了一次。他们说,让我自己做决定。"

希金斯教授夸张地扬起眉毛:"噢?我还以为他们会劝说你改变主意呢。毕竟,戴教授是中国最早研究弗洛伊德心理分析的专家,他应该会希望你能继承这个事业。"

戴希还是不回答,却微微侧过脸,向教授绽开甜润的笑容。

"好吧,好吧。"教授无可奈何地拍了拍沙发扶手,"但他首先是你的父亲,女儿的幸福才是一个父亲最看重的……你的男朋友也知道你的决定了?"

"还……不完全吧。"戴希托着下巴想了想,才说,"我没有直接对他说,但估计他是知道的,他是最了解我的人。""戴希——"希金斯教授拉长了声调,"罗杰斯是如何阐述亲密关系的?良好的密切关系需要持久的内在感情的交流,即使这种交流有破坏这种关系的危险。你虽然从美国回到男友的身边,但这并不就等于内在感情的交流。为什么不和他沟通你对事业的选择?"

教授故意板起脸,冲戴希摇了摇食指,继续说:"让我来猜猜,你不对他说放弃学业的事情,是为了不给他施加压力,不让他觉得这是你为了爱情的付出,更不想让他因此产生亏欠你的感觉。我说得对吗,戴希?"

戴希尴尬地微红了脸:"教授,不是这样的!我不想继续学业只是因为,因为我对成为一个心理学家失去了信心。我觉得我不适合从事这方面的研究。这个决定本来就和飞扬无关,因此我才不想让他有无谓的负担。"

希金斯教授注视着戴希的眼睛,这目光虽然平淡温和却有着真正的洞察力,戴希叹了口气,打算束手就缚,再充当一次心理分析的对象,但是教授似乎又改变了主意,语气比刚才还要亲切:"戴希,建立强大的自我,与自己保持和谐,这些理论你都学习得很好,但要实践却并不容易。与所爱的人进行充分沟通,这是接受自我的必经之路,也是你与他共同成长的最有力手段。我不会再试图让你改变主意,但是请接受我的建议,和飞扬好好谈谈你的想法，与他讨论你对未来的计划，这对你和他都是有益的。"

书房外的客厅里，教授的华人妻子Jane和孟飞扬并肩坐在长沙发上。与绝大多数的中国家居布局相迥异的是，长沙发的对面不是电视机，而是落地的大玻璃窗。窗外的阳台足足有五米多长，沿着屋子的外墙拐了个弯，外墙上的爬山虎都已经枯萎了，但可以想象出严冬过后，幽深的绿色织毯满壁悬挂，入目即化作生命的悠远歌咏。从阳台上凭栏眺望，是上海北部相对萧疏的市景，高低不等的现代楼宇间嵌着成片成片的棚户屋顶，仿佛城市的百年沧桑被刻意定格在这个区域，一条纤细的河水从其中蜿蜒而过，带走数不尽的爱恨缠绵，只留下岁月无情，这景致，是光看一眼就可以叫人老去的。

"飞扬，你想出去看看吗？不过外面有些冷。"Jane柔声询问，她的声音比一般的女声低沉些，显得醇厚温润、非常动听。孟飞扬赶紧回答："哦，不必了。我只是有些好奇，你们为什么租住在这个老式公寓里，而不是选择涉外的高档小区？现在是不是很流行这么做？可这里周围的环境对于外国人来说，不太方便吧。"

"可我并不是外国人啊。"Jane微笑着回答，雍容自然的气质很好地衬托出她的美，那是中年女性的成熟之美，使孟飞扬感觉很舒服，他的话比刚才吃饭时多了，问题也接连冒了出来："Jane，你是哪里人？"

"我出生在上海。"Jane的语调里不知怎么突然有了种惆怅之情，她抬起左手拂了拂鬓边的发梢，举动皆是浑然天成的优雅姿态，"在去美国之前，我一直是个真正的上海人。"

孟飞扬觉得她采用的语句有些奇怪，但没有追问。沉默片刻，Jane怅然一笑，转而向孟飞扬提问："你呢？我好像听戴希提过，你和她一样，也是上海出生的。但今天我听你说话，又似乎有些北方口音。"

"我是出生在上海的。我的父亲是上海人，母亲是北方人。我小时候跟着父母亲去了北方，读高中时才回到上海，所以……口音有些杂。"孟飞扬一口气解释完，自己也感到奇怪，平常他最不喜欢谈这个话题，今天却主动解释得这么详细——大概，人总有倾诉的愿望吧，只要能遇到合适的对象。

"回上海是为了读书吗?"

孟飞扬沉默了一下,才回答:"是因为——我的父母亲都不在了,我成了孤儿。戴希的父母是我父母的中学同学,也是最好的朋友,他们就把我接到了上海。所以……"他突然停下来,书房里传来戴希和教授的谈笑声。

"所以你和戴希才能从小青梅竹马,在现今的世界上,这是多么不容易啊。"Jane接着把话说完,对孟飞扬露出温柔和鼓励的笑容。

"戴希不打算继续攻读心理学博士了——这个你知道吗?"Jane问孟飞扬。

孟飞扬正有点儿失神,愣了愣才回答:"她没对我说,不过我……大概猜到了。"

Jane忍俊不禁:"你们俩经常这样猜来猜去吗?"

"啊,也不是。"孟飞扬也笑了,"可能是……我们在一起长大,彼此太了解了。很多事情大家都有默契,因此不需要讲得太多。"

"戴希去美国读心理学硕士,你们分开了将近三年吧。现在这种默契如故吗?"Jane的语调很柔和,眼神平静而清朗。孟飞扬记起戴希曾提到过,希金斯教授的这位中国妻子的身世似乎很神秘,然而今天在他看来,这种神秘一点儿不让人反感,却像埋藏在黑暗深处的一缕微光,温暖而轻盈,又隐约包含着不堪回首的过往。

"我也说不清楚。"孟飞扬思考了一下,十分坦诚地回答,"去美国之前,戴希在我的眼里就是个小丫头。我最初见到她时,她戴着牙箍和眼镜的丑样子给我留下了太深刻的印象,呵呵,好像一直改变不了。过去和她在一起,无论做什么都是自然而然的。"

"现在呢?"

"自从她去了美国以后,我们之间的感觉是有些变化。"孟飞扬露出自嘲的微笑,"我在机场见到她时,忽然觉得很惊奇、很陌生,我的小丑丫头变成了一个知性大美女。后来我仔细回想,其实她本来就很漂亮,只是以前我从来没有注意过。两个人分开久了，自然会产生隔膜。可是对于我来说，情况又不完全如此。我是猛然间感到自惭形秽，所以才对戴希变得小心翼翼起来了。"

Jane微笑着摇头："真坦白啊。你就不担心我告诉她？"

孟飞扬的脸涨红了："请你千万别告诉她。"

"好，我不告诉她。"Jane轻轻地叹息，"可为什么要自惭形秽呢？你也这么优秀。不过，你的心情让我很感慨，好像……好像看见了自己的过去。"

她微昂起头，注视着窗外的夜色，悠悠念出："那样微妙的喜悦，那样无端的羞愧，只有在我们年轻的时候，才会出现。"孟飞扬一惊："我好像听戴希说过类似的话。"

"是吗？那是我最喜欢的一位俄国作家在他的著作里写到的，原话是：'那样美妙的夜晚，那样的夜晚，只有在我们年轻的时候，才会出现。'……我已经不再年轻了，那样的夜晚就只能在回忆中找寻。所以飞扬，好好珍惜现在，珍惜每一个夜晚，珍惜她。"

孟飞扬情不自禁地点了点头，迟疑了一下问："Jane，可以告诉我你的中文姓名吗？"

"唔？为什么想知道这个？"

"不为什么……对不起，也许是我不该问。"虽然这么说，孟飞扬并不感到窘迫，他等待着，短暂的沉默之后，Jane回答："我姓林，叫林念真。"

"林念真？这名字很好听，和你的英文名字一样好听。"孟飞扬发自肺腑地赞扬。

Jane的眼角又一次聚起密密的鱼尾纹，她笑着，神情却显出莫名的忧伤。

"克林顿"在希金斯教授的鱼缸里是如此出类拔萃，它的色泽与其他任何一条鱼都不相同，当所有的鱼儿都在疯狂追啄鱼食时，只有它冷傲地游向鱼缸的另一侧。

"教授，你挑选的'克林顿'鱼和Mr.President很不像呢。一条作为政治家的鱼怎么能这样孤僻？"戴希站在鱼缸前问。

希金斯教授站在对面，拢起双臂煞有介事地说："作为政治家的鱼当然不会，但是在我这里，'克林顿'是一条作为心理病人的鱼。它就是总统先生的内心世界——孤独、空虚，时时刻刻欲求不满。因此它是一条具有深刻的内心恐惧的鱼，它缺少强大健全的自我，只有通过性行为它才能证明自身的存在。可惜啊，身为卵生鱼类的它只会体外授精，否则我们恐怕会看到一条24小时不停交配的鱼了。"

戴希笑出了声："教授，其实我做你的研究生，最喜欢的事就是听你这样说话。"

"那当然。如果当一名心理学家，就是穿着白大褂给鸽子和老鼠做实验，或者对着鱼缸发表理论，确实是很轻松很愉快的。"希金斯教授说，"戴希，你依旧可以选择成为这样的心理学家。"

"一个不和人打交道的心理学家。"戴希摇了摇头，"不，教授。我宁愿放弃。"

希金斯教授不露痕迹地叹了口气："戴希，你的硕士学位还缺少一个课题实践，恰好今后一年我会在上海，你就在这里完成课题吧。"

戴希犹豫了一下，点点头："好的，教授。但是我想先找一份实习工作，我可以在工作的同时完成课题。"

"哪方面的工作？心理咨询机构还是医院的精神病科？据我所知中国在这些方面的工作机会并不多，而且很不成熟。也许你可以咨询一下戴教授。"

"不用了。"戴希鼓起勇气，"教授，我想在企业里找一份和人事相关的工作。假如今后不再从事心理学专业，这样的实习机会对我的职业发展更有利。我想，我的研究课题可以着重在激烈的现代职业竞争对中国人心理所造成的影响方面。"

希金斯教授沉默了一会儿，才说："好吧。戴希，我可以给你写封推荐信，假如你想在美国大企业中寻找人力资源方面的位置，我的推荐信或许能帮到你。"

"太感谢你了,教授。"

希金斯教授点点头,突然又露出标志性的狡黠微笑:"不过作为交换条件,戴希,我还是想请你考虑一下,把我刚才提到过的那个病例——中国人的病例也作为你课题的一项内容,怎么样?"

戴希睁大眼睛:"教授?你不是说他已经中止咨询访问了吗?"

"是啊,所以你将基于我收集到的文字材料做这个课题研究。怎么样?可以接受吗?"

戴希抿了抿嘴唇:"成交。"

戴希和孟飞扬告辞了,希金斯教授与林念真携手走到阳台上。今夜的风不太大,是气温骤降后短暂的回暖过程,漆黑的天空中星光寥落,莫名地使人担惊受怕,唯恐下一刻这些凄迷的光点就会被永恒的暗夜吞没。

林念真靠在教授的肩上说:"戴希是为了孟飞扬,为了留在中国才决定放弃学业的……看来你只能失去这个最有天赋的学生了。"

希金斯教授沉吟着:"戴希确实非常有天赋,她具备异乎寻常的敏感和同情心,没有被社会功利所侵蚀的价值观,还有扎实的逻辑能力,这些都是成为一名最优秀的心理学家的条件。但问题是,她太敏感了,真挚的情感使她在面对人类内心的黑暗面时常常手足无措,她的同情心甚至令她比病人还要迅速地产生移情。呵,并不是说心理学专家要冷酷,但戴希的心理状态显然不够强大。比如对她和孟飞扬的关系,戴希分明能识别出他们之间存在的心理隔阂,但她却怯于做进一步的分析,她比对方更倾向于逃避,宁愿牺牲自己的感受去迁就对方。这也是她无法和飞扬开诚布公地交谈,探讨他们的未来的根本原因。"

"我想,这全是因为爱情吧。他们还那么年轻,并且是真心相爱的。"

"爱得太怯懦了。不,作为一个研究人类心理的专业学生,戴希应该承担起引导他们爱情的责任,她本可以选择与孟飞扬共同成长,但现在她只会向他寻求保护和支持。可是这样的话,戴希将永远只是暖房里的花朵，无法应对任何心理上的重大打击……但愿孟飞扬真的能够帮她遮风挡雨吧，不过我对此表示怀疑。"

希金斯教授用饱含深情的目光看着林念真："Jane，其实我比任何人都不希望戴希遭到心理上的重大打击，因为她和你实在太像了。"

林念真更紧密地依偎在希金斯的怀中，好像沉入梦境般恍惚地说："是的，看着她就好像看到很多年以前的我，那个已经死去了的我……"

希金斯教授夫妇租住在一座建于二十世纪二十年代的老公寓里。沿着公寓C形的外墙往前走，穿过一座和它差不多年岁的桥，就直接走上苏州河窄窄的河岸。严冬的夜晚，这段路上几乎没有行人，河岸的另一侧全是简洁欧式的老建筑，不高，却很宽阔，每一扇紧闭的窗户上都有细腻的雕饰，在黑暗中构成柔和的阴影。

孟飞扬搂着戴希一路走来，时常有亮着空载灯的出租车从身边驶过，但他们都没有叫车的意思。戴希柔软的腰肢在孟飞扬的臂弯里轻盈摆动，他的心好像也被柔柔地牵系着，想用尽力气把她搂得死死的，又怕因此失却了那样美好的韵律。走了很久，他们都舍不得开口说话，车辆疾驶的声音盖住了他们的呼吸声，但是眼前每一次呼出的白雾，却像彼此的心声般轻轻缠绕。

"那样美妙的夜晚，那样的夜晚，只有在我们年轻的时候，才会出现。"

孟飞扬的脑子里，反反复复的就是这句话。戴希从美国回来以后，他始终处于巨大的压力之下，甚至没有机会和她像今夜这样散步。现在，令他烦恼的种种似乎都消弭于无形，至少在此刻，他感到那一切都不再重要了……

"飞扬，我不会再去美国了。"戴希突然停下脚步，拦在孟飞扬的前面。

孟飞扬一时不知该如何回答，戴希漆黑的眼睛眨也不眨，直直地注视着他，孟飞扬突然有些不安。

她紧接着又问："你不高兴吗？"

"我当然高兴。"孟飞扬连忙说，"但是小希，你不是从小就盼望成为一个心理学家吗？像……弗洛伊德那样的。"

"我是曾经这样盼望过。"戴希转过身，边说边穿过窄窄的街道，朝河岸边走去，"可是，我没有通过考试！"

孟飞扬想跟着过马路，戴希却命令似的对他喊："不许过来！"

孟飞扬只好留在街的这一侧，也大声地冲她喊："什么考试？"

"是的，考试！"戴希又强调了一遍，"在给别人做心理分析之前，心理分析师自己要先接受心理分析。我接受了，可是没有通过！"

"哦……"孟飞扬似懂非懂地点点头，"可我还是不明白，小希，你为什么通不过呢？这个心理分析应该没有确定的标准吧？有什么通过不通过的？"

这一段的岸堤很低，一步就可以跨上去。戴希倒退着移向岸堤："弗洛伊德说人的身上有生和死两种能量。正是因为死亡能量的存在，使得人类倾向于伤害自身和他人，即使社会法则和道德都企图约束这种能量，但仍然无法彻底消除它的存在，甚至会因为压制而反弹出更加可怕的力量。死亡能量不能被消灭，只能设法转移和升华。心理学家要帮助他人，就必须先很好地控制自己的死亡能量。可是我……"说到这里，她突然跨上岸堤，中间凸起两边倾斜的岸堤非常狭窄，孟飞扬惊呆了，也吓坏了。这条小街上的车辆好像一下子多起来，穿梭不绝地挡在他和戴希中间，只不过三四步的距离，却像无法逾越的鸿沟。

面对河水，戴希旁若无人地高声说着："我害怕，当我看见心灵的无垠黑暗时，我会恐惧地发抖，但又会被强烈地吸引。就像现在，你知道我有多么想投入面前的这条河？"

她的身体晃了晃，靴底的高跟往外侧一滑。"小希！"孟飞扬大惊失色，向戴希猛冲过去。随着一声尖厉的刹车声响，戴希跌落在孟飞扬的怀中。紧接着背后传来怒不可遏的痛骂："寻死啊！神经病！"

孟飞扬充耳不闻，心还在震惊中一个劲战栗，他瞪着怀里的戴希，想问问她究竟要干什么。但是他没有来得及开口，戴希已经抬起头来，她的脸色煞白，眼睛却睁得大大的，好像从来没有这样亮过。她轻轻开合着嘴唇，孟飞扬却听不到声音。

突然他明白了，戴希是在无声地向他提问，他聚精会神地辨识着，终于读出她问的是："你爱我吗？"

孟飞扬笑了："死丫头，我明白你为什么当不了心理学家了。因为，你比天底下最疯的疯子还要疯狂！"随后，他将自己的双唇牢牢地压上戴希的双唇，又用出全身的力气抱紧她，再不让她玩什么把戏。

他不敢回答她的问题，生怕自己会在吐露心声的时候忍不住落泪。假如这样，那就实在太逊了！他们的背后，那个惊魂未定的司机还在破口大骂，由于被公然无视而更加火冒三丈。直到此刻孟飞扬才意识到，就在刚刚过去的一瞬间，他和戴希离黑暗有多么近。大概，这就是所谓的死亡能量吧……

我爱她吗？感受着怀抱里戴希温暖的身躯，孟飞扬悄悄地自问，他真的不敢肯定。唯一能够肯定的是，刚才当他飞奔过小街朝她扑过去时，整个世界都在他的眼前消失了。

"这个问题还是留给你自己来回答吧，"孟飞扬在心里对戴希说，"我知道你能够读懂我的心，亲爱的弗洛伊德小姐。"

第五章

　　第二天早晨，孟飞扬到公司的时间比平时晚。公司里空空荡荡的，自从童晓警官登门造访以后，孟飞扬就干脆放齐靓儿回家去休假。也是从那天之后，柯正昀病倒在家，孟飞扬不想再给老柯增添烦恼，因此所有的善后事宜就都自作主张了。他挨个通知了业务员攸川康介的死讯，并暂时都给他们放了假。孟飞扬暗示业务员们，攸川一死，伊藤株式会社的这个代表处恐怕很快要面临变动，从现在开始是个空档期，大家乘此机会好好休息，也可以开始物色新的去处。等新年过后，日本总部就会明确对办事处的处理意见。他的说法令人信服，因此业务员们并没表现出特别的不安情绪，各自回家去等待孟飞扬的通知。

　　刚打发完这些人，中晟石化的正式函件就递到了公司，那时候连齐靓儿都不来上班了，所以是孟飞扬签收了这份退货兼要求赔偿的公文。孟飞扬认认真真地读了几遍公文，就开始起草给攸川信五郎的邮件。在邮件中，他把整个事件的经过详细描述了一遍，又把中晟石化的公函逐字逐句地翻译好，再附上扫描件一起发了出去。

　　邮件如石沉大海，没有任何回音。

　　孟飞扬无计可施，只好每天照常上班，耐下心来等候事情的发展。但是今天早上，孟飞扬没有直接来办公室，而是先去了住处附近的几家房产中介，问了问自己居住的那套老公房的市场价，这是孟飞扬的父母亲留给他的唯一财产。房子很旧很小，地段还不错，居然也能卖到六七十万，真是意外的惊喜，孟飞扬粗粗计算着，加上自己这些年工作的几十万积蓄，足够付一套不错的新公寓的首付款，连装修也够了。

在寂静的办公室里坐下，孟飞扬打开电脑，电子邮箱里依旧空空如也。他马上又点开浏览器，开始搜索新楼盘的信息，他盘算着自己先有点儿底，晚上再去和戴希商量。正在打印第一批筛选出来的楼盘时，门铃响起。

玻璃门外站着一个高个子的年轻人，仍然是一身便装、斜挎包和竖起的时髦短发。孟飞扬打开门，笑着打招呼："童警官，原来是你啊。"

童晓往门里跨了一步，东张西望："哟，这公司好清静啊？怎么就你一个人？"

"是啊，"孟飞扬也学起童晓那副满不在乎的样子，"老板翘了辫子，工资还不知道去哪儿领，当然是树倒猢狲散了。"人类之间的感觉真是奇妙，有些人朝夕相处却始终形同陌路，有些人只要见一两次面就能引为知己。虽然孟飞扬和童晓还到不了知己的程度，但相互间颇有种自然而然的和谐。

童晓随便捡了张椅子，一屁股坐上去，正忙着点头，突然又想起什么来："不对啊！你上次不是跟我说有笔大生意要成，不担心公司的前途吗？怎么才过了几天就大变样了？"

孟飞扬没法继续故作轻松了，只好老实回答："别提了，那桩生意彻底砸了。"

"哦？什么意思？"

"攸川康介从南美买来的货全是废品，以次充好，让海关和中晟石化查出来了。中晟石化已经正式退货并且要求赔偿，这次伊藤完全是吃不了兜着走了。"

童晓的脸色大变，他怒气冲冲地瞪着孟飞扬，厉声质问："这么重要的信息你为什么不及时通报给我？上次我来时不是让你随时与我联络吗？"

孟飞扬一愣："这……我忘了，对不起。"他确实是完全忘了这个茬。

"哎，我看你的样子长得挺精明的嘛，怎么脑袋跟进了水似的！"童晓大声抱怨着，又狠狠地瞪了孟飞扬一眼，才算是解了气，"那就剩下你来应付中晟石化？你搞得定吗？"

"我搞不定，但是也不需要我来搞定。"孟飞扬放松下来，从办公桌上取过一张纸，摆在童晓的面前，"这是我回复中晟石化的传真。你看看，他们的合同是和伊藤株式会社总部直接签署的，因此我这里作为代表处只有协助操办的功能，涉及到合同等等法律上的事务，还请他们正式与日本总部接洽。"

童晓很仔细地看了传真件："嘿嘿，这么看来你的脑袋还没让水浸透。"

孟飞扬笑了笑。

"不过呢，你刚才说的情况确实很重要。"童晓敲敲桌子，"攸川康介的死亡原因确定了，我今天就是来告诉你这个的。"

稍停片刻，童晓警官才郑重其事地宣布："攸川康介是死于自杀。"

"哦……这并不意外。"

童晓哼了一声："联系到你刚才所说的情况，攸川康介的自杀的确顺理成章。不过你别忘了，我是刚刚才听到你说的，在我踏进这扇门之前，警方对他的商业欺诈行为并不知情。"

孟飞扬挠了挠头："我真的以为，这些情况你们早都掌握了。"

"喂，公民同志，在你们不提供积极支持的情况下，我们如何才能做到全知全觉？我们是警察不是上帝！"

"是，是，下次一定注意。"

童晓宽大为怀地摆摆手："算了，看在你马上就要失业的份上，不和你计较了。嗯，你想不想知道，攸川康介为什么要自杀？"

"我想是做贼心虚吧，估计他认定欺诈中晟石化的事情最终是要败露的，所以就……"

童晓不屑地打断孟飞扬的话："我已经说过了，此前警方并不知道生意欺诈，不，我们找到了另外一个他自杀的原因，非常有说服力的原因！"

"什么原因？"孟飞扬不由自主地把眼睛瞪圆了。

童晓端出一脸神秘兮兮的表情:"攸川康介得了艾滋病,而且已经进入临床前期,也就是说爆发了。"

"艾滋病!"孟飞扬果然被惊着了,"这怎么……怎么可能?!"

"是啊,他都这么老了。"童晓也很感慨的样子,"真够耸人听闻的——不过这可是验血的结论,是科学噢。"

孟飞扬皱起眉头回忆:"你这么一说,还真有些像。他死之前那些天,样子确实异常,我一直在猜他是不是生了什么病,没想到竟然是……"他停下来,浑身一阵发冷。

童晓拍拍他的肩膀:"你怕啦?没事,日常接触不会传染的。"

孟飞扬勉强笑了笑:"唔,我还是觉得有些不可思议。"

"不可思议吗?还有更不可思议的一件事,你猜攸川康介是怎么知道自己的病况的吗?——就是你告诉他的!"

"我?!"

"年会那天晚上,你是不是给他带去一份日本来的快件?"

"是,快件寄到公司,我就顺便给他带去了。"

童晓点点头:"我们在攸川的西装裤兜里发现了许多撕碎的纸,通过技术拼接,还原出来就是一份日语的病理报告。很显然,你给攸川带去的是他的死亡通知书,他一见之下就精神崩溃了。"

孟飞扬好不容易合拢嘴,想了想又说:"我明白了,艾滋病爆发加上商业欺诈眼看失败,双重打击让攸川康介最终选择了速死。"

"嗯。"童晓接过他的话头,"我曾经对你说过,攸川康介主动触电而死的事实基本没有疑问,要确定他自杀唯一缺少的是动机。当我们发现他得了艾滋病以后,这个动机也就找到了。当然,再加上商业欺诈这一环,就更完美了。"

"完美?"孟飞扬不自觉地冷笑,"用这个词来形容死亡,听着倒蛮酷的。"

童晓毫不在乎孟飞扬的嘲讽,反而更加得意洋洋起来:"还有啊,你现在该明白张乃驰那么恐惧的原因了吧?哈哈,碎玻璃渣上粘满了攸川康介的血,如果张乃驰的手给扎破,那就不是一般性接触了,传染上艾滋病的几率大增!难怪张乃驰吓得魂都没了。"

孟飞扬却垂着眼皮不搭腔。

"唔?你怎么啦?有什么问题吗?"

孟飞扬注视着童晓,一字一句地说:"童警官,我是在张乃驰和攸川康介结束谈话以后,才把快件交给攸川的。从那以后张乃驰一直在楼下的晚会中,再没有和攸川见过面,他怎么会知道攸川康介有艾滋病?"

"啊……"童晓呆住了。孟飞扬接着说:"还有,据我所知攸川康介和张乃驰只不过是商业上的普通往来,攸川康介打哪里来那么大的仇恨,临死还非得要拉张乃驰做垫背?"

办公室重回寂静,两个人都不再说话。片刻之后,童晓叹了口气:"你说的这两个疑点的确值得深究。不过,攸川康介已死,只要张乃驰不报案,这也就不是警方负责的范畴了。反正我的任务就是查清日本人的死因,其他的我管不着。"

"好吧。"孟飞扬耸了耸肩,表示理解。

"哦,还有个消息。攸川信五郎今天晚上会到上海,将他父亲的遗体运送回国。你要是有什么公司方面的事情,可以趁机找他谈谈。他预订了花园饭店的房间。"

孟飞扬微微一愣,随即由衷地说:"知道了,谢谢你。"

"不客气,人民警察为人民嘛,呵呵。"童晓又恢复了大咧咧的模样,一把扯过孟飞扬打印的楼盘资料,"打算买房啊?要结婚?"

"这属于案情讯问吗?我必须要回答吗?"孟飞扬故意板起脸,可童晓的眉眼全在那儿生动地乱跳:"你的女朋友叫戴希,对不对?"

"你怎么知道?!"

"别紧张嘛。"童晓乐开了花,"是这样,那个西岸化工的什么李威连,是唯一一个在攸川康介死亡时间段内离开过'逸园'的人,他说他去了附近一家叫'双妹1919'的咖啡馆,还提供了几个证人的名字,其中一位嘛,就是戴希小姐。李总裁说她是你的女朋友。"

"原来是这样,她没有和我提过……"

"没事,反正攸川的死已经定性,不需要你女朋友的什么证言了。不过说实话,我真挺羡慕你的。女朋友、买房、结婚,这一切是多么美好啊。"

孟飞扬瞪着童晓:"我没有听错吧?国家公务员同志,对一个饭碗不保,又即将成为房奴的小白领说这样的话,我会认为你不怀好意。"

童晓一拍桌子:"饭碗饭碗,都让你给说饿了!走走,一起吃饭去。"

在小白领成堆的茶餐厅坐下,两人各自点了一份套餐,都是孟飞扬掏的钱。

喝着套餐里配的奶油南瓜汤,童晓推心置腹般地说:"我刚才说的都是真心话,我并不喜欢当刑警,我真正感兴趣的工作是你干的这个——国际贸易。"

"那你怎么?"孟飞扬越来越摸不透对方的意图了,但又觉得和他谈话挺投机。

童晓放下汤匙:"入错行了呗。其实,我老爸就是当警察的,蹲了一辈子派出所,所以我从小就很清楚当警察的甜酸苦辣,可谁知道阴差阳错的,自己还是走了这条路。"

"派出所的警察和刑侦总队负责外国人案件的警官,还是有区别的吧?"

"有些区别,主要是时代特征不同了。但是……本质上仍然是一样的。哎,有烟吗?"

孟飞扬把烟扔过去,童晓点起一支烟,当他眯起眼睛吐出烟雾时,孟飞扬头一次在他的脸上看到思虑的霭霭阴影,那是沉淀在心底的东西在悄然浮起,正是凭借这样的瞬间,人们才可以透过千奇百怪的假面,于茫茫人海中发现和自己息息相关的另外一些人:爱人、朋友,或者……仇敌。

童晓猛吸了几口烟后,说话了:"其实想通了,警察也就是一项职业而已。上班干活,下班走人。可我爸偏不这么想,他总认为,警察的责任特别重大,因为事关正义和真相。"

"那你是怎么想的?"

"我同意我老爸的观点。但是这样的话,又会给自己增添很多压力,呵呵,两难啊。"

"人活着就是有压力的。"孟飞扬说,"……大气压嘛。"

童晓开朗地笑起来:"有道理。哎,说出来也许你不信,我老爸蹲了一辈子的派出所,'逸园'就在那个派出所的管辖范围内。若干年前在'逸园'曾经发生过一桩死亡案件,当初就是我老爸负责的,老爷子到今天还耿耿于怀呢。没想到这么多年以后,我自己也和'逸园'里的死人扯上了关系。"

孟飞扬突然明白了,童晓为什么会对攸川之死这么感兴趣。

他迟疑了一下,才说:"我在年会那晚去了趟'逸园',看起来是座很有气派的老房子。我好像听人说过,越是这样精致的建筑,越会把建造者乃至居住者的气息收纳其中,最后房子自身也有了灵魂。对了,年会那晚'逸园'里的手机信号就特别差,我女朋友怎么都联系不上我,都快急死了,你说像不像灵异事件?"

童晓似笑非笑地望着他:"呵呵,没想到你还是个神秘主义者……"他的话被一阵手机铃声打断了,孟飞扬朝他挤了挤眼睛,拿起手机:"喂?我是孟飞扬。哦,张总你好。"

谈话很快结束,挂断电话,孟飞扬说:"猜猜,谁打来的?"

"张总……莫非是张乃驰?"

"回答正确。"

"他找你干什么?"

"也没什么特别的,只说是要为年会那晚的事谢谢我,想约我一起吃个饭。"

童晓又开始眉飞色舞:"哦哦,你小心啊,张乃驰的名声在外,别是在打你的什么主意吧?"

孟飞扬却一脸严肃:"那要不然你代我去赴宴?他见到你一定很高

兴。"童晓好像没听见，埋头在咖喱猪排饭上，吃得津津有味。

"过几天再应付他吧，"孟飞扬沉吟着说，"等我先见过攸川信五郎。"

"好，我同意！"童晓用纸巾抹了抹嘴，看看手表，"我得走了，下午还有事。今天让你请客了，下回我来请，怕你告我受贿。"

"那要吃顿大餐。"

"没问题啦。作为交换，你必须把女朋友带来，让我饱饱眼福。女孩子喜欢听鬼故事，到时候我讲'逸园'的死人之谜给她听。哦，你刚才提的'逸园'手机信号差倒和鬼怪无关，经证实这是'逸园'的特殊建筑结构和材料造成的，经过适当改造可以解决这个问题，可是西岸化工的李总裁坚决不同意触及'逸园'原本的结构，所以这个问题就持续至今。呵呵，怎么样？人家有个性吧？"

孟飞扬伸开双腿靠在椅子上，看着童晓散散漫漫地走出餐厅。阳光从侧面照过来，使左半边脸的温度明显高过右半边。孟飞扬想起戴希的那些心理学课本里，关于人类左右大脑各司其职的理论，逻辑在右边，情感在左边。他在心中给自己画起肖像，左半边的情感沸腾着，涂上红色，右半边的逻辑却冻得僵硬，用蓝色表示。想象中的这张嘴脸让他觉得滑稽又可怕，太像扑克牌里的小丑。问题是，善和恶的位置究竟在哪一边呢？抑或是，它们都是对称分布在左右半球上，无法被情感或者逻辑独占……

右半边的太阳穴发胀了，孟飞扬决定结束这番胡思乱想，本来下午想去几个楼盘实地考察的，现在他改变了主意，打算去柯正昀家看看。

轿车驶进浙江省界以后，天气就变了。随着沿途景致越来越寥落、乏味，阳光也渐渐稀薄，整个天空都呈现出阴冷的青灰色，看上去死气沉沉的。并没有刮风，但空气里充斥着可疑的阴森味道，从每一个缝隙钻进人的感官。一切都在预示，又一次大寒潮正在迫近。

张乃驰坐在车里，却感到浑身燥热。他挂断了给孟飞扬的电话，一时有些不知所措，好像必须要接着做些什么，但又没有具体的想法。

"空调开得太热了！"他捅捅前座，大声叫着。司机无奈地叹口气，转动起空调旋钮。从上海出发到现在，张乃驰一会儿喊冷一会儿叫热，让司机觉得自己简直像载着一个疟疾病人。司机知道，这位张总是个矫情的人，但夸张到今天这个地步，还是比较少见的。

张乃驰大口喘粗气，却忍着不去松领带。外表是他最后的自信，哪怕死到临头也是要维护的。"还有多远？！"他看着窗外更加阴沉的天色嚷。

"快了，再过半小时就到。"

"哦。"张乃驰瘫软在座椅中，还有半小时……他闭上眼睛，耳边立刻又响起高敏歇斯底里的尖叫声。今天凌晨，他被这个女人的来电吵醒，她在话筒那头像疯子似的足足喊叫了一个小时，污言秽语如同粪水般劈头盖脑浇来，以至于张乃驰在自己那间五星级酒店的豪华长包房里，都能闻到她所喷出的阵阵臭气。

等弄明白她所说的事情之后，张乃驰毫不犹豫地挂断电话，并关了机。他跌跌撞撞地走进洗手间，站在大理石洗脸盆前干呕了好一阵子。整幅墙面的大镜子反射着温暖的灯光，张乃驰看见自己的脸上泛出块块青斑，好像刚遭到毒打似的。即使如此，弓起的眉骨、深陷的眼窝和挺直的鼻梁，依旧构成一张令人垂涎的脸，特别是黑色眼眶中的绝望，赋予他独一无二的脆弱神情，使许多女人为之动容。

张乃驰终于呕了出来，他的眼前全是高敏那肥硕的身躯，好像两个大肉袋子的乳房垂搭着，在那里晃来晃去，还有阔大双唇间食物腐败的酸味，每一次张乃驰都要强抑胃里的翻腾才能吻下去摸下去。然而就是这样一个丑如夜叉的老女人，在盛怒中竟然也将他骂得一钱不值，张乃驰一边吐着苦涩的胆汁，一边自虐地想："以皮肉来换取利益的男人，真还不如杀人犯来得有尊严。"

但是很可惜，他没有当杀人犯的胆量，更没有当杀人犯的素养。即使是对攸川康介，在逼得对方惨死的同时，张乃驰自己也几乎吓得魂飞魄散。如果不是孟飞扬，如果不是李威连，他还真的无法预料自己今天的状况。

李威连——这三个字突然让张乃驰振作起来。高敏的话使他确信，自己的猜测都是正确的。李威连，再一次掌控了全局，以一贯的雷厉风行和冷酷决断，他把事件中的每个环节都精确地计划并实施了。他玩弄了每一个人，当然也包括作为同谋者的张乃驰。

恰恰想到这里，张乃驰房间里的直线电话响了。张乃驰跳过去抓起话机，这个电话只有极少数的几个人知道，他已经料到是谁打来的了："喂？是William吗？"

"嗯，怎么？没睡还是已经醒了？"李威连的语气中没有丝毫意外，张乃驰不由自主地打了个寒战，好像对方锐利的目光从电话线里穿越而出，冰冷地落在他的身上。

"我……睡不着。你、你已经到洛杉矶了吗？"

"刚刚下飞机。"李威连轻叹了一声，似乎是有些疲倦，"是这样，有件事要告诉你。我和中晟石化外贸公司的郑武定副总经理，哦，也就是高敏的手下，签了份低密度聚乙烯粒子的备用合同。我刚收到郑副总的消息，中晟石化已经确认启动备用合同了，货都在宁波北仑港，他们今天下午就去那里验货，西岸化工就由你出面吧。一来你是塑料产品部的总监，二来借此机会，我把郑武定这个关系也移交给你，今后好打交道。合同文本和所有的细节我都发到你的邮箱里了，你出发之前好好读读吧。"

张乃驰没有说话，他的牙齿咯咯打战，只好用手遮住话筒。

稍停了停，李威连又说："这一千万美金算是你今年最后的一项业绩……好，就这样，再见。"

果然如此！张乃驰抱着脑袋干笑起来：一千万美金的大礼包，这份新年礼物真重啊。还有一个彩头李威连没有明说，算是顾及他的面子，那就是——张乃驰终于不用再维持和高敏的关系了。过去几年里，张乃驰就是靠这个从中晟石化拿到了不少合同，当然也因此苦不堪言。今天，李威连帮他一并解决了。

这就是李威连，在把你当傀儡摆布戏弄的同时，从不忘记给予你最优厚的赏赐，于是你就在爱恨交织中更深地陷入他的罗网，心甘情愿地成为他的奴仆……

"张总，前面就是港区了。"

张乃驰从冥想中惊醒,举目望去,四点才过的天空已经阴沉得可怕,寒风正以可见的速度变得猛烈起来。前方一大片开阔地的后面,林立的黄色吊塔和灰色集装箱看不到尽头,铅灰色的最远端,是海面上扬起的狂风,卷裹着海水升到半空,再化成冰霜的巨幕徐徐落下。

张乃驰对着后视镜理了理头发,西岸化工大中华区塑料产品部总监就要粉墨登场了,但是在此之前,他还想给自己的妻子打一个电话。

"喂?葆龄吗?你在哪里?"

"乃驰,我在香港啊?怎么了?"

"哦,我现在宁波北仑港呢,没事,就是问你一声,什么时候来上海?"

"我还没定,过两天吧,过两天就告诉你。"

"好的,拜拜。"

张乃驰挂断电话,他有种仰天大笑的冲动,又想放声恸哭,但是车停下了,朝前看去,好几辆车停作一堆。张乃驰下车,笑容可掬地向其中一个看似领头的、身材魁梧的中年人走去。

北仑港码头东部有块高地,从那里正好可以俯瞰整个码头的远景。由于地势高,这里的风比别处更大,以扫荡万物的暴虐力量在光秃秃的高地上纵横,唯一的一辆小车停在其中,使人不禁担心它下一秒钟就会被吹入大海。

驾驶座边,薛葆龄紧握着手机,半晌才说:"他知道了。"她的容貌很端正,但又带着些许憔悴的病容。

李威连目不转睛地望着前方:"他早就知道了。"

天色渐黑,从这里望下去,只能大概看见正在接洽的那帮人,看了一会儿,他突然转过头来:"你丈夫在那儿呢,要不要过去找他?"

薛葆龄全身颤抖了一下,她别过脸。

"你打算整个新年假期都躲着他吗?"李威连追问。

薛葆龄摇了摇头,缩起的肩膀让她看上去更加孱弱了。

"走吧!到他身边去!"李威连厉声喝道,薛葆龄吓了一大跳,愣愣地看着他。

沉默片刻,李威连猛地按了按方向盘,低沉地说:"好吧,你不走,我走!"话音未落,他就已经推开车门,大步跨了出去。

"William!"薛葆龄无声地喊了一句,就虚脱地伏倒在车窗前,她只能眼睁睁地看着李威连拼命稳住被狂风吹得左右摇摆的身体,艰难地迎风向前。

海风狂啸,海浪拍击岸边的巨响如闷雷在严冬中炸开,风中挟带的海水扑上面孔,满嘴都是咸涩的味道。天黑得这么快,只不过才走了几步路,就辨不清前途了。李威连停下脚步,他感到自己的鼻腔肺叶都拥塞住了。他知道,那覆盖天地的混浊叫做霾,汇聚着来自四面八方的污秽,他觉得自己无法呼吸,却如何奋力都难以突破。只因为他的人生中,这霾已经遮蔽得太长太久,夺去了最后一抹阳光。

孟飞扬是第一次来柯正昀的家。按理应该先打个电话,但是柯正昀的手机关机,孟飞扬心想老柯不是计较这些的人,就直接去了。按着手机里储存的柯正昀家的地址,孟飞扬很快就找到了他家楼下。小区规模不大,房子都半新不旧的,一看就不是近十年来兴建的新式商品房,但又比上个世纪六七十年代的老公房更精致些。孟飞扬猛然记起,老柯曾经挺得意地提过:当初他所供职的国营贸易公司效益很好,出资建了一批楼房低价卖给员工,老柯那时候是财务科的副科长,优先买到楼层和房型俱佳的一套房子,总共才花了十几万。可如今这个地段同样的房子,市场价已经涨到一百多万了。

"还是我有远见啊!"孟飞扬还清楚地记得,老柯谈起这个话题时那副感慨的样子,"我这个年纪的人,忙忙碌碌一辈子,到头来也就挣到这么一套房子。如果当初错失机会,今天要想再买套房,那可就比登天还难了!"

"就是,老柯您可是百万富翁啊!"当时,孟飞扬和老柯开玩笑。

柯正昀"呵呵"笑着不置可否,脸上露出几分尴尬和几分得意交织的复杂表情……

老柯家在三楼，没有电梯，楼道里打扫得很干净。孟飞扬刚走上二楼至三楼的阶梯，突然从楼上迎面冲下一个人来，孟飞扬猝不及防，给撞了个满怀。

"哎哟！怎么回事？！"孟飞扬觉得胸口一阵发闷，右脚也被踩得生疼，他龇牙咧嘴地正想论理，那人猛地把他推开。

"呃……你是、是柯……"孟飞扬瞪着面前这个披头散发的姑娘，脑子里浮起模糊的印象，她好像是——柯正昀的女儿？叫什么来着？

姑娘直勾勾地盯着孟飞扬，面颊上贴满了散乱的发丝，还有两道清晰的泪痕，和一个大大的青紫掌印，她似乎也认出了孟飞扬，从满脸的怨忿中露出诧异来。

"亚萍，你不许走，快给我回来！"

"呸！死老头子你拦什么拦，让她滚！滚得越远越好！"

"你们、你们给我滚出去！这是我的房子！"

"啊？老头子你敢打我啊？！出人命啦！"

孟飞扬震惊地抬起头，三楼楼道里一阵喧闹，老柯苍老的声音夹杂在女人尖利的嘶喊中，几乎让他不敢相信自己的耳朵。他看看面前，柯亚萍站得笔直，双唇紧抿，眼里全是泪。孟飞扬挠了挠头："我、我是来看望老柯的，你们既然不方便，我就……就先走了。"

"不！你别走！"柯亚萍突然说话了，她一把攥住孟飞扬的胳膊，"我哥哥和嫂子要把我打出门，你陪我上去，他们就不敢胡闹了。"

"我？这……这不合适吧。"孟飞扬头皮发麻，做梦也没想到会撞上这摊子麻烦事。

"求你了！我爸还在生病，他太可怜了。"柯亚萍继续哀求着，眼泪淌在青一块紫一块的脸上，孟飞扬不忍心再拒绝了："那个，我陪你上去就行吗？"

"嗯。"柯亚萍用力抹去眼泪，扭头就往三楼走。孟飞扬赶紧跟上。

三楼紧邻楼梯的一扇房门开着，孟飞扬一眼就看到，柯正昀和两个青年男女正在门口互相推搡。老柯好像要奋力突围，而那一男一女骂骂咧咧地堵在门前，老柯人单势孤，在两人的连撩带拽下已经摇摇欲坠了。

柯亚萍冲到门前，大声叫："哥！你要死啊，竟然打爸爸！"青年男女闻声一齐转向柯亚萍，那小个子女人张牙舞爪地朝柯亚萍扑上去："你怎么还不滚？！回来干什么？！"

"不许打人！"孟飞扬大喝一声，挡在两个女人中间，一边从心底里感到荒唐，这都是他妈的什么事啊！

那女人倒给这突然出现的陌生男人吓了一大跳，往后退了一步："你是谁？！"

"小孟，是你啊！"柯正昀从门里头朝外大喊，"你们让开，是我单位的同事来看我！"

柯正昀的儿子媳妇面面相觑，老柯直跺脚："让人家进来！你们还嫌脸丢得不够啊！"孟飞扬觉出柯亚萍在扯自己的胳膊，他连忙往旁边让了让，柯亚萍腾身而出，声色俱厉地说："让我们进去，要不然我就打110了！"

"110又怎么样？啊？你以为我怕啊！我不……"那女人还要蛮横，身边的男人黑着脸把她往后拖："算了，别闹了！回屋去吧！"两人闪进客厅靠左侧的房间，"砰！"的一声把门甩上。

接着，孟飞扬又听到好几声"砰！"，楼道里一溜关上三四扇门。柯正昀举手擦了擦额头，苦笑着说："小孟，让你见笑了。请、请进吧……"他的身子一晃，柯亚萍抢前扶住了他："爸！你没事吧！"

"没事，我没事。"柯正昀脸色蜡黄，面孔浮肿得厉害，柯亚萍扶持着他在客厅的沙发上坐下，瞥了眼不知所措的孟飞扬："你……请坐吧。"

孟飞扬只好坐到柯正昀的对面，本想问问老柯的身体状况，可又不知该如何开口。他下意识地四下看看，原来这是间夹在屋子中央的小客厅，光线十分昏暗，他们所坐的是一张老旧的木架沙发，茶几上、靠墙边的饭桌和玻璃柜上堆满了乱七八糟的杂物，砸碎的碗碟滚了一地。

"对不起，家里连热水都没有，没法给你泡茶。"柯亚萍在孟飞扬身边轻声说。

"啊，不用，真的不用。"孟飞扬一口气往下说，"老柯，我今天就是来看看你的病怎么样了，是我糊涂，该事先和你联系一下的，其实没什么别的事。要不……我改天再来吧！"他就想起身告辞，柯正昀摇摇头："小孟，你跟我直说，日本那里有消息了吗？那笔货到底怎么回事？"

孟飞扬只好实话实说："老柯，中晟石化已经正式提出退货和索赔了，我把文件转给日本，但是信五郎压根不理我。不过还好，他明天到上海收殓攸川康介，我会去找他当面谈。无论如何，要逼他给中国代表处一个说法。"

柯正昀低下头，嘴唇嚅动着，似乎在嘟囔什么，但又完全听不清楚。柯亚萍依旧在他身边站着，她那欲言又止的样子让孟飞扬坐立不安。

"他们巴望着我快死呢……"从柯正昀含混不清的低语中，孟飞扬隐约听清这么一句，他觉得更尴尬了。

厨房里传来一股焦糊的怪味。"呀，爸的药！"柯亚萍轻呼一声跑出客厅。孟飞扬松了口气，冲老柯笑笑："老柯，你就在家好好养病，一切有我。你呢，只要把我们办事处的账务情况整理出来，我找信五郎谈的时候带着，万一他真要把办事处关了，我们也有所准备，反正他该给的钱绝不能让他赖掉。"

孟飞扬原以为这几句话会让老柯稍微安下些心，哪想到对方像被子弹击中似的，身子猛地往沙发背上一仰，动静之大让孟飞扬差点儿跳起来："老柯！"他又不敢大声喊，凑过去看时，就见柯正昀大张开嘴，像条搁浅的鱼似的拼命喘粗气，原本焦黄的脸色正转成死灰。孟飞扬吓坏了，所幸柯亚萍闻声又从厨房里跑了出来，两人一起扶起老柯，紧张兮兮地看着他。

"要、要不要送医院？"孟飞扬小声问。

"不用，我没事……小孟，你先回去吧。"柯正昀艰难地说，又推了推女儿，示意她送孟飞扬出去。

孟飞扬犹豫着站起身，老柯伸出冰冷颤抖的手和他握了握："小孟，账的事，我先……理一理再给你电话，行不行？啊？""行，行，没事！

就算赶不及明天也没问题的，我再想办法。"孟飞扬一个劲说着安慰的话，心里却越来越不是滋味，柯正昀点点头，无力地合上眼皮。

柯亚萍沉默地陪着孟飞扬往外走，替他打开了门。

"我……走了。"孟飞扬小声嘟囔，柯亚萍的目光牢牢盯在他的脸上，令他愈发不安。正要跨出门的一刹那，他又停住了，急急忙忙地低声说，"等老柯好一点，你再告诉他，攸川康介的死因已经确定为自杀。警方认定的自杀动机是艾滋病发作导致轻生，虽说是个丑闻，但和我们和公司业务都扯不上关系，让老柯放心。"

他的话音未落，客厅里传来一声巨响，好像有什么东西倒下来。孟飞扬和柯亚萍齐齐回头，连客厅另一侧紧闭的房门也应声而开，柯正昀的儿子探头出来张望。

"爸！"柯亚萍尖叫着朝沙发旁的地板扑过去，老柯直挺挺地躺在那里，活像一具尸体。

孟飞扬叫了120，和柯亚萍一起把柯正昀送进医院。医生进行了急救，傍晚时分柯正昀从昏迷中苏醒过来。他的确切病况还需要进一步的检查确诊，先安排在急诊病房中观察。忙碌了一个下午，到这时候孟飞扬和柯亚萍都已经疲惫不堪，但前面还有漫长的夜晚在等待着他们。

在住院部楼下的大厅排队付完费，孟飞扬走出医院的大门。路灯都已经亮起来了，他站在一根灯柱下抽了支烟，看着被灯光照得发黄的手指，孟飞扬想，这样下去总有一天我会变成个老烟鬼的，满嘴臭气、一口黄牙，到那时候戴希肯定要讨厌我。戴希……他觉得自己想极了她，真想立刻把她抱在怀里，闻一闻她身上淡淡的香气。但是他做不到，自从戴希从美国回来以后，好像总有什么力量在阻挠着他们，孟飞扬不知道戴希是不是也有同样的感觉，可为什么现在每一次他想念她的时候，都会感到心有点儿刺痛？

烟头烧到了手指，孟飞扬把它扔进垃圾桶，去隔壁的便利店买了蛋糕、泡面和牛奶，匆匆回到急诊病房。推开虚掩的房门，柯正昀就躺在最靠门的病床上，柯亚萍坐在床边的椅子上发呆。

"饿了吧？吃点东西？"孟飞扬走过去说。

柯亚萍抬起头，恍恍惚惚地说："我不饿……你吃吧。"

孟飞扬把牛奶和蛋糕递过去："还是吃点吧。他睡了？"

"嗯，睡着了。"柯亚萍接过蛋糕咬起来，艰难得好像在嚼橡胶，嚼了几口，她突然抬起眼皮，"付了多少钱？"

"哦，五千多吧。"孟飞扬从口袋里摸出收据。柯亚萍接过去，依旧看着孟飞扬："我现在没有钱，只好请你、你先垫着。以后我再……"

"没事！急什么，先看病要紧。"

"谢谢。"柯亚萍的声音小得像蚊子叫，她的长头发本来在脑后扎着马尾，可折腾到现在，束发的褐色皮圈儿松松垮垮地耷拉下来，一小半的头发都披散在肩上。

"要不，你先回家休息去吧。晚上有我在这儿盯着就行了。"孟飞扬建议。

柯亚萍一愣，随即涩涩地笑了："我现在回去，他们根本不会让我进门的。"

孟飞扬挠了挠头："哦……"他不知道该再说些什么了，这时候护士来查房，吩咐大家关灯睡觉。孟飞扬让到走廊里，走也不是留也不是，正在踌躇，柯亚萍开门出来："爸爸现在没事，咱们去院子里走走，我有事儿跟你说。"

从暖气充足的室内走到户外，两人都情不自禁地打了个哆嗦。他们沿着急诊大楼的墙边慢慢向前走，孟飞扬等着柯亚萍开口，她却只是沉默。孟飞扬稍稍落在她的身后，看着月光落在那散乱的黑发上，好像满头青丝俱已成霜，不觉暗暗心悸。恰在这时，柯亚萍回过头，慢条斯理地开口了："今天医生说我爸的肝病虽然严重，但不至于造成突然昏迷。其实我知道，我爸主要还是精神上受刺激了。"

孟飞扬点点头，老柯的家事他不想评论。

他们正好走到门厅前，明亮的灯光下，柯亚萍突然干笑起来，在那副颓唐不堪的容貌上平添几分诡异："就是你让我爸受刺激了。"

"我？！"

"嗯，因为今天中午你告诉我爸，攸川康介得了艾滋病。"柯亚萍微仰起头，双眼红彤彤的。

孟飞扬张口结舌，柯亚萍看着他的样子，继续怪模怪样地笑着："我爸是在害怕，我也染上艾滋病。"

这回孟飞扬连"什么"都问不出来了。柯亚萍却显得异常平静："你还记得吗？今年年初的时候，攸川康介来中国出差，我爸托他帮我找工作，我去了一趟你们公司。"

孟飞扬想起来了，就是那次见面让他对柯亚萍留下了模糊的印象：一个举止拘谨的普通女孩而已。艾滋病？！攸川康介！这到底是怎么回事？

"我是学日语专业的，本科毕业后一时找不到合适的工作，就让爸爸托你们的日本老板帮忙。那次我见过攸川康介之后，他带我去外地出了一周的差，让我给他当翻译。回来以后，他果然介绍我进了一家日企当行政，一直到今天我都在那里上班。不过呢，攸川康介后来还秘密来过几次中国，每次都是由我陪同的，这些你们公司里都没有人知道。"

"真的？！这些事情我确实一无所知啊！"孟飞扬惊出满头的汗来，"攸川康介来干什么？"

那抹怪异的笑好像黏在了柯亚萍的嘴角上，甩都甩不脱，火辣辣的怨毒却从她的眼睛里流出："原来我答应过攸川康介替他保密的，不过现在也无所谓了。哼，这个人真是自作孽不可活啊，他来干什么？他是专门来'嫖妓'的！"

"这个……我也听到过一些流言飞语。"孟飞扬忿忿地说，又不解地追问，"可是你？……"

"因为每次我陪过攸川康介以后，他都会给我一笔不小的报酬，比我两三个月的工资都多。我爸好几次想问我，我都没告诉他实情，哪想到他误会了……"柯亚萍的嗓子终于哽住，再也说不下去了。

孟飞扬用全新的眼光打量着柯亚萍，她的外表看上去多么平凡，平凡到让人难以接受她此时所吐出的话语，却又不得不信。

柯亚萍稍微平静了一下，继续说："刚才你出去时，我找机会和我爸解释了，让他不要瞎担心。攸川康介需要我做的，就是翻译、安排食宿和充当联系人。他对女人没兴趣，他只喜欢——漂亮的男孩子。"

"啊？！"孟飞扬不由得惊呼出声。他觉得疲倦极了，还有点恶心，和柯亚萍一起在寒风中站了这么久，让他从头冰到脚，心脏好像都冻僵了。

急诊大楼门厅里的挂钟响了十下。

柯亚萍说："你快回去吧，明天还要见攸川信五郎……我跟你说这些，你对付他的时候好有些准备。"

"是，谢谢你。"除此，孟飞扬还能说什么呢。

"好，再见。"

孟飞扬匆匆往外走了两步，又转回去，从口袋里掏出一把人民币往柯亚萍的手里塞："你身边没现金吧，先拿着！明天我和攸川信五郎见过面就来！"

柯亚萍还想推，孟飞扬已经逃也似的跑出了医院大门。

十点，还不算太晚。但今天晚上孟飞扬不想去戴希那里了。他想她，比平常任何时候都更想她，却也比平常任何时候都怯于见到她。回自己家的路上，孟飞扬给戴希发了条短信，简单说了说老柯的病情，告诉她自己要陪夜，就关了手机。等出租车司机把他叫醒，就已经到家门口了。

他的小破房子冷得像个冰窖，孟飞扬冲到洗手间里去洗澡，这才发现装在墙上的满是灰尘的旧暖风机罢工了。还好热水器正常，热水充足，于是他带着一头冒烟的湿发倒在床上睡着了。

第六章

　　童晓告诉孟飞扬，攸川信五郎只会在上海停留一天，因此孟飞扬只有这么一个机会，无论如何也要和对方见上面。

　　早上一醒来，孟飞扬就给花园饭店打电话，还特地使用了日语。花园饭店是日本人在上海出差的首选旅馆，服务人员的日语要比英语熟练得多。总机的态度果然比较客气，告诉他攸川先生不在房间，并问是否要留言，孟飞扬婉言谢绝了。他预料到攸川信五郎会先出去办事，便拿定主意直接去饭店堵他。

　　在饭店大堂一直等到下午两点多，孟飞扬终于看见攸川信五郎匆匆走进旋转门。信五郎不仅长相和父亲酷似，神态举止也如出一辙，只不过信五郎更瘦高些，活脱脱就是个拉长版的攸川康介。

　　等信五郎走到大堂里面，孟飞扬赶紧迎上去，叫了一声："攸川君！"

　　攸川信五郎微微一愣，随即露出窘迫和嘲讽交织的表情，孟飞扬知道对方认出自己来了，果然信五郎朝他点点头："孟君，你的消息很灵通啊。"

　　"很抱歉打搅您，攸川君，有些事情想和您谈，麻烦了。"

　　攸川信五郎沉默地举起手，指了指酒店咖啡厅的方向。孟飞扬刚要迈步，却发现信五郎朝另一个方向走去，他正有点紧张，信五郎说："孟君，请你稍等片刻，我上楼去拿些资料。"见孟飞扬还在犹豫，他又露齿一笑，比昨天柯亚萍笑得还要怪异："请安心等候，我马上就回来，我知道你要和我谈什么。"

孟飞扬坐在咖啡厅里,满脑门子的晦气都喷薄欲出,却又不得不拼命忍耐。还好等了没多久,攸川信五郎就来了,手里提着个大大的公文包。

孟飞扬实在没耐心了,等信五郎一坐下就单刀直入地发问:"攸川君,对于令尊的突然辞世,我和公司同仁都深感意外和悲痛,不知道我发给您的电子邮件您看到了吗?我想知道令尊去世之后,您作为伊藤株式会社的管理者对中晟石化的这笔交易,以及上海代表处的未来打算如何安排,攸川君,请您给我指示!"

攸川信五郎微微眯起眼睛,神情一时间有些恍惚,片刻,他才平淡地回答:"孟君,很抱歉给你们增添麻烦了。您说的这些我都知道了,但是目前我无法给您任何答复,因为伊藤株式会社早在三个月之前就已经提出破产申请,并且在一个月前由法院正式作出破产判决。这是相关的法律文件,请您过目。"他打开公文包,取出一沓日文文件放在桌上,然后端端正正地向孟飞扬屈身行礼:"非常抱歉。"

这实在是太出乎意料的情形!孟飞扬的脑袋嗡嗡作响,拿过文件的手直发颤,匆匆浏览一遍后他放下文件,无语。

攸川信五郎在对面叹了口气:"孟君,现在你都明白了吧。和中晟石化的那个合同,是家父冒用伊藤株式会社之名签的,是一个彻头彻尾的个人欺诈行为。对此所造成的恶果,我深表歉意,但也无能为力。今天我只是作为一名自杀者的儿子,来此尽为人子嗣的义务,而家父本人所做的违法行为,与我没有丝毫关系。至于伊藤株式会社嘛,由于已进入破产清偿的法律程序,与之相关的所有债务由东京地方法院负责处理。这里是他们的联系方式,您可以记录下来。"

孟飞扬缓缓抬起头:"我真的无法相信,伊藤这几年来的经营状况不是一直挺不错吗?就是我们这个代表处,每年也有几千万美金的合同额,怎么说破产就破产了?"

"孟君,你应该了解日本持续二十年的经济停滞。"攸川信五郎又叹了口气,"企业为了发展都要从银行贷款,贷款的利息过高,久而久之就成了企业最大的负担,大家似乎都是在替银行打工。挣钱不容易,而好不容易赚取的利润都付了利息。伊藤这些年来就全靠中国的业务支撑着，可家父从来不肯节约，依旧到处铺张，你知道，他还有很多生意之外的开销……总之，伊藤总部早就是个空壳子了。否则，他也不会孤注一掷，使出那样下流的手段来骗钱。"

"可是中国代表处怎么办？"孟飞扬打断信五郎的话，虽然竭力克制，他的眼眶仍然泛红了。

"孟君，我理解你的心情，但是伊藤株式会社已经破产了。因此，代表处就……"说到这里，信五郎顿了顿，随即再度向孟飞扬深深地伏下腰，"真的帮不上任何忙，很抱歉，给您添麻烦了。"

"咳！"孟飞扬发狠地瞪着信五郎弯曲的脊背，好久，对方就保持着这么个姿势。孟飞扬忍无可忍，就要起身离开。攸川信五郎突然直起腰，直勾勾地看着孟飞扬，问："孟君，你知道家父患了艾滋病吧？"

孟飞扬掉开目光，没有回答。

攸川信五郎却自顾自地说："我也是这次才知道的。但是孟君，这个消息对我们全家并不意外。这么多年来，我和我的母亲、兄弟，我们都生活在噩梦中。虽然伊藤破产了，但父亲一死，对我们一家未必不是一个解脱。孟君，希望您也能得到解脱吧。"

孟飞扬头也不回地走了。

在用双脚丈量了将近两个小时的马路之后，孟飞扬发现自己居然从花园饭店走到了柯正昀所住的医院。暴走的效果还不错，他的心情并没有彻底平复，但至少有信心从容面对老柯的询问了。到了五楼病房，孟飞扬却没有找到柯正昀，他原先所躺的病床上连棉被都收起来了，病房里也空无一人，阳光洒在雪白的墙壁和床单上，土黄色的塑料地板十分洁净，空气里弥漫着医院的特殊味道。孟飞扬站在病房前，突然一阵发慌，老柯去哪儿了？不会出什么事吧？！

他掉头就往外跑，正好撞在柯亚萍的身上。

"啊呀！"两人异口同声地叫道。孟飞扬一把揪住柯亚萍："老柯呢？他怎么样了？！"

"我爸呀，转到普通病房去了，我是来补办手续的。"

"哦！"孟飞扬长长地出了口气，柯亚萍看着他笑了："你怎么跟个没头苍蝇似的，我爸老夸你少年老成、精明能干，我可一点儿没看出来。"

她的精神状态看上去比昨天好了不少，脸上的青紫也消退了，梳理整齐的马尾辫翘在脑后，笑容很自然也很青春，还略带俏皮，总算有点年轻姑娘的味道了。

孟飞扬说："那么说老柯问题不大了？"

"嗯，我带你过去。"柯亚萍边走边说，"医生说还需要做进一步检查和治疗，但暂时没有危险了。"她瞥了孟飞扬一眼："你来得正好，我想出去一会儿，大概一小时左右，行吗？晚饭前我一定回来。"

"行啊。"孟飞扬满口答应，"今晚你还在医院过夜吗？"

"是的，我爸不回去，我也不回去。"柯亚萍的神色立时又黯淡下去，从急诊大楼到住院部要经过医院大门，他们从络绎不绝的人群中穿过，柯亚萍突然支吾起来："你、你知道这附近有便宜点的浴场吗？或者澡堂子……"

孟飞扬有些摸不着头脑："浴场？澡堂子？这个我不清楚……"他看着柯亚萍突然绯红的脸，恍然大悟："哦，你想找地方洗澡啊！"柯亚萍把头低了低："不要讲那么大声啊。"

孟飞扬想了想，从裤兜里掏出家门钥匙："如果不嫌弃，你可以去我家。家里很简陋，但是坐地铁来回很方便，单程半小时。"

"好呀，真的太谢谢你了。"柯亚萍接过钥匙，那双细长的眼睛闪烁出奇异的光彩来，孟飞扬有些莫名的窘迫，他掉头看看，住院部大楼就在面前了。

"你直接上去吧，爸爸等着你呢。"柯亚萍小声说，"六楼靠左第二间，我会快去快回的。"

再看时，孟飞扬只能在医院门口熙攘的人流中捕捉到一抹红影闪过，他这才意识到，柯亚萍穿着件粉红色的束腰羽绒短袄，好像是今年姑娘们最爱的时髦款式。

柯正昀确实在急切地等待着孟飞扬，他知道孟飞扬有话对自己说，而自己也有更加惊人的事要告诉对方。这些事实，即使是作为一个身染沉疴的老人，也很难说出口，然而除了孟飞扬，柯正昀再无其他人可以坦白。他不指望孟飞扬能够谅解自己，但眼前这个难关，只有期待他和自己一起渡过了。

孟飞扬先把和攸川信五郎的见面经过描述了一遍。一边讲着，他一边在心中感慨，人的自我调节能力真强，此刻回想起两个小时前发生的一切，他已经不再感到那种强烈的压抑和无助，而能够有条不紊地分析状况，并且找出许多宽慰的话来。最后，孟飞扬这样总结："老柯，我想来想去，伊藤总部破产未必是件坏事。信五郎不是说了吗？希望我们也能够解脱。既然伊藤已经破产，攸川康介也死了，所谓一了百了，咱们把办事处一关，什么欺诈中晟石化，统统和我们也就没关系了。"

他讲完了，病房里出奇的安静。另外三张病床上，两个病人在挂水，一个病人去走廊上散步，柯正昀靠在床头，神情木然，他的脸依旧很黄，好像套着个蜡做的面具，对孟飞扬的话完全没有反应。

孟飞扬不知所措，正搜肠刮肚想再说点儿什么，柯正昀开口了，毫无起伏的声线、凝结不动的泛黄眼珠，都给他的讲述涂上层诡异的色彩，又带着无形的压迫。

"小孟，我家里的状况你昨天亲眼见到了，你知道我的儿子、媳妇为什么要那样对待我和亚萍吗？"

孟飞扬摇摇头，他不明白柯正昀为什么要提这个，他知道老柯是爱面子的人，本来已经拿定主意当什么都没看见，却不料柯正昀自己扯上了这个话题，这些和伊藤破产有关系吗？

"我这个儿子，今年三十多了，可从来没有正经工作过。我老伴去世之前，特别宠爱他，养成了他好吃懒做的个性，一会儿说要卖保险，一会儿说要做股票，一会儿又说要做生意，把家里这么多年来的积蓄都折腾光了。后来他认识了一个外地来的洗头妹，没几天就带回家来住，让我老伴给他们做佣人。我本来坚决不同意他们俩结婚，他们就天天在家里闹，直到把我老伴闹得病倒，没多久就心肌梗塞死了。我老伴一过世，我就打算把他们赶出去，可前一阵那女人突然说自己怀孕了，我就不好再赶他们，我儿子趁机逼我拿出户口本，和那女人开了结婚证。这还不算，两个人又说有了孩子以后，就要买房子搬出去住。我是巴不得他们滚蛋，可我没钱给他们买房，结果我儿子居然用我家里的房子做抵押去借高利贷，拿钱去付了一套他看中的新房的首付款。"

说到这里，柯正昀停下来喘息，孟飞扬忙递了茶杯过去。他还是不太明白柯正昀为什么要对自己说这些私事，心中的不祥之感却如打翻的茶渍般越扩越大，越印越深……

柯正昀很快又说下去，依旧是面无表情："本来我还一无所知，直到放高利贷的人找上门来要我们还钱，我才知道他闯了这么大的祸！我记得以前告诉过你，我家的房子市场价可以卖到一百多万，可我儿子知道我绝对不肯卖了家里的房子，所以他就去找地下钱庄，因为那里不需要完备的手续，没有我的同意也能抵押房子，他……他只用五十万就把我一辈子积攒下的这份家产抵押出去了！"

"我简直气疯了！当时就逼着那小子去把新房退掉，拿钱来还高利贷。他当然不情愿，但是高利贷那里追得凶，他也怕了，最后还是去退了房。可从那以后，他和那外地女人就天天在家里没事找事，大吵大闹，还嫌弃亚萍占了一间房，要把亚萍赶出去。可这些都还不算最大的问题！最可怕的是，高利贷是利滚利的，半年前借的五十万，几个月来已经连本带息滚到了一百多万。我们还的那五十万根本就不够，所以我的房子还是保不住了……"

柯正昀的声音终于颤抖起来，并且一颤就颤个不停，连带整个身子都抖成一团，孟飞扬看他脸色又黄又白，以为他又要昏厥，吓得想出去叫人，柯正昀说不出话，却拼命摆手制止他，过了好一会儿，才稍微平静下来。

孟飞扬坐在床边，低声嘟囔："老柯，你不舒服就先别说这些了，何苦呢。"听到现在，他差不多已经能够猜出柯正昀究竟想说什么了，他的心充斥着悲怆感，同时又麻木不仁，此刻什么都不能让孟飞扬意外了，他只觉得累，整个身体都像生了锈似的，或者说老朽了。

柯正昀端详着孟飞扬的面庞，最近压力太大，使这个年轻人看上去也有些憔悴了，自己不地道啊，还要把他拖下水，可是又有什么办法呢？即使不为了自己，还有可怜的亚萍啊……

"飞扬，为了保住房子，保住家，我不得已挪用了公司的账款。"

终于说出这句话，柯正昀和孟飞扬同时舒了口气。万钧巨锤从头顶落下也不过如此，他们还活着，并且还要继续活下去。

伊藤株式会社在中国的代表处有一个人民币账户，专门用来支付办公室租金、人员工资和其他运作杂费，这个账户由柯正昀管理，日本总部隔一段时间打入固定款项，按年结算。因为已接近年底，账户里的钱并不多，才二十多万，柯正昀将这笔钱全部用来偿付了高利贷，但数目还是不够。原来他把希望都寄托在了低密度聚乙烯这张单子上，一旦生意成功，以柯正昀对攸川康介的了解，深知他必会得意忘形随手撒钱。到时候，柯正昀就会想法让攸川康介多打些款到这个账户上，他盘算着先用这些钱把高利贷全部结清，然后再慢慢想办法偿还。工资肯定要按时发放，但奖金什么的可以想些说辞拖一拖，房租和其他杂费也都能拖欠一段时间，但攸川康介的突然自杀和伊藤总部宣告破产，把柯正昀的如意算盘彻底打碎了。

"……不过，现在这样也好，原先拖欠的钱不用再付了，全算到伊藤破产上去吧。"隔了很长时间，孟飞扬才吞吞吐吐说出这么一句话，话音刚刚落下他就后悔了。恰好柯亚萍一步踏进病房，顿时愣住了。

她全身都散发着刚刚洗完澡的净爽，湿漉漉的头发披在肩头，脸蛋绯红、眉目清新，随她进门的还有淡雅的香气和悄然的喜悦，却被孟飞扬尖刻的话语瞬间冰冻，重重地砸在地上。

柯正昀苦笑着，现在不论怎样的挖苦他都必须承受，他疼爱地看了一眼女儿，才对孟飞扬说："飞扬，话虽这么说，可事情哪有那么简单。我怕到时候有人会闹着要查账啊，那样我就完了！"

"老柯，现在到底还有哪些应付账款？"

"主要是最后一个季度的房租,其他杂费数目不大,另外就是咱们办事处所有人这个月的工资和年终奖金。"

孟飞扬冷笑起来:"总公司都破产了,还有谁会指望拿到年终奖金?都只能自认倒霉罢。最后一个月的工资嘛,我试试去和大家说明情况,看看能不能搪塞过去。"

"真的能行?"

"只能试试了,尽量不要闹出什么起诉讨薪这类事吧。"孟飞扬说着,心中再度愤懑难当,这不明摆着是让代表处的全部同事替柯正昀买单嘛。虽然柯正昀父女值得同情,但并不能因此掩盖整桩事情里所包含的龌龊和欺骗。不过话又说回来,人都是自私自利的,假如把一切向同事们和盘托出,他可不敢肯定人人都有帮助老柯的善心,实际上,最可能收获的还是冷漠吧。

沉默了一会儿,孟飞扬又说:"房租什么的,就只能当老赖了。我估计问题不大,毕竟都不是什么大数目……而且是公司破产,业主多半会自认倒霉。但是老柯,你剩下的高利贷怎么办?还有你的医药费?"

柯正昀本来一直死死地盯着孟飞扬,好像在等待自己的生死判决似的。听到孟飞扬问出这几句话,老柯突然呻吟一声,捧着脸呜咽起来:"我该死啊,让我死吧……让我死吧……"

"爸!"柯亚萍扑过去,抱着自己的父亲也流下了眼泪。

孟飞扬再也坐不住了,他嘟囔着:"老柯,你、你别这样。我……想想办法,明天再来看你。"

在电梯口,柯亚萍追上了他,塞给他一张纸条:"这是爸爸办公室电脑的密码,他说所有的账务记录都在电脑里面,请你……看看。"他们都没有敢再看对方一眼,就赶紧分开了。

孟飞扬在公司里待到很晚,老柯的账务并不复杂,很快就弄清楚了。面对窗外华灯璀璨的市景,孟飞扬的脑子里反反复复只有一个念头:这些和我到底有他妈什么关系?!本来自己作为伊藤的员工,由于总公司破产所要承担的后果，充其量就是损失几万元的工资和奖金，以及从现在起要寻找一份新工作，不过是流年不利有些倒霉罢了。然而不知道自什么时候开始，从攸川康介到信五郎，从柯正昀到柯亚萍，他孟飞扬突然变得要为所有这些人的贪婪、卑鄙、失误、自私或者懦弱来负责？他真的很想撒手不管，但是一想到柯正昀父女会就此无家可归，他又感到于心不忍了。

就这么颠来倒去地想着，孟飞扬回到了家。刚打开门，就被满屋的亮光晃到了眼睛。

"戴希！"孟飞扬又惊又喜，这死丫头跑到哪里都爱把所有的灯打开，还好意思天天叫嚣什么"低碳生活"。

电脑屏幕上闪着整篇的英语文档，孟飞扬凑过去，只扫到个大标题"Sex Addiction"，戴希就在有关性的鸿篇巨著下睡着了。屋里太冷，她身上裹着条毛毯，从脑袋一直披到脚下，孟飞扬觉着趴在自己面前的就是只大个儿的毛绒玩具。

他把嘴凑到她的耳朵边："快把口水擦擦，僵尸来了！"

"啊！"戴希惊跳起来，被孟飞扬一把抱在怀里，他又朝她的脖子上啃过去："我是僵尸！吼吼！"

"滚蛋！吸血鬼才咬脖子呢！"

"嗯，那僵尸该咬哪儿？"

"逮哪儿咬哪儿！"

"啊呜！"

戴希在孟飞扬怀里拼命挣扎，碰翻了茶杯，她大叫起来："我的简历！"两人手忙脚乱地把戴希的简历抢救下来，孟飞扬亲了亲简历上的照片，才笑着问："你每次跑到我这里就吃我的，喝我的，用我的，还冲我嚷嚷。今天怎么良心发现，当起田螺姑娘了？"

他一回家就发现屋子里变得格外整洁，心里格外地感动。这两天心绪不佳，又冷落了戴希，今天甚至一整天都没和她通过话，难怪她自己跑来了。

戴希没有回答，孟飞扬觉得她看自己的眼神有些奇怪，似乎带着某种令人不安的意味。欲言又止的隔阂再度使孟飞扬的心轻轻一颤，他连忙拍拍手里的简历,扯开话题:"都包装好了?海归小猪打算卖几毛钱一斤啊?"

戴希白了他一眼,撅起嘴:"唔,我的硕士学位还没拿到,你说人家会给我多少工资呢?"

她一本正经的样子真是可爱极了,孟飞扬继续逗她:"谁让你赶上国际金融危机了呢,现在许多外企都停止招人了,就业市场竞争异常激烈,硕士毕业生也就三四千来块吧,你嘛……我估计最多三千。"

"这么少啊……"戴希愁眉苦脸地瞪着电脑屏幕。

孟飞扬情不自禁地把她搂得更紧了,也看着电脑屏幕说:"鉴于我的弗洛伊德小姐还是位了不起的性学专家,大概某些娱乐行业的公司会愿意多付些钱……"

"性学专家?!"戴希冲着孟飞扬横眉立目,"拜托,这是心理学噢!"

"哦?心理学吗?哪里有心理啊?我怎么看来看去都是Sex啊?"

戴希笑得弯下了腰:"你这个大色鬼!性是生命最重要的原动力,也是人类一切心理的基础啊。我们是通过性研究人心,哪像你这种人,除了性就看不到其他……"她的眼睛闪烁得像夜空中的明星,孟飞扬觉得她好像是在看着自己,又好像是穿透了他的灵魂,他几乎无法自持了,喃喃低语:"那也要怪你,一走就走了三年,我的原动力都要耗尽了……"

"傻瓜,我再也不走了呀。"

等到洗澡的时候,孟飞扬才想起暖风机还没来得及修。为了怕戴希着凉,他就一直搂着她,先匆匆替她冲洗干净,看她裹上毛巾跑进卧室,才赶紧收拾自己。屋子经过整理,沐浴液的瓶子没有放在平常够得着的地方,孟飞扬只好发着抖去拿。弯下腰的时候眼睛的余光扫到样东西,他猛然一惊,那是一个褐色的束发圈,就搁在淋浴间一侧的窗台上。孟飞扬把束发圈捏到手里,心头一瞬间空落落的——柯亚萍!他怎么居然就忘记了呢?

钻进被子里,孟飞扬和戴希面面相对,他犹豫着不知该不该伸手过去。

"飞扬,你的田螺姑娘不是我。"戴希的眼睛依旧睁得大大的,可是里面有一层湿气渐渐晕开。她的神情立即让孟飞扬回忆起过去：还是高中生的戴希跑到他的宿舍，也是这样看着他，眼泪汪汪地说："这学期考试的第一名不是我。"

她仍然是那个他认识了好多年的小丫头——孟飞扬朝戴希伸出手，她立即钻入他的怀里，面颊微微发烫，好像受惊的小鸟在他的掌心轻啄，让他不知该如何安慰。

孟飞扬开口了，自己也没料到说出的话是："小希，对不起，我们暂时不能买房了。"

他说了很久，才把整个乱七八糟的事情说完了。戴希始终一声不吭地听着，孟飞扬等不到她发表意见，有些心慌："小希，你不高兴了？"

"我没有不高兴啊。"她依偎在他的胸前，吐出的气息温柔地撩拨他的情怀，"我是在想，这下子咱俩就平等了：都没有工作，都没有存款，挺好的。"

平等了吗？孟飞扬记得好像在哪里看见过：爱情中是没有平等的，不论金钱还是美貌，这些条件都不能最终决定爱情的天平，真正起作用的还是——爱。那个爱得更深一些的，才会处于相对卑微的位置。不过现在他也闹不清楚，他们两个究竟谁是那个更卑微的了。

凑巧得很，这天张乃驰在恒隆广场里遇上了孟飞扬。

作为这所上海顶级商场中好几家奢侈品旗舰店的白金会员，每次新品推出或者逢年过节的特别活动，张乃驰只要有时间都会来逛逛，这也算是他人生中的一大享受。今年年底碰上了攸川康介的死和低密度聚乙烯合同紧急交付，张乃驰带人在宁波北仑港一直盯到这批货全部清关完成，才在圣诞节前夜回到上海。疲惫、紧张和种种彼此交织、难以言表的复杂情绪令他颇有心力交瘁之感，迫切需要放松，于是在这天下午抽空来到恒隆。

当时，他正坐在蒂芙尼的旗舰店里，听销售小姐向他介绍这次圣诞打折活动中的一款经典商品——Tiffany Legacy系列的铂金镶钻项链。

"华贵典雅的海蓝宝石，周围环绕圆形明亮式切割的钻石，这是

Tiffany Legacy的最经典式样，过去从来不打折的，这次是机会难得。"长着一张冷艳面孔的销售小姐好像在背书，张乃驰的目光不动声色地凝注在她的脸上，偶尔才扫一眼黑色丝绒托盘上那件闪闪发光、璀璨夺目的珠宝。销售小姐轻言细语将近一小时了，张乃驰依旧岿然不动，他故意折磨着这高傲女孩的耐心，他知道她自恃年轻貌美，曾经凭此优势掏尽男人的腰包而无往不胜。张乃驰暗自好笑，女人他了解得太多太深，对这种故作矜持、实则见钱眼开的货色早就失去了兴趣。他抬起头看看玻璃橱窗，正想再找几件珠宝出来耍弄她，不料却一眼看到了在橱窗对面东张西望的孟飞扬。

张乃驰大喜过望，连忙抛下一句："就要这款了，晚上9点送到我那里！"他跳起来就冲出了店门，动作矫健轻盈，丝毫也不拖泥带水。销售小姐盯着他的背影，冷若冰霜的俏脸上终于浮现出一丝不易察觉的笑意。

"孟飞扬，哈哈！是你啊！"张乃驰无比亲热地往孟飞扬肩上狠狠一击。

孟飞扬一愣，忙也笑着打招呼："是张总，这么巧。"

张乃驰笑容可掬地上下打量孟飞扬：整洁得体的羽绒服和牛仔裤，但和这里的环境格格不入。在奢侈品旗舰店中驻足停留的男人，有粗俗不堪的大款，也有搔首弄姿的明星，就是没有孟飞扬这种气质清新、装束简练的年轻人，难怪他的神态中散发着局促和不安，张乃驰肯定他是头一次踏进恒隆广场。

这么想着，张乃驰的笑容越发亲切起来："怎么？今天有空出来逛街啦？"

孟飞扬倒坦率，摊了摊两手："伊藤破产了，我现在处于失业状态，别的没有就是有时间。"

"啊？伊藤破产了？！攸川康介怎么……"张乃驰脸色一变，似乎想表达同情，但眼中灼灼闪耀的狂喜却暴露了他的真情实感。孟飞扬低下头，虽然才见过几面，张乃驰瞬息万变的表情给他留下了深刻的印象，孟飞扬总觉得，这人几乎无可挑剔的外貌下埋藏着极其动荡的内心世界，很有点儿像戴希说过的那种——人格分裂。

果然，一转眼张乃驰又奉上满腔热情："哎呀，上回我打电话约你，你就说没时间。今天凑巧了，怎么样？给我一个面子？"

"张总，您太客气了……"

"来，来，喝杯咖啡而已。"

整间咖啡厅里就只有他们两个人，迷幻曲风的电子音乐和着咖啡的浓香轻轻萦绕，在这样的氛围中讨论死亡和破产，带给孟飞扬一种非现实的感觉。

"唉，这么说伊藤还是没能挺过难关啊。可惜，可惜。"张乃驰摇头晃脑地感叹着，然而他那发自内心的喜悦比桌上的台布还要直白，孟飞扬就是想视而不见也不行。他心念一动，就接了句："张总，其实你早就看出伊藤撑不下去了，对吧？"

"是啊！我老早就提醒过攸川康介嘛，叫他收缩战线，不要光追求排场。"张乃驰心情太佳，简直眉飞色舞起来，"中晟石化这笔低密度聚乙烯的单子，最初找的是西岸化工。就因为我知道伊藤这两年窟窿比较大，才把消息透露给攸川康介的。他要是能把这单做成，还是很有希望就此翻身。唉，哪里知道他贪心不足，合理的利润他还嫌不够，居然想以次充好搞欺诈，你说说，这不是利令智昏了嘛！"

孟飞扬的心跳一下子加速了，他连忙点点头，小心翼翼地说："我当时就奇怪呢，中晟石化从不和我们打交道，怎么会一下子和攸川老板签这么大的单，原来是张总帮忙……唔，这次攸川老板把事情办砸了，没有给张总添什么麻烦吧？"

张乃驰矫揉造作地长叹了一声："所以说好人做不得，在这个世界上啊，往往是好心不得好报！怎么没有添麻烦？你们攸川老板是一了百了了，我还得给他收拾残局。这不，连圣诞节都没过好，刚从宁波北仑港把货发给中晟石化了，总算是按时交差，要不然中晟石化哪里会放过我！"

孟飞扬的心几乎要跳到嗓子眼了，他极力掩饰着自己的激动，继续附和张乃驰："那还真是让张总为难了，要在这么短的时间里把货备齐，估计除了西岸化工，没有其他人能做得到。"

"谁说不是啊！我是早就……"张乃驰突然住了嘴，注意地看看孟飞扬，意味深长地笑起来，"咳，不提那些了。逝者已矣，愿上帝接纳他的灵魂，阿门！"说着，他夸张地在胸口画了个十字。

孟飞扬咬了咬牙，低声说："据我所知，攸川康介是个彻头彻尾的无神论者，否则他也不会那样百无禁忌。"

张乃驰盯住孟飞扬："……唔，你是说他的那些劣迹？"

"倒也不是。"孟飞扬迎着张乃驰的目光，也直视回去，"我是觉得张总你这样帮他，他却恩将仇报，居然企图用沾染了艾滋病毒的血来害你，实在是太歹毒了！有这么一个老板，我都觉得丢脸！"

孟飞扬的话果然击中了张乃驰的痛处，他的脸色骤变煞白，连握住咖啡杯柄的修长手指都发白了。恐惧如同犀利的闪电，瞬间划破伪装，在看不见的伤处脓血带着腥臭味向外直涌。"咳、咳……"张乃驰像被咖啡呛着了似的，连咳好几声，才有气无力地说，"要是、要是当时没有你，你喊的那一声，我恐怕就……唉！真谢谢你啊，飞扬。"

"哦！我那也是凑巧，张总您太客气了，总挂在嘴上。"孟飞扬注意到张乃驰对自己改变了称呼，心里一阵腻歪，"说实在的，我觉得这就是天意，要不然怎么让我在那个节骨眼儿上发现攸川自杀呢？我还是相信，好人终归有好报的。"

张乃驰软绵绵地靠在圈椅里，仿佛又被恐怖的意念拽住心神，耷拉着脑袋许久没有再说话。孟飞扬也沉默着，他不愿意破坏这个难得的契机——应该还能再挖出些什么。

过了好一会儿，张乃驰才缓缓地呼出口气："唉，有些事情还是不要去想才好啊。"

"啊，对不起，张总，是我不该提那些。"

"和你没关系，是我自己的执念。"张乃驰端起咖啡抿了一小口，神色稍微平复，他转换了话题，"咱们不要再说攸川康介啦，说说你吧，飞扬，对今后有什么打算吗？"

"我？"话题突然跳到自己身上，孟飞扬有些意外。

"是啊，你！"张乃驰重振旗鼓，依旧苍白的脸上展露出笑意，"呵呵，别以为我不知道，你在伊藤可是支柱，这几年中国的生意大部分都是你做成的，人才难得啊。怎么样，开始物色新去向了吗？"

孟飞扬笑了笑："工作肯定要找的，不过也没那么急。"

"是嘛？飞扬啊，男人对自己的职业生涯应该有个好的规划。恕我直言，伊藤那种地方本来就只能过渡，绝对算不得长久之计。坦白说吧，你的精明勤恳给我留下了非常深刻的印象，咱们也不用兜圈子了，说说你的想法，让我来看看是否能够给你些建议。"

"……建议？"孟飞扬装起傻来。

张乃驰笑得更热情了："小伙子，你需要的是一个更大更有实力的舞台，而西岸化工呢，也需要你这样有能力的贸易人才，我这是在向你发出邀请呢。有什么条件就尽管提，啊？爽气点！"

孟飞扬好似茅塞顿开："哦，张总，您这样真是……让我受宠若惊了。"

"唔？"张乃驰等着下文，孟飞扬却闭了嘴，张乃驰不由皱起眉头："飞扬，难道你对西岸化工不感兴趣吗？"

"张总，你别误会。"孟飞扬连忙解释，"西岸化工这样有规模的跨国企业，当然是难得的发展平台，但我毕竟是学日语的，英语很一般，可能不太适合西岸化工的环境。"

"这倒是。"张乃驰点了点头，"英语差些在西岸化工确实是个劣势，不过问题也不算特别大。现在大中华区和中国公司的高级管理层基本都是华人，如果主要负责中国业务的话，中文交流也足够了。"

孟飞扬坦然回应："张总，你的好意我非常感激，但对这次的新工作，我希望能更慎重些，考虑清楚所有的利弊后再作决定。"

张乃驰显出很失望的样子，孟飞扬为人厚道，拂了人家的好意到底于心不安。他迟疑了一下，又解释说："另外，我女朋友刚刚留学回国，好不容易有这个空闲，我想多陪陪她，她也在找工作，我打算等她先落实了工作以后，自己再找。"

"女朋友？"张乃驰的脸上重现光彩，"原来是这样……"他朝孟飞扬狡黠地一笑："你今天跑到这里来，就是为了她吧？"

果真被他一语说中，孟飞扬不好意思了："是……我想给她买件礼物。"

"好啊，好啊！"张乃驰搓着手，"这样吧，我再给你出个建议，关于礼物的。"

这下轮到孟飞扬满怀期待了。自从把辛辛苦苦积攒了好几年的存款交给老柯去还债以后，孟飞扬发现自己手上才剩下两万块不到，算一算应该能支撑到找到新工作。但是与此同时，孟飞扬突然产生了一种极其强烈的愿望，那就是要送戴希一件礼物：一件真正贵重的、让任何人看到都会羡慕不已的礼物！必须这样，否则他无法平息自己对戴希的歉疚，这种愿望一经产生，就立即变得难以遏制，时时刻刻缠绕在孟飞扬的心头，并最终促使他鼓起勇气，闯进了奢侈品组成的豪华舰队。

在遇上张乃驰之前，他刚刚看了几件商品，就被上面的标签吓出一身冷汗，这才发现原来自己的现状，只能用穷得叮当响来形容。可人心就是如此奇妙，越是力所不及的事物，越是引人遐思，孟飞扬好像头一次发现了奢侈品的美，那些珠宝、皮具、服装无一不在他的眼前绽放出魅惑的光彩，如果可能，他简直想把这里的一切都送给戴希。因此，当明显是个中老手的张乃驰主动要提供建议时，孟飞扬求之不得了。

张乃驰轻轻捋了捋阿玛尼的领带，又捏了捏杰尼亚西装袖口中露出的纪梵希白金袖扣，才慢条斯理地说："你目前正在失业，花太多的钱给女朋友买礼物，未必会让她开心，万一过犹不及呢。所以我建议别买太昂贵的，比如珠宝什么。我倒觉得，一条爱马仕的丝巾刚刚好。"

"爱马仕……"孟飞扬开始琢磨，刚才是不是见到过这家店。张乃驰往前探了探身："要不要我陪你去挑选？有我在，咱们可以享受贵宾服务。"

孟飞扬一惊："哦，那多麻烦您，不用了，不用了！"他看看手表："哎呀，我忘了一会儿还要见个朋友，不好意思，张总，我得先走了。"

"唔，不给女朋友买礼物了？"

"下次吧……呵呵，张总，我真的得告辞了。"

张乃驰往椅背上一靠，挥了挥手："好，再见……等等！"

"啊？"孟飞扬只好又站住。

"你女朋友也在找工作？她是在哪里留学的？想找哪一类工作？"

"美国，心理学专业，想找……人事方面的工作。"

张乃驰把名片推到孟飞扬跟前："她的英语肯定不错吧？把她的简历发到我的邮箱，或许我可以帮忙。"

孟飞扬收起名片，又道了声谢，才走出恒隆的大门。站在南京西路宽敞的人行道上，孟飞扬左右望了望，选择了朝西的方向，走了一小段到路口，右拐又往前十来米，就站住了。行人不多，孟飞扬靠在一棵大树下面，掏出手机开始输入短信：

"你有没有把攸川康介患病的情况告知张乃驰？"

只等了几秒钟，回复来了："我可没那么八卦，张乃驰又不是死者家属，况且艾滋病属于隐私！"

孟飞扬赶紧又输入："我肯定张乃驰早就知道攸川康介有艾滋病！"

这次回复来得慢了些："我查了出入境管理处的记录，攸川康介今年三月入境时，曾经验过一次艾滋病，当时结果是阴性。"

孟飞扬愣了愣，忙又输入："这么说他就是今年才得的病？"

回复："合理推断。"

一阵冷风掠过，孟飞扬缩了缩脖子，继续输入："还有，我发现中晟石化的合同是张乃驰介绍给攸川康介的！"

回复："那又怎样？"

孟飞扬输入："西岸化工已经在北仑港向中晟石化交货了！以我的经验，从海外采购这些货物并运输到港，至少需要两个月！也就是说他们两个月前就确定攸川的合同会出问题！"

回复："未卜先知？"

孟飞扬狠狠地按键："蓄谋已久！"

手机安静了,过了大概半分钟,"嘟"地跳出新的信息:"今晚我请客,六点半徐家汇,肥牛海鲜火锅如何?"

孟飞扬乐了:"感谢我提供案件线索?"

回复:"务必携女伴出席,恕不接待光棍。"

蒂芙尼旗舰店的销售小姐正百无聊赖地隔着橱窗看风景,突然发现之前的那个小伙子又出现在了店堂里。他在店堂里东张西望一番,总算瞄准了目标,一头扎进爱马仕马车的橙色车轮下。

第七章

见到戴希之后，童晓不得不承认，自己多少有些嫉妒孟飞扬。黑色长发和黑色紧身衫、粉红的丝巾和金紫边框的眼镜，所有这些元素相得益彰，使戴希看上去既纯净又浪漫，比童晓想象的还要可爱几分。好在童晓很善于自我调节，立刻就把注意力集中到了肥牛和海鲜上，当然还是忍不住自怨自艾了几句："唉，这世道不公平啊，拿失业救济的都有这么好的女朋友，像我等如此风神俊逸的人民警察，反而无人问津。"

孟飞扬使劲咽了口肥牛："你等我咽下去再说行不行？差点儿把这么好的肥牛吐了，对不起纳税人的钱。"

戴希很认真地提问："风神俊逸是形容马的吧？"

童晓把眼睛一瞪："小姐，请问你的专业是心理学还是文学？"

"和你有关系吗？"戴希也毫不含糊地反瞪回去，"反正我不是学兽医的。"

孟飞扬在旁边乐得前仰后合，自从"年会"之夜后，他还是头一次感到这样轻松愉快。

童晓做出痛心疾首的表情："当初在公安大学念书的时候，我就觉得那个什么犯罪心理学系的人特别神神叨叨，个个都像连环杀人犯。尤其是女同学，哎呀，简直就是些女魔头。孟飞扬，我以一名专业刑侦人员的身份警告你：珍惜生命，远离心理学家。据我所知，心理学家基本上都是疯子！"

孟飞扬温柔地看着戴希："这一点我早就知道了。"

"此人完了！"童晓哀叹一声，无语望向天花板。

孟飞扬说："行了，我的安危就不用人民警察操心了。今天下午告诉你的那些情况，有价值吗？"

童晓笑眯眯地反问："什么叫有价值？我们是在查案吗？攸川康介的自杀在刑侦总队已经结案归档了。"

"哦，那算我瞎起劲，如果再有别的发现我就一律无视了。"

"别的发现？是什么？快说说！"童晓的下巴差点掉进火锅里。

孟飞扬就把柯亚萍透露的攸川专程来中国"嫖男妓"的事讲了一遍。讲完，童晓频频点头："有意思、有意思……"

"怎么有意思？"

"艾滋病的传染途径我们都清楚，是吧？假如攸川康介专程来中国，就是为了召男妓，那么他染上艾滋病很有可能就是在这个过程中！另外，今年三月之前他都是健康的，所以他染上艾滋病的机会基本就可以锁定在从三月到年底，他那几次秘密的中国之旅中。"

孟飞扬连连点头："有道理，这几次旅行都是柯亚萍陪同的，说不定她能提供更多的线索。不过……"他迟疑着问，"攸川康介怎么得的艾滋病很重要吗？"

童晓得意地挤了挤眼睛："攸川今年都六十岁了，从他儿子的说法可以判断，他的行为不轨由来已久，鬼混到这个岁数都能避免患上艾滋病，说明他肯定一向很小心，对不对？"

"对。"

"那为什么他会在今年三月到年底的这段时间里，突然就染上了艾滋病？这是第一个疑点。另外，你不是一口咬定张乃驰知道攸川的病情吗？从现象上看，他甚至比攸川本人更早确认，这又怎么解释呢？这是第二个疑点。最后，就是攸川康介临死前的举动，他想用自己含有病毒的血把张乃驰也置于死地，表示出对张乃驰的极大仇恨，这是第三个疑点。"

孟飞扬把眼睛瞪大了："你是说……张乃驰和攸川康介的病情有关？！"

童晓微笑不语,夹起个大虾送进口中。

"不,不对。"孟飞扬思索着说,"这个推论太让人难以置信了。我还是觉得攸川康介这么恨张乃驰,应该是因为低密度聚乙烯的单子。今天下午我给你的短信你也看了,整件事情和张乃驰脱不了干系。本来我以为年会那晚,攸川是去找张乃驰帮忙的,现在想来,他更有可能是去找张乃驰理论,或者讨个说法的。而张乃驰的答复显然狠狠地打击了攸川康介,让他意识到自己被算计了,彻底没希望了,这才决意自杀,并且还要拉上张乃驰垫背。"

童晓不以为然地摇头:"讨什么说法?就算张乃驰介绍了这笔生意给攸川康介,他又没有让攸川搞欺诈;就算他让攸川搞欺诈,攸川康介可是个老狐狸,会不清楚这样做的后果?凭什么让人家为他负责?我倒以为,攸川康介是因为自己公司破产才狗急跳墙,以次充好欺骗中晟石化的。他原先企图捞一把暴利来弥补公司的亏空,结果事情败露了却拉上介绍人陪葬?这似乎也说不太通啊。并且……"他突然意味深长地看着孟飞扬,"孟飞扬,在这件事上你做了伪证!"

孟飞扬吓了一大跳:"什么?!我?伪证?"

童晓摇晃着食指:"公民同志,我第一次去你公司了解情况,你是怎么说的?我们伊藤只做几个长期合作伙伴的生意,中晟石化就是其中之一……"

孟飞扬闹了个大红脸,低声嘟囔:"那个嘛,只是虚荣心而已。"

"哈哈!"童晓无限快慰地点头,"这个把柄捏在我手里,今后你小心点。"他看了看沉默许久的戴希,嬉皮笑脸地说:"哎,系爱马仕的女魔头,我和你男朋友发生意见分歧呢,要不,你帮我们从犯罪心理学的角度分析分析?"

戴希掩着嘴打了个哈欠:"什么分析?你们说的这些真无聊,我都快睡着了。"

"无聊啊?"孟飞扬拿起遥控器调台,"来,我给你调奥特曼?还是想看脑残言情片?"

戴希捶了孟飞扬一拳："你才脑残呢！"她微微偏着头，慢条斯理地说："从心理学的角度来说嘛，复仇者和一般的犯罪者最大的不同在于犯罪的形式感。"

孟飞扬插嘴："哦，是不是说复仇者会唱着歌剧杀人？"

戴希不为所动："歌剧不是每个人都会唱的，但是在杀人时用某种具有特殊意义的音乐伴奏，倒是颇为常见的方式。"她指了指对面墙上挂的液晶电视，里面正在播出金庸的武侠片，戴希接着说："就拿最喜欢表现复仇题材的武侠片来说，我们经常可以看见这样的桥段：背负血海深仇的主人公历经千难万险，终于练得了和仇人决一雌雄的功力，于是他向仇人，有时候是仇人的后代下战书：'来吧，让我们到你杀害我父亲、或者师傅、或者灭我全家的地方，我要用我父亲、师傅留给我的这把剑，或者这套秘籍中的拳术等等，打败你，杀死你，用你的鲜血来祭奠他们的亡魂'……"

孟飞扬又插嘴："戴希，我还真不知道你这么喜欢看武侠。"

戴希往他嘴里塞了个墨鱼丸："这类情节固然狗血，但却很符合复仇者的心理。也就是要在复仇的时候，再现被伤害的过程，甚而追求当初如何被害，此刻就如何报仇，用相类似的形式来取得以牙还牙的效果。这就是所谓的形式感！"

童晓大声鼓起掌来："心理学家就是有道理嘛。如果仅仅是商业上的仇怨，攸川康介完全可以采用别的方式来报复，但是他用了那么恐怖的方法：企图使张乃驰和自己一样染上艾滋病，根据心理学家的分析来看，这项复仇所指向的仇恨不是商业纠纷，而是与艾滋病有关！"

孟飞扬对他嗤之以鼻："刚才还说要远离心理学家，现在却把人家的话当金科玉律，专业刑侦人员的觉悟到哪里去了？"

"要不是觉悟高，我才不会管这些，攸川康介和张乃驰的恩怨，关我屁事！"童晓发出一声冷笑。

"说得也是。"孟飞扬好奇地问，"你到底为什么对这事那么感兴趣？我记得你上次好像提过，和'逸园'这栋房子的历史有关？"

"'逸园'的历史？"这下连戴希也兴致勃勃了。

童晓的神色却头一次变得凝重起来，他沉吟着说："确实和'逸园'有关，或者说我和我的父亲，都与'逸园'结下了不解之缘。呵呵，这事儿说起来挺复杂，你们就当故事听吧。"

"'逸园'这栋老洋房颇有来历，她建成于1919年，最初建造她的是一名荷兰籍犹太人，名叫惠斯勒。此君是当时千千万万来大上海淘金的外籍冒险家之一，刚到上海时就是个一文不名的洋瘪三，靠着狡诈的手段、赤裸裸的贪婪和无所不为的勇气，从鸦片贩运中逐渐发家，后来又从事赌马和色情等各种黑道行当，终于在二十世纪初期成为了上海滩上炙手可热的大富豪。有钱之后，他买下法租界里的一块地皮，委任当时上海最著名的建筑行——宝源建筑师事务所为自己盖别墅，这就是'逸园'的由来。宝源的老板兼首席建筑设计师、留德博士、当时上海滩数一数二的建筑大师——袁江宁先生亲自设计了'逸园'。

"因为惠斯勒喜欢铺张富丽的效果，袁博士就采用了巴洛克式的建筑风格，在外墙立面和屋檐上做了许多装饰，建筑外部线条圆润，到处是精巧的雕刻，并且全部使用最好的乳白色大理石，令整个建筑产生一种光洁剔透的感觉，还赋予了'逸园'与众不同的女性气质。尤其在日出和日落的时候，火红的阳光照亮'逸园'圆形的顶部和屋脊，把上面的每幅雕塑都映得绚丽如画，再配上洁白如玉的下半部，形成一种梦境般的柔美，被当时的文人诗意地形容为'上海脱下霞彩的外衣，轻柔地披在她的肩头'，由此，'逸园'便成了沪上一景。

"这座房子从1912年开始建造，一共花了七年时间才建成。1920年，惠斯勒带着全家搬进来，可住了才不到一年，他本人就由于黑道火拼在南京路上被当众刺死，他的产业帝国一夕之间就崩溃了。惠斯勒的遗孀认为是'逸园'带来的噩运，决意出卖'逸园'。袁江宁先生听说后，便以很合算的价格将房子买了下来。袁博士经营建筑事务所多年，本身也很富有，况且'逸园'就像他自己的孩子一般，他对她有种特殊的感情，断断舍不得她落入他人之手。

"袁博士一家在'逸园'一直居住到解放前夕。1949年即将到来，资本家们开始外撤，袁江宁也准备举家赴美定居，走时唯一放不下的就是'逸园'。这时候，袁博士的小儿子袁伯翰主动提出要留下来。袁伯翰从小接受西方教育，是上海'圣约翰大学'的高才生，后来又在美国哈佛大学获得建筑博士学位，他的思想比较进步，非常看好新中国的前途，最后，袁江宁同意了儿子的决定。

"就这样从1949年起，袁伯翰成了'逸园'的主人。他的才华果然得到人民政府的重视，先后参与了新上海很多重大项目的建设设计工作。直到文化大'革命'降临，袁伯翰和他的家庭均陷入了灾难。袁伯翰本人被扫地出门，赶离了'逸园'，下放到农村。他的妻子不堪忍受造反派的凌辱，在'逸园'的门厅里上吊自杀。袁伯翰唯一的儿子被打成双腿残疾，左眼失明，受尽折磨后很快在监狱里郁郁而亡。至此，'逸园'再度见证了一轮家破人亡的惨剧。

"等到十年浩劫终于结束的时候，袁伯翰已近花甲之年。当这位举目无亲的孤老头子然一身回到上海，却发现'逸园'变成了一家印刷厂的厂房。整座房子都已破败不堪，还有工人在里面住宿，处处肮脏污秽；原本绿草如茵、花木繁盛的院子里到处堆放着印刷机械和纸张，花草衰敝如同大型的垃圾场，曾经的雍容华贵再难寻觅。

"袁伯翰无处栖身，他四处申告求助，经过多方协调，印刷厂总算同意腾出了主楼后的穿廊给他居住，袁伯翰才又回到'逸园'。过了一段时间，他的身边出现了一个十来岁的女孩子，称呼他爷爷。袁伯翰向大家解释说这女孩叫袁佳，是他的亲孙女。据说就在'文革'前夕，袁伯翰的儿子曾和一名邻居女孩相爱，本来两人准备要结婚，不料'文革'狂潮席卷而来，儿子被打成残废后死在监狱里，当时那女孩已怀有身孕，只好在娘家偷偷生下孩子，自己却也难产死了。

"这个可怜的遗腹子就是袁佳，她从小由外婆抚养长大，是外婆在临死前找到了刚刚回沪的袁伯翰，又把袁佳托付给了他。

"从此，袁伯翰就和袁佳在'逸园'的一隅相依为命，终日与印刷机的轰鸣和油墨粉尘做伴。'文革'的余孽还未清除干净，新生的曙光已在这个国家上空渐渐升起。当七十年代逐渐走向尾声,袁佳即将升入高中时,中国开始改革开放了。袁伯翰的海外关系使他一下从臭虫变成了香饽饽,各种平反政策纷至沓来,袁伯翰对别的都不感兴趣,他唯一执著的,就是要回'逸园'!

"这个时期袁伯翰和袁佳的状况有了很大的改善。和海外的联系恢复之后,袁伯翰在美国的亲属们通过各种途径带回来许多钱物,资助他们的生活。来自美国的现代家电,抄家归还的收藏品,各种各样的进口食品,一件件占满了祖孙俩栖身的穿廊小屋,拥挤而温馨。每周至少三天,袁伯翰出门去向各级政府机构申诉,要求印刷厂搬离'逸园',要求政府把'逸园'还给他。

"事情哪有那么简单!

"没完没了的推诿和拖拉,使袁伯翰的诉求旷日持久而没有进展,当然政府部门还是做了些姿态,勒令印刷厂在别处找了宿舍,这样就又腾出了两个小房间。于是,袁佳有了自己的房间;袁伯翰在穿廊里挂上字画、摆上古董,按照过去自己书房的模样布置起来;荒芜已久的花园里也见缝插针地种上了月季、杜鹃和海棠花,与堆积如山的纸张书籍相映成趣……尤其是大草坪中央的那棵丁香树,当年是袁伯翰的母亲亲手栽下的,历经多年波折已然奄奄一息,也被袁伯翰和袁佳费尽心思地救活了。早春时节,满树的丁香花再度盛放,如同紫色的云锦绝然出尘,淡雅的幽香凌空飘逸,恍若来自另一个世界。几许春风涤荡,花雨缤纷、花香飞散,凋零在遍地的书页之上,像有一只无形的手涂写下生命的粲然与易逝。这番亦悲亦喜的景致竟然令印刷厂那些从来不懂风花雪月的普通工人都欷歔不已。

"就这样,尽管依旧满目疮痍,'逸园'还是一点点展现出那个年代绝无仅有的高贵气质,只是主体建筑上洁白的大理石均蒙上黄疸,她那通体晶莹宛如处子的至美,再也无法重现了。

"除了袁伯翰老人四处奔走申诉之外,袁家在海外的亲属也多次赶赴中国,去各个政府部门反映情况,要求归还'逸园'。终于,当1981年盛夏到来的时候,在上海市政府领导的直接干预下,正式将'逸园'全部归还给了袁伯翰。印刷厂停止生产,工人们全部撤离,设备和各种物品一下子来不及搬走,还暂时堆放在'逸园'里。夏夜微凉,袁佳扶持爷爷在静寂无声的花园里踟蹰而行,清冷的月色照出一老一少的孤零身形。曾经的烈火烹油、曾经的优雅富贵、曾经的惨烈疯狂、曾经的嘈杂粗鄙,都好似化作了墙角下的憧憧鬼影,恋恋不舍地在他们的身边徘徊。

"'有一天我们都将离去,'老人的身躯轻轻摇晃着,对孙女说,'佳佳,什么都不会剩下。但是逸园会留下来,人生是一场梦,而逸园就是承载梦的提篮。我的好孙女儿,你要守住逸园,守住她,就是守住过往、守住人心中哪怕最卑微的信念——这,也是我对你最大的期望。'

"'逸园'的问题既然解决了,袁家亲属们便几次三番规劝袁伯翰赴美定居,老人固执地拒绝了。当初他就是为了'逸园'留下的,现在同样为了'逸园',他更不能离开,他说自己最大的心愿就是在'逸园'里死去——没想到一语成谶!

"也就是在这一年的盛夏,袁佳参加了高考,成绩优异的她不出意外地考入了复旦大学。大家都为这祖孙俩高兴。9月初,袁伯翰亲自陪伴孙女,拎着行李去位于上海东部的学校报了到。从此,就剩下袁伯翰独自一人居住在'逸园'中。袁伯翰年事已高,袁佳担心自己走后他无人照料,去学校之前还特意请了位保姆来料理家务,就住在袁佳的房间里。袁佳每个周日都会回家来看望爷爷,但并不过夜,吃完晚饭就坐电车赶回学校去了。

"事情发生在那年秋天的一个周日。印刷厂刚刚搬完了所有的设备,整个'逸园'真的空空如也了。按照惯例,这天袁佳是要回家的。复旦大学位于上海的东部,从那里到西面的'逸园',中间要换三次电车,路上大概需两个小时,袁佳9点从学校出发,到家通常也接近中午11点了。每周日和孙女聚会是袁伯翰的大事,一大早他就吩咐保姆去菜场买来了不少菜,整个早晨保姆都在厨房里忙碌,准备丰盛的中餐和晚餐。据她说,在客厅里的挂钟刚刚敲过10点时,院子外有人敲门。保姆还以为是袁佳提前到家了,开门一看,却是个陌生的男孩,瘦瘦高高的个子,长得十分端正帅气,看上去还不到二十岁。这男孩很有礼貌地询问袁老先生是否在家,保姆还来不及回答,袁伯翰就面色阴沉地迎到门前,他显然认识这男孩子,沉默地将对方领进了由穿廊改成的小书房。

"保姆回到厨房接着做饭,穿廊里不时传来老少二人的谈话声,起初声音不大,但渐渐地激烈起来,特别是袁伯翰,苍老的嗓音中可以听到明显的愤怒,保姆觉得他一定是在申斥那个男孩,心里有些慌乱,她注意地听了听,想弄清楚是怎么回事,但却一句话都听不懂。后来她回忆说,这两个人肯定在用一种她完全不了解的语言吵架!

"穿廊里的争吵还在继续,院外又响起传呼电话的叫声,让保姆去接听。那时候家庭电话还属稀有,'逸园'原有的电话线都拆除了,袁伯翰安装私人电话的申请递上去大半年,始终石沉大海。保姆鼓起勇气,走到书房门口请示袁伯翰,老人余怒未消地冲外面嚷:'你去接电话吧!顺便再去凯司令买四块栗子蛋糕来。'

"保姆赶紧出门,她先去了弄堂口的传呼电话站,可电话已经挂断了。站里的阿姨说,电话是袁佳打来的,等不及就留了个言:'学校有事出来晚了,中午前赶不到家,让爷爷先吃中饭。'保姆说她初听到这条留言还有些暗喜,因为家里有人在吵架,她担心袁佳回来撞见不好。于是,保姆又转去淮海路上的凯司令买蛋糕,这是袁佳最喜欢吃的点心,每次回家袁伯翰都要为她准备。凯司令离'逸园'不算远,但是步行来回也要半个多小时,保姆说自己回到'逸园'应该差不多11点半,刚打开房门就闻到刺鼻的煤气味。她冲进厨房,看见炖在炉子上的罗宋汤溢了一地,煤气从熄了火的灶头不停冒出,她吓得几乎跌倒,怎么也回忆不起来自己临走时是否关了火。她飞快地打开所有的窗户,又跑向穿廊。穿廊的门关着,并没有上锁,她推门进去,只看见袁伯翰一个人仰面倒在沙发上,来访的年轻人踪迹皆无。门窗紧闭的室内也是煤气味呛人,她大叫着去开门开窗,再回到沙发前看袁伯翰,老人的脸色铁青,嘴角边挂着口沫,对她的呼喊没有丝毫反应。保姆惊慌失措地跑出院外,大喊起救命来。很快从弄堂里赶来了许多人,大家手忙脚乱地把袁伯翰抬到屋外的空地上,又有人去打传呼电话叫救护车。很快救护车到了,医生稍作检查,就宣布了袁伯翰的死讯。正当大家乱作一团时,袁佳亭亭玉立的身影出现在了'逸园'门前……

"派出所民警童明海开始调查袁伯翰的死因。他和袁伯翰祖孙并不陌生，袁伯翰从河南农村回沪，重新住进'逸园'；带着小袁佳来报户口；要求归还整座'逸园'，所有这些事情都须经过童明海之手。常来常往的，工人阶级出身的童明海和大资本家的后代袁伯翰结成了忘年交，他一直尽可能地关心和帮助着这位命运多舛的老人，也十分喜爱聪明漂亮的小袁佳。袁伯翰突然死亡让童明海非常震动，尤其是整个过程中的多处疑点，令他不安。

"根据医生的诊断，袁伯翰死于心脏病突发和煤气中毒的双重打击。每一件都不足以令他在短短半小时的时间内猝死，但两者结合却达到了快速致人死地的效果。保姆吓得魂飞魄散，完全说不清楚罗宋汤是怎么回事。童明海无奈之下只能先将煤气溢出定为意外，但是，他坚决认为，袁伯翰的心脏病发作不是意外，而应该和那天早上贸然来访、后又神秘消失的年轻人有关。

"童明海首先要确认那个年轻人的身份。袁伯翰已死，保姆不认识他，周围的邻居中没人目击当天早上进入'逸园'的他。那时候犯罪画像的技术还不普及，也没有无处不在的摄像头……无奈之下，童明海询问了袁佳，根据保姆对来者的描述，他让袁佳想想是否认识这么个人。袁佳立即矢口否认了，但她痛苦犹疑的表情没有逃过童明海的眼睛，他感觉——她应该认识他！

"还有一件事情对不上，袁佳说她当天早上并没有给家里打过传呼电话，童明海查问袁佳同学时也证实了，袁佳那天是和平常一样，9点刚过就离开了宿舍。但是，她没有和平常一样在11点之前回到家，而是在11点半过后才到，为什么呢？她只是说电车比平常开得慢些，换车时又恰好误了往常坐的那一班，就耽搁了。童明海无法相信袁佳的说辞。那么，她为什么要说谎？耽误的那半个小时里面，她去了哪里？在干什么？传呼电话站的阿姨肯定自己接到的是一个女声的来电，还清楚记得电话里面的声音很年轻，又婉转动听。假如这个电话的确不是袁佳打的，难道会有人冒充她吗？目的又是什么呢？

"童明海正在伤脑筋，突然传来消息：有人说认识那个拜访'逸园'的年轻人，并且还亲眼看见他在'逸园'的行为！证人名叫邱文悦，是附近华海中学的高三毕业生,华海中学也就是袁佳刚毕业的中学,邱文悦和袁佳同年级不同班,没有考上大学,正在家里复读准备来年再考。

"邱文悦被带到派出所时,脸色苍白、神情萎靡,恐惧得连话都说不太连贯。她断断续续地告诉童明海,自己的家就住在离'逸园'一条街的石库门里,从她家二楼的卧房北窗望出去,正好能看见'逸园'里面。那天中午,她亲眼看见那个年轻人进了'逸园',和袁伯翰一起在客厅里谈话,后来袁伯翰似乎非常激动,在屋子挥舞着双拳走来走去,突然间捂着胸口倒了下去。邱文悦说她看见那人把袁伯翰扶到沙发上躺下,然后走进厨房,端起罗宋汤锅浇灭了煤气灶上的火,随后就关上房门离开了'逸园'。邱文悦说她当时又害怕又困惑,根本闹不明白发生了什么,就傻乎乎地坐在窗口发呆。也不知道过了多久,她看见保姆回来,几分钟后弄堂里就鸡飞狗跳了。

"童明海目瞪口呆,这下麻烦大了,意外事故变成了谋杀案!刚记录下证词,邱文悦的妈妈得到通知来派出所接女儿。童明海发现自己也依稀认得她,她是华海中学的英语老师,名叫尹惠茹。尹惠茹见到女儿后极为震惊,特别是当她听到邱文悦指出的年轻人的名字时,顿时面无人色,整个人都摇摇欲坠,若不是派出所的女警伸手相扶,只怕她就当场晕倒了。童明海对她如此激烈的反应很意外,这时尹惠茹才解释说,原来那年轻人也是华海中学当年的高三毕业生,还是尹惠茹从初二到高三教了整整五年英语的学生!

"童明海当即找来了那个男生,他很平静地承认,自己当天确实去过'逸园',也曾经和袁伯翰先生发生过一些争执,但后来他看到袁老先生激动过度,身体不适,就扶他在沙发上躺下休息,自己便离开了。至于后面所发生的一切他都一无所知,对于邱文悦的话,他则断然否认——完全是胡说八道!

"童明海决定让邱文悦和男生对质,还没等他通知,尹惠茹带着女儿再次来到派出所,但是这次,她们是来翻供的!邱文悦哭得一把鼻涕一把泪地说,自己撒了谎,其实她只是恰好看见那男生进了'逸园'的门,所谓故意倒翻汤锅熄火的情节,是她后来听到弄堂里人的议论,自己瞎编的。童明海简直气得七窍生烟，尹惠茹连声抱歉，说自己也没想到女儿会做出这样荒唐的事来，但邱文悦的确说了谎，因为周日中午12点之前，她都在学校里的周末复读班里上课，有整个班级的同学可以作证，邱文悦从早上10点到12点都和大家在一起，绝不可能从家里的二楼卧室观望'逸园'。至于邱文悦为什么要陷害那个男生，尹惠茹说这只是自己女儿青春期冲动的无知表现，她暗恋那男生已久，想以此来引起对方的注意罢了。

"更可气的是，邱文悦这里刚刚翻完供，那保姆也紧随其后，跟着翻供了！她说她先前是受惊过度昏了头，现在都记起来了，袁伯翰吩咐她去接传呼电话之前，已经和那男生结束了谈话，所以那个男生是在她之前离开'逸园'的。她的这番话也从另一个角度证实了，邱文悦第二次的证词才是真实的。

"谋杀案再度变回意外事故，其中的波折起伏令人啼笑皆非，也让派出所的同志们泄了气。童明海后来又做了一些调查，但都没有什么突破性的进展。时间慢慢流逝，发生在'逸园'的这起事件终于被人们淡忘了。袁伯翰火化之后，海外的亲属来沪把他的骨灰带去美国安葬，并且似乎对袁佳说了些什么，此后袁佳就一直住在学校宿舍，再也没有回过家。'逸园'乏人照料，月季、杜鹃和海棠花都相继枯死了，夜间只有老鼠和蟑螂出没。唯有那棵丁香树，顽强地独活于一片荒颓之中，再没有饱含同情、眷顾和深思的目光陪伴她，紫色繁花的烟云便于无声中绽放又在黯然里凋谢。每一个深夜，'逸园'就如《孤星血泪》里那个身披泛黄婚纱的丑老姑娘，在死亡气息的紧密包裹下品味着命运的残酷无常，自矜自赏、自悲自弃。

"只有派出所的老民警童明海始终耿耿于怀，他一直留意着袁佳的动态，总觉得这姑娘的心中埋藏着秘密，期盼着有一天能够亲手将秘密揭开。

"四年时间很快就过去了，袁佳从复旦大学英语系顺利毕业，就在分配工作前夕，'逸园'又出事了。当时，归还'文革'时没收财产的政策进一步落实，上海市公安局收到来自海外袁氏家族的信函，要求正式明确'逸园'的归属。来信称'逸园'应该由袁伯翰的兄妹和侄子侄女共计十五名法定继承人共同继承，其中不包括袁佳。根据信中所述，袁佳是袁伯翰亲孙女的情况仅凭袁伯翰一人的口述,他临死前没有留下任何凭据和遗嘱,因此袁氏家族所有海外成员共同否认了袁佳的身份,也不承认她的继承权。童明海很清楚地记得那天他请袁佳来派出所,亲口告诉她这件事时的情景。四年过去,袁佳出落得越发美丽,眉宇间淡淡的哀愁令她显得那样与众不同。八十年代中期,新兴的财富观念已经深入人心,中国人开始了对物质的狂热追求。丧失'逸园'的继承权,就意味着天文数字的财产凭空消失,但袁佳既不激动也不悲伤,她很安静地听完童明海的讲话,道了声谢就离开了。后来童明海听说袁佳在一家研究所上了班,负责翻译外语科技资料,三年后她向研究所辞职,去了深圳,就是从那里她人间蒸发,再也难觅芳踪。

"袁氏家族得到'逸园'之后,因为无人能在沪管理,很快又把它卖了出去,之后几易其手,现在'逸园'的主人究竟是谁,童明海也不得而知。2003年,西岸化工通过房产中介和神秘房主签下长期租约,把它改造成了大中华区的办公室。"

童晓终于结束长长的叙述,停下来看看听傻了的孟飞扬和戴希:"哎,醒醒!还没到睡觉时间!"

孟飞扬咽了口唾沫:"我的妈呀,好像在听长篇小说。"

戴希欲言又止,童晓朝她坏笑:"女魔头有话就说嘛。"

"嗯……那天早上去'逸园'的男生究竟是谁?"

童晓眯缝起眼睛,一字一顿地回答:"李——威——连。"

"李威连!"孟飞扬和戴希齐声惊叫起来。

童晓鄙夷地连连撇嘴:"淡定,淡定。"

孟飞扬挥着手高喊:"服务员,再来十瓶啤酒!"他本来不会喝酒,一瓶啤酒就倒,这几年因为工作应酬硬练出了点酒量,但也很一般。这时候已经喝得红了脸,比平常亢奋许多。

戴希的脸蛋也有些发红,她往孟飞扬的肩头靠了靠,蓄着两汪清水般的眼睛却盯住童晓:"说下去呀,后来呢?"

"什么后来？"童晓两手一摊，"没啦！"

"去！"

服务员端上十瓶啤酒，孟飞扬给自己和童晓倒满，童晓一脸委屈地说："后来你不是都知道了吗？还要我说什么？李威连此人在二十多年之后再度回到'逸园'，再次碰上'逸园'内的离奇命案，并且这一次他提供的不在场证人名单中，又出现了一位老熟人的名字——邱文悦！"他故意顿了顿，才不怀好意地盯着戴希说："当然了，还有你——戴希的名字！"

戴希狠狠地瞪了他一眼："算我倒了八辈子霉，好不好！"

"人家是跨国公司总裁，年薪百万美金的打工皇帝，和他挂上钩，那是你的荣幸！"

戴希虎着脸不肯再理睬童晓，孟飞扬摇头晃脑地感叹："真是太不可思议了。我算明白你为什么对'逸园'这么感兴趣了。唔……我还有些问题。"

"你说。"

"你爸后来调查清楚没——李威连和袁家祖孙到底什么关系？袁伯翰死的那天他去'逸园'究竟是干什么的？"

童晓的眼睛闪闪发光："孟飞扬，我发现你挺有搞刑侦的敏感。"

"怎么说？"

"呵呵，因为你的问题不是：'李威连和袁伯翰到底什么关系'；而是'李威连和袁家祖孙到底什么关系'，这说明你看出了某些症结。"

孟飞扬支吾起来："我记得你提到，你爸问袁佳是不是认识来找袁伯翰的小伙子，袁佳否认了，但既然李威连和袁佳是华海中学的同年级学生，况且袁伯翰和李威连貌似很熟悉，袁佳怎么可能完全想不到来者会是李威连呢？"

"说得好！"童晓朝桌上猛击一掌，"这也正是我爸一直怀疑的地方，但更奇怪的是，我爸后来问过很多华海中学的师生，包括邱文悦和尹惠茹，他们又都证实说从来没见过李威连和袁佳在一起，从表面现象看，他们确实只能算是同届校友，而互不相识。"

"这……不太可能吧？"孟飞扬问。

"非常不可能！我爸告诉我，那时候华海中学每年级是四个班，1981年那届的高三毕业班中，李威连在一班，和邱文悦同班，袁佳在四班，这两个班的英语老师都是尹惠茹。另外，李威连和袁佳两人，恰恰都是那届毕业生中成绩最优异的学生。李威连几乎每次考试都是全年级第一名，袁佳也一直保持在前十名，他们两个的英语都特别好，是华海中学重点培养的尖子生，也是尹惠茹引以为荣的教学成果，因此他们互相熟识是正常的，相互间毫无交往反而不正常。"

戴希托着下巴问："1981年……唔，会不会那年头男女生都不讲话的？"

"也没那么封建啦。"童晓说，"两个优等生应该会在许多场合和活动中相遇，彼此也肯定有很多可以相互交流的话题。况且李威连在华海中学算是一代风云人物，不仅成绩优异、长相帅气，体育也特别好，是学校篮球队的队长，校内校外崇拜他的女生成堆，那个邱文悦就是暗恋他的一个。而袁佳呢，虽然没有李威连那么活跃，但她温柔美丽，富有大家闺秀的气质，在华海中学也是众多男生的梦中情人，这样两个人，居然在校园内毫无来往，你们说说看，是不是有些刻意为之的蹊跷感觉呢？"

孟飞扬沉默了好一会，才说："这也很难讲，毕竟是二十多年前的社会环境，也许我们是小人之心了。"

戴希转了转眼珠："哎，李威连一定也考上复旦大学了吧？还是交大？他成绩那么好，英语又棒，放在今天说不定直接让哈佛、牛津录取了呢。"

这回变成童晓沉默了，他喝下半杯啤酒，才慢悠悠地说："没有，他没有被任何一所大学录取，那一年他放弃了高考。"

"放弃高考？为什么？！"

"理由不详。按照公开的说法，是李威连在香港的父母生意破产，没有能力资助他继续升学，所以他只能不上大学了。"

戴希瞪圆了眼睛："不是吧，那个年代大学又不收学费的！他可以申请助学金或者通过勤工俭学筹到生活费和杂费啊。在1981年的那种时期，为了钱这个理由放弃上大学，我才不信！"

"不相信又怎么样？"童晓冷冷地说，"人家自己咬定这个说法，华海中学好像和他也有默契，上上下下都异口同声，不信也得信啊。最可笑的是，李威连还是以全校第一的成绩通过毕业考试，拿到了高中毕业证书，但却成了华海中学那一届前四十名优秀毕业生中唯一的高考落榜者。"

"再后来呢？"

"再后来啊，李威连七月中从华海中学毕业，后经学校推荐到金山石化厂，从八月起就到厂里当上了学徒工，此后一直在金山上班，住在工人宿舍里，再没回过上海市区。直到同年十一月的某一天上午，他突然出现在'逸园'。"

"哦……"戴希垂下眼睑，把丝巾一角轻轻绕在手指间，孟飞扬明显地喝过量，眼神涣散地看着电视，都不怎么搭话了。戴希把他面前的啤酒杯拿走，换上杯白开水。

童晓想了想，又说："另一个问题我还没回答呢，李威连去找袁伯翰干吗？据他自己说，他虽然不能上大学了，却希望能继续自学英语。他听说袁伯翰老先生毕业于圣约翰，在美国留过学，所以就想请袁伯翰辅导自己。他去金山上班前曾经路遇袁老先生，向老先生提出了这个请求。这次特意从金山赶回上海，就是有些问题想向老先生请教。但不知怎么的，袁老先生那天心绪不佳，对他十分不耐烦，后来他发现老先生是身体有恙，认为自己来得不是时候，就告辞了。"说到这里，童晓看了看戴希，微笑着问："心理学家，这个说法你相信吗？"

戴希咬了咬嘴唇："其实我觉得，这件事情里每一个人的说法都不那么可信。表面上能说通，可是仔细深究，总会有情理上的疑惑。"

童晓正要开口，突然"哗啦"一声，孟飞扬拉开椅子，跌跌撞撞地朝门外跑去。

"飞扬！"戴希叫着跳起来，童晓忙说："别急，他这是喝醉了，你坐着，我去看看。"他冲过去搀住孟飞扬，往洗手间方向蹒跚而去。

戴希一个人呆呆地坐在桌前，满台杯盘狼藉，欢宴之后的残迹总是这样丑陋，处处散发着曲终人散的悲凉。她担心着孟飞扬，心头更有种茫然若失的况味。电视里正在播出晚间新闻，播音员用百年不变的语调念着："上海海关××处处长左庆宏涉嫌严重违纪被双规……"戴希依稀记得，刚才好像也看到过这条新闻，应该是重播了吧？

电视画面的一切换成了新天地新年倒计时音乐会的彩排现场，涨红了脸的粉丝冲着镜头尖叫偶像的名字，画面重新回到播音员，她穿着迎新的桃红色西服，口齿清晰、从容不迫地播报起下一条新闻，声音中没有喜乐，只有事实。

这就是我们的生活吧？欢乐、痛苦，成功、沉沦，就像她今晚听到的故事一样，有多么曲折跌宕，就有多么无奈平凡，她还无从揣测故事中那些人物的心理，她只是直觉到，他们的心中肯定都隐匿着离奇可怕的真相，又饱含着无法言说的悲伤。

童晓帮着戴希一起把孟飞扬弄上出租车，看着孟飞扬烂醉如泥的样子，童晓有些担心："要不要我和你们一起回去？"戴希谢绝了，把后排的窗户全部摇下来。出租车司机很是不满，一路埋怨着："这么冷的天，还要开窗，作死啊！"

戴希不理他，她用自己冰凉的手抚摸着孟飞扬的额头，希望能让他舒服些。孟飞扬的面颊滚烫，像个孩子似的缩在戴希的胸前，使她感觉自己和他是那么亲密。"小希……小希……"他在沉醉中呼唤着戴希，她靠拢他，情不自禁地回应："我在这里，在这里……"

司机安静了一会儿，突然又叫起来："哎哟，飘雪花了，这是今年冬天第几场雪了啊？"

戴希向车窗前方望去，接近午夜的天空果然已成白茫茫的一片。她回忆起十来天前的那个晚上，在几乎同样冷冽、寂静的雪夜里，她望着李威连身穿黑色长大衣的背影，在漫天飞舞的雪花中走向"逸园"。其实那天她根本没看清李威连的五官相貌，他留在戴希心中的，就是这样一幅画面，他义无反顾、坚定执著地朝"逸园"走去，宛如一个孤独的战士，要去迎接自己的宿命。

那到底是一种怎样的宿命呢?

第八章

　　元旦假期还没过，朱明明就开始为大中华区总部的办公安排伤起脑筋来。等休假的高管们逐步返回工作，淮海路上中国公司办公室中的独立小间就明显不够用了，是否重新启用"逸园"成了亟待解决的问题。公安局自确定攸川康介的死因之后，就及时解封了"逸园"，可那儿毕竟刚死过人，公司最高层那些趾高气扬又斤斤计较的大老板们，尤其是吓掉半条命的张乃驰，会愿意回去吗？

　　于是朱明明专门写邮件请示了李威连，她最清楚，这种事情只有他能拍板，而且一旦他做出了决定，基本上就没人再会提出异议。尚在美国家中休假的李威连很快就答复了，朱明明却看得啼笑皆非。在邮件中，李威连指示朱明明去邀请香港最著名的风水师黎巨敏，让他来上海给"逸园"看下风水，然后给出趋利避害的具体建议，至于是否返回"逸园"办公，何时返回，如何安排，这些都要听黎大师的。

　　朱明明读到这封邮件时，差点儿把咖啡喷到笔记本电脑上。李威连是何许人也？他会相信周易风水之说？朱明明的唇边溢出冷笑，这个精明得可怕的家伙，一定又在打什么鬼主意了。她仿佛能看见他写下这封邮件时，脸上的镇定和眼里的狡黠，他就是这样，一次又一次把大家指使得团团乱转，等到恍然大悟的那刻，一切已成定局，而且必然是他想要的。看到没有？他连要请的风水大师都指名道姓了。朱明明听说过黎巨敏，此人在香港的确声望卓著，据说跨国企业和富豪请他看风水都要等候排队，就连当初香港汇丰银行要在旧址盖新楼，什么时候搬离，什么时候搬入，银

125

行门口的两个铜狮子如何"请走",又何时"请回",还有董事局成员的所有办公室方位和办公家具摆放位置,都是黎大师一锤定音的。朱明明万万没想到,李威连居然对这号人物都了如指掌,还说只要报出自己的姓名,对方一定会优先处理,专程赶往上海。

朱明明忽然想到,会不会连看风水的结果都在李威连的预料之中呢?很有可能……她感到一阵目眩神迷,内心再度被那强大的智慧和意志所牢牢攫取,恨不得能立即俯伏在他的跟前,正是这无望的爱慕之情使朱明明的心揪痛不已,却又万难割舍。

她和风水大师的助理取得了联系,听到李威连的名字,对方果然一口答应。元旦刚过,黎大师就带着助理飞抵上海,次日上午朱明明陪着他们在"逸园"里待了两个多小时。黎大师是个大忙人,但做事严谨高效,所有的结论和应对的具体措施都由他的助理清清楚楚向朱明明交代了,还画了草图写了纪要,连中午饭都没来得及吃,两人就赶去机场回香港了。

朱明明送机回来,到办公室时已经是下午4点多了。一进门她就感觉公司里气氛凝重,总裁秘书Lisa朝她直挤眼睛,朱明明立刻知道,是李威连回来了。

她快步朝走廊尽头的小会议室走去,"逸园"出事后,李威连的办公室就临时设置在这里。来到门前,朱明明却犹豫地停下脚步,总是在这种时刻,她能清晰地体味到内心深处涌起的怯意,这是由爱慕由敬畏由强烈的思念所组成的怯意,因为无处安放而忐忑着、刺痛着。

朱明明竭力平稳狂乱的心跳,轻轻推开虚掩的门,李威连就坐在朝西的落地大窗前。夕阳把大半间屋子都染成了金红色,逆光下,她只能看见他侧面的轮廓。李威连纹丝不动地坐着,即使沉默也带着慑人的威严,但低垂的眉目里又有种少见的落寞,使他显得比平时要温柔一些,大概是因为长途飞行的疲乏还没消解吧。

朱明明情不自禁地朝前走了两步,李威连闻声抬起头,他的目光立刻就使朱明明全身绷紧地站住了。

"为什么不敲门?"

"门……没关。"朱明明连气都快喘不匀了。

李威连上下打量了一番朱明明，才冷冷地说："你怎么一点儿动静都没有，好像个鬼。"

朱明明觉出自己的脸忽冷忽热，逆光使她完全看不清李威连的表情，但自己的一切都在对方眼中展露无疑，她不觉又恼又恨，生硬地回答："这里没有鬼，'逸园'才有鬼呢！"

李威连把椅子转了转，这才正对着朱明明。朱明明的眼睛适应了屋里的光线，他看上去果然有些疲惫，似乎……还有些伤感。

"风水看完了？"李威连问。

"看完了。"

"坐吧。"李威连对朱明明抬了抬手，还淡淡地微笑了一下："风水大师怎么说？"

朱明明坐下，把手里捏着的几张纸放到桌上："喏，图纸上都画了。"

李威连对那几张纸看都没看一眼："你清楚就行了。需要改造的地方多吗？"

"挺多的……"朱明明迟疑地说，"Richard原来的那间办公室肯定不能用了，要全部改造，楼下大厅的门要换个朝向，还有楼梯扶手也要挪动。"

"你有没有告诉他，'逸园'属于历史保护建筑，不能随便动结构。"

"我说了，不过这些改动都不会影响到整体建筑结构，应该没问题。"

"嗯，那就行了。"

"不过，还有一件事……"朱明明突然吞吞吐吐起来。

李威连皱起眉头："什么事？"

他向来最讨厌下属语焉不详、态度暧昧，朱明明再也不敢迟疑了："William，黎大师特别提起草坪中央的那棵丁香树。"

"哦？"

"他说……最好砍掉。"

李威连注视着朱明明,面无表情地问:"为什么?"

朱明明指了指被李威连推到一边的那几张纸:"黎大师在上面写了,这棵树对本宅大凶,一定要砍去,否则宅主必有近祸。我是想,咱们中间你应该算'逸园'之主了,所以……"

李威连仍然没有去看图纸,却一动不动地盯着朱明明。她被他看得大气都不敢出,只好全身僵硬地站着。

片刻,他移开目光,用略带倦意的声音说:"不,我不同意砍树。"

"可是William,黎大师的话一向挺准的……"朱明明有点发急。

"是吗?"他的语调十分平静,"我们只是租用'逸园',不能算是她真正的主人。这树的吉凶与我们无关。"

"哦。"朱明明垂下头。其实这是她早就预料到的结果,因为她知道李威连十分钟爱草坪中的这棵丁香树。很显然,所谓风水不过是李威连用来消除命案对"逸园"造成的不利影响的工具,一旦与他的个人意志发生冲突,再神奇的风水大师也只能靠边站。

李威连交叉起十指,用姿态表示决议已经做出,不需要再做探讨。他缓缓靠到椅背上:"你觉得这些工程大概需要多长时间?"

"抓紧些一个月够了,但是马上要过春节,找不到工人来施工。另外,黎大师的建议是,最好三个月以后再搬回去。"朱明明说着又紧张起来,既然风水大师的话就是糊弄外人的,不知这回李威连会怎么打算。

"可以,我们就在这里再挤一挤吧。"他回答得挺轻松。

朱明明大大地舒了口气,她的神态落入李威连的眼中,他又一次不动声色地微笑了:"这件事就交给你来负责,你马上做预算,我批了之后就可以动工。同时,你再把这里的位置好好调整一下,毕竟要挤三个月,尽量安排得好些。"

"可是……William,"朱明明面露难色,"这件事是不是交给行政部?"

李威连斩钉截铁地回答:"不行,行政部只管日常事务,这是临时性的改建项目，我指定由你来负责。"

"那人事部的日常事务怎么办？你知道，我那个助理休产假去了，各部门的新招聘计划又刚刚报上来，我实在忙不过来啊……"

"那就给你自己先招一个助理嘛，这有什么难的？"李威连注视着朱明明说，目光深不可测。

"哦，那……好吧。"朱明明站起身，"我先出去了。"

李威连点点头，把视线转向电脑。朱明明转身离去，又听到李威连在背后说："我给你转了份简历，你看看合适不合适吧。"

等朱明明打开那份简历时，她突然产生了奇异的联想，难道这么多铺陈手段，所指向的还有这样一个隐含的目标？否则，李威连怎么会操心起区区人事助理的人选来？

戴希，今天朱明明已经是第二次收到她的简历了，第一次是张乃驰发过来的，而这次则来自李威连。

朱明明刚一离开办公室，李威连就给司机周峰打了电话。二十分钟之后，奔驰车停在四季酒店门前。李威连登上扶手电梯来到三楼，从黑色的水晶门框走进咖啡厅，唯一有人的靠窗座位上，那个女人直直地朝他望过来。

李威连径直走到她的对面："什么事，这么急着找我？"

他坐下来，虽然傍晚的光线已经十分暗淡，仍然把她憔悴不堪的面容映得清清楚楚。李威连无力地靠在沙发座背上，疲倦很少能够如此强烈地占据他的身心：对面这个和自己同龄的女人，恐惧和慌乱在顷刻间就剥除了她所有的修饰，彻底暴露了她的衰老和虚弱。

李威连发现，这么看着她，就仿佛也看见了自己在岁月面前的真实面目——他未曾刻意逃避，却又不堪卒睹的真实面目。

"威连，我完了……你帮帮我，帮帮我。"她只说了一句话，就泪流满面。

李威连长长地叹了口气："你先别这样。我看见新闻了，左庆宏被双规的原因是什么？你清楚吗？"

汪静宜木然地摇头:"问不出来,以前的熟人现在都避着我,一个都问不到……"说着,她又落下泪来。她竟然是这么喜欢哭泣的吗?李威连眯起眼睛审视着汪静宜,实在无法把眼前这个哀哀无助的中年妇女,和记忆中那位高傲冷酷的美丽少女联系起来。曾经的绝望和创痛再度剜进心房,只不过已经没有当初那样锐利,而变成了迟钝的重压。

他不得不按了按太阳穴,直起腰来深呼吸——她竟然也有这么一天!

"假如是这样,恐怕我也帮不了你。"李威连平淡地开口了,"你也知道,政府机关那种地方,我一向是无能为力的。"

李威连的话立刻对汪静宜产生了作用,她怪异地瞥了李威连一眼,不哭了。沉默片刻,汪静宜低声说:"其实就是圣诞前不久出的事,那天老左回家来,突然告诉我他被人举报了,说是一家日本贸易公司卖给中晟石化的塑料粒子出了问题。本来那也算不上太大的事,最多承认工作失误罢了。可谁知道海关总署揪着不放,还借题发挥,查起老左这么多年来的工作记录,那两天老左就吃不下、睡不着,老是说他有不祥的预感。结果,真的连元旦都没熬过去,他就……"说到这里,汪静宜突然气喘吁吁地问:"威连,你们不是和中晟石化关系最硬吗?老左这事怎么就会从中晟石化的货上引起来呢?"

李威连猛抬起头,脸色比遭到沉重打击的汪静宜还要苍白,他一字一顿地说:"汪静宜,你这话是有所指吗?假如我没有理解错,你是在暗示,我和左庆宏被双规有关系?哼,你既然这么想,现在又来找我干什么?难道就是为了和我坐在这里,相互侮辱吗?!"

汪静宜没有回答,但是全身都颤抖起来。

李威连眼中的怒火越烧越烈,他显然在竭力克制自己,才能压低声音继续说:"按照左庆宏这么多年来的所作所为,他也早该出事了。如果说我在其中起了什么作用,那就是延缓了他被清算的时间!对此我丝毫不感到自豪!好了,汪静宜,你找我到底要做什么?快说吧,我刚刚飞了十几个小时,已经很累了!"

汪静宜方才鼓起的气焰被打击殆尽,她明白自己含沙射影的试探彻底失败了,但也从另一个角度感到些许安慰:李威连明确表示了和此事无关，这让她对他重拾信赖。汪静宜又流起泪来，重新变回那个正在遭受残酷迫害的中年妇女："老左的事就、就只能听天由命了。可是我们家菲娅，我担心她受不了爸爸出事的打击啊。威连，我求求你，救救我的孩子，她是无辜的啊！威连，你帮我尽快把她办出国去吧，啊？求你了！"

"你女儿？她今年多大了？上初二还是初三？"

"初三了，成绩很优秀的！威连，你能不能给她在美国物色一所好高中，最好过完年就送她过去读预科。原来是想上大学再送出去的，现在等不及了。费用什么的不成问题……"

李威连看着汪静宜冷笑了："那当然，你们在国外的那些账户，还不是我帮你们开的吗？"

汪静宜惊惧万分地瞪大双眼，李威连掉转目光，轻蔑地说："放心吧，这些都做得很机密，只要左庆宏自己不说出去，就绝对不会有人知道……你女儿的事情，我可以帮忙。你把她的资料整理好，发邮件给我。护照和其他资料原件就用快递送到我公司里去。用普通的快递就行，不要写发件人的真实姓名，也绝对不要亲自送来。"

"这我明白……"汪静宜松了口气，随即又颓丧地低下头。

李威连靠回到椅背上，这时的他完全失去了平常那种精力充沛的模样，好像一下子老了好几岁。两个人就默默无声地对坐着，整间典雅的咖啡厅里，再无其他客人，只有三个系着黑围裙的侍者远远地站在门口，视线垂落在身前的地板上。

"静宜，这就算是我为你办的最后一件事吧。"隔了很久，李威连才缓缓地吐出一句话。他的语调是那样惆怅，汪静宜失神地抬起头，他向她苦笑了一下："每次见到你，我都会感觉自己又变老了。你简直就是……我的时光加速器。"

汪静宜的心中忐忑万分，完全不知该如何应对。她既如坐针毡，又生怕再次触怒李威连。尤其令她自己也无法接受的事实是：李威连竟然成为了她唯一的救命稻草，也是她现在唯一能够信任的人。

世事无常，此时此刻汪静宜深深地体会到了命运的反讽。好在，对面的这个男人,他看上去还不是那么绝情,至少比当初的她要好得多吧……

"我想,我们今后还是不要再见面了吧。"李威连继续说着,依旧沉浸在最深沉的思绪中,"等你女儿出国以后,假如你需要,我可以把你也办出去。当然了,前提是你自己想去,左庆宏的事也不至于阻碍你。但是无论如何,从此我们都可以老死不相往来了。"

他往前探了探身,盯住汪静宜的眼睛问:"静宜,你说呢?"

冷汗再次浸透了汪静宜的全身,她实在没有勇气迎向对方的目光,只能任凭李威连死死地盯着自己,而他面部的线条则越来越硬,直到坚冷似铁。

李威连又开口了,语气却彻头彻尾地改变了:"既然就要各奔东西,你我是不是应该最后再聚一聚?好好地聚一聚?"他不等汪静宜回答,就抬手朝上指了指:"这里的三十五层,Premium Suite很不错,就今晚怎么样?"

汪静宜几乎惊跳起来,张皇失措地摆手:"不、不、别这样……"

"怕什么?!"李威连打断汪静宜,用充满深情的口吻说出略带轻佻的话语,根本不容人反驳,"你这几天负担太重,一起去享受享受,趁大家都还没有老到不堪入目,留下点美好回忆吧!"他向侍应生挥了挥手,领班立刻朝这里跑来。李威连取出证件和信用卡:"结账。另外,我现在要入住35层的Premium Suite,请你帮我把手续办好。"

"是,请您稍等片刻。"

汪静宜软瘫在座位上,有气无力地说:"会让人知道的……"

"不会的。"李威连满脸笑容,整个人突然间又变得神采奕奕,"你先进房间休息,我回趟公司,还有些事情要办,晚一点我再来。你嘛,就在套房里的SPA放松吧。"

VIP会员部的经理很快就捧来了超级豪华套房的门卡。李威连和汪静宜一起走到电梯前,他极尽温柔地扶了扶她的腰,在她耳边轻声说了句:"晚饭就不和你一起吃了,我会让他们送到房间,你好好地……等我来。"说完,他便风度翩翩地离开了。

汪静宜不知道自己是如何踏进那套超级豪华客房的,贴身侍者殷勤地向她介绍各项设施，她全然没有听见。终于房门关闭，屋里只剩下她一个，眼前的整面玻璃窗外是浦西市区的灿烂夜景，闪耀流动的星河在她的脚下悠悠流淌，暖金色的灯光从背后铺洒而下，汪静宜看见自己映在窗上的影子，好像惨白的鬼魂在变幻无端的光影间徘徊，难觅藏身之处。

汪静宜从包里摸出手机："喂，菲娅吗？妈妈突然要出个差，今晚不能回家了。你好好做作业，睡觉时把门窗都关好，要仔细检查。乖，妈妈明天早上就回来。"

打完电话，她觉得似乎恢复了点勇气。为了女儿，汪静宜想，为了女儿我是什么都可以做的啊。她蹒跚着走进洗手间，这里的一切装饰和灯光都是暖金色调的，使她在镜子里的脸色还不那么难看。汪静宜本能地抿了抿嘴唇，观察起自己脸上的细纹来，当初名闻四方的医学院校花大美女虽然风华不再，气质和韵味总还是比同龄人要强得多，否则他也不会……汪静宜突然惊呆了，原来自己不单单是为了女儿，原来自己对那个男人还有如此强烈的欲望！她一把捧住自己的脸，再不敢朝镜子望过去，里面那个不知不觉卖弄着风骚的女人，才是最真实的她，也是呈现在李威连眼里的她——刹那间汪静宜感到无地自容。

李威连坐进奔驰车，周峰等了等，才轻声问："去哪儿？"

"……不知道。"李威连重重地按着额头，刚才的经过仿佛耗尽了他全部的精力，连说话都很费劲。

周峰不再追问，默默地把车开出四季酒店前的车道，奔驰车优雅地滑入蜿蜒不绝的车流，平稳向前。开了很长一段时间，坐在后座上的李威连始终毫无声息，好像已经睡着了。路口亮起红灯，奔驰缓缓地停在斑马线后。周峰再一次轻声发问："要不……去我那里？"

"嗯？"李威连略微沙哑的声音从后面传来，"你儿子不在家吗？"

"已经回学校了。马上要期末考试，功课特别忙。"

"哦……"

"就是事先没打招呼，银娣来不及准备小菜了。"

"没关系，我什么都不想吃。"

周峰不易察觉地点了点头，红灯翻绿，奔驰在一片静默中驶上高架。辗转光华交叠在黑色的车身上，忽明忽暗，就像埋藏在这城市暗夜中的人心，时而暧昧，时而冷漠。

宋银娣无所事事地在客厅里看着电视剧，门铃响了一声，她疑惑地朝门前看看，李威连从美国回来了，丈夫肯定要没日没夜地跟着他忙碌，不可能这么早下班。

她懒散地摇晃着来到门前，凑到猫眼前往外瞧："谁啊？"她突然倒吸了口凉气。

"我的天！"宋银娣哆嗦着手扭开门锁，外面的人一步踏进来，宋银娣心急慌忙地把防盗门在他身后关拢："你、你怎么来了？也不说一声，我什么都没准备……"

李威连一把将她丰满的身躯揽进怀中："还要准备什么？有你就足够了。"他托起宋银娣小巧的下巴，她向他露出喜不自胜的妩媚笑容，伸出双臂紧紧地搂住他的腰，柔软的四肢像水银流动一般，熨帖在他的身体上。这是由衷的爱欲，即便隔着冬季的厚重外衣也能深切感知，使他冰冻的身躯渐渐暖化。

"想我吗？"

"都快想死了……"她发出一声如同呻吟般的轻叹。李威连不再说话，搂着宋银娣快步向卧室走去。

十分钟之后，防盗门再次打开了。周峰走进客厅，西墙正中央的电视依旧开着，闪亮的屏幕里一男一女拿着手枪相互对峙，一边念着狗血无敌的台词。周峰关掉电视，屋里顿时变暗了，只有从阳台方向投入隐约的光线。他蹑手蹑脚地挪到卧室前，把耳朵凑在门上细细倾听片刻，便转身进了卧室旁的小房间。

这里依旧杂乱肮脏，唯一的窗户上挂着深色的窗帘，整间屋子里伸手不见五指。周峰按下开关，悬垂在屋子中央的灯泡里放出微弱的光。他从墙角的矮柜里取出整套摄像器材，很快就架设停当。

灯灭了，周峰端坐在摄像机后，深深地吸了口气，怪腔怪调地念着："演出开始了！"

极其轻微的"啪哒"声后，摄像机的液晶画面徐徐展开。

医学院附属中学的教师办公室是一排平房，孤零零地位于篮球场的南端。这排平房的后面就是农田，中间由篱笆和浅浅的河沟隔开，每年春天一到，河沟两侧的青草从河底延伸向河岸，篱笆上开满黄色和粉色的小花，空气中飘逸着清香。夜晚时分，蛙声阵阵传来，星光在涟漪间闪烁，竹篱笆在办公室的玻璃窗上画出一小格一小格的菱形光圈。

医学院大二年级的高才生汪静宜，在附属中学兼着学生辅导员的职责，因此她的身边有一把教师办公室的钥匙。晚上的附属中学里空无一人，她独自坐在办公室的桌子上，面向农田的窗户有一扇轻启着。汪静宜呼吸着春夜沁人的芬芳，心像轻风拂过的溪水般荡漾，等待是如此甜蜜，把河沟中的蝌蚪们都唤醒了，它们应和着她的心声，在清澈的河水下欢快游动。

可是这个晚上，李威连来迟了。当他终于出现在焦躁不安的汪静宜面前时，身上那件金山石化厂的蓝色工作服变成了褐色，脸上青一块紫一块，额头上还蹭破了皮。他告诉汪静宜，自己骑车过来时，在路上摔倒了，他那辆破自行车摔坏了没法再骑，只好又找地方修车，这才耽误到现在。汪静宜赶紧把他拉到小河旁，帮他洗去脸上的泥污和血迹。从金山石化骑车到医学院，最快也需要整整五个小时，但是李威连从不失约。这回他刚刚加了整晚的夜班，又替师傅顶了大半天的白班，实在困得不行，竟然边骑车边打起瞌睡来，撞到行道树上，所以才弄得如此狼狈。

他们的相会也要抓紧时间，午夜一点以后，李威连就又要出发返回了。他必须赶在七点之前回到金山石化，这样才能按时上早班。尽管如此，当滚烫的肌肤紧密相贴时，火星在青春的躯体上连串溅起，一阵又一阵痉挛使汪静宜喘不过气来，她觉得天旋地转，而他竭力压抑的呻吟，也从她的耳边直抵心房。

从他们的第一次起，汪静宜就敏感到，李威连对此不乏经验。她立刻想起曾经听到过的传闻，李威连有一个隐秘的情人，并且是一个成熟的中年女人。对于十九岁风华正茂的汪静宜来说，实在无法想象上了年纪的女人还有何魅力。但是她懂得分寸，从来没有向李威连提过相关的问题，他骨子里的骄傲是不容侵犯的，当然，这也是汪静宜最喜欢他的地方。否则她这个医学院的校花，又怎么会在金山石化厂学工的时候，居然就被一个学徒工俘虏了呢？汪静宜就读的中学和华海中学相距不远，很早就听说过李威连这个人，而他蹊跷的落榜经过也曾让她唏嘘。在金山石化厂的食堂里，汪静宜遇到了他，他和她想象中的不太一样，固然有着传说中的帅气逼人，但眉宇间若隐若现的孤独和失意更加吸引她，于是他们很快走到了一起，并且十分默契地共同保守着这个秘密。

　　看样子，今天他真的是太累了。汪静宜小心翼翼地从李威连的脑袋下抽出右手，就着月光看了看腕上的手表，十二点半，他只能再睡半小时了。她侧过头去端详他沉睡的脸，心中有些小得意，过去学校里有许多女生悄悄地谈论李威连，崇拜他、爱慕他，可是只有她能见到他现在的样子。汪静宜发现，李威连从眼睛到嘴唇的面部线条异常清秀，因此当他安静地入睡时，被月光轻抚的面庞就使人倍生怜爱之情，汪静宜听说过，李威连有一位出身名门，中、法混血的美丽母亲，想必他一定是继承了妈妈的容貌。

　　可为什么，他要一个人孤独地生活在上海，而不去香港和父母团聚呢？这恐怕也是一个不允许问的问题。汪静宜又看了看手表，时针指向了一点，她轻轻地叹了口气："威连，威连，醒一醒，你该走了……"

　　汪静宜猛地睁开眼睛，丝绸床单在她身下发出"丝丝"的声响，如同毒蛇吐信一般。昨晚睡着前她没有拉窗帘，黎明的曙光从窗外透进来，一束淡薄的光线恰好照在她的眼睛上。她惊恐万状地环顾四周，这才想起来，自己置身的是四季酒店顶级的豪华套房中。

　　汪静宜沿着床畔滑落而下，她的脚底触到厚厚的丝绒地毯，却好像踩在荆棘之上。她跌跌撞撞地跑进洗手间，沙发旁的铜质餐车上放着一瓶2001年的法国玛歌红亭酒，旁边的两只酒杯，一只的杯底还有残存的酒液，另一只却干干净净。昨晚送来的晚餐除了这瓶红酒，还有煎牛柳配鹅肝和三文鱼汁焗龙虾的意面，李威连知道汪静宜最喜欢吃虾，每次吃饭都不忘记替她点。

站在大理石洗脸台前，汪静宜回忆起了昨晚的一切。当时她终于认清了自己的处境，拿定了主意之后，她放下了心中所有的负担，好好地在按摩浴缸中泡了泡，自斟自饮喝了点红酒，还吃了点鹅肝和龙虾。随后，她坐在梳妆镜前细致入微地化妆，尽可能地使自己恢复曾经的容光，直到在她自己看来，至少在暖金色的灯光下，还是很过得去的。

之后她就一直在等待他的到来，等了很久很久，不知什么时候，她终于抵挡不住倦意，躺在银灰色暗花的丝绸床单上睡着了。

李威连没有来。不，他已经来过了，在梦里和汪静宜重温了美好的过去。汪静宜望着镜中那个睡得蓬头垢面的妇人，再也忍不住泪如雨下。他就这样和她彻底了断了，用的是最温柔而又最残忍的方式。

清晨的四季酒店大堂里只有一名值班经理，他面无表情地看着那个入住Premium Suite的女人离开后，就打电话给客房部去整理房间了。房款已经预付，没什么麻烦。

朱明明连续三天都没有机会和李威连说上话。她去Lisa那里查了查他的日程安排，果然他又开始了朱明明所谓"拼命"式的工作。朱明明刚进公司时做过李威连的秘书，头一次替他排完一个月的日程后，朱明明自己都吓坏了。她想，这样干肯定要累死人的，于是就战战兢兢地去向李威连请示，谁知他二话没说就接受了。后来朱明明慢慢了解了，正是这种对工作近乎疯狂的执著，再加上过人的才华、坚韧的意志和不可思议的灵敏反应，才使得李威连能够在全部由美国白人、亚裔后代和新加坡、香港华人所组成的包围圈中杀出一条血路，成为公司里第一个出生大陆并且没有任何欧美高校学位的公司高管，四十岁不到就当上了西岸化工这样一家相当傲慢的老牌欧美跨国企业的大中华区总裁。

而且朱明明还发现，虽然李威连自己玩命一样地工作，但作为他的秘书，她的工作量却很合理，除了极特殊的紧急状况，李威连从来不在休息时间打扰她。对此她起先十分惊喜,渐渐地又开始有些不满,好像丧失了某种特权似的。随着她对这位老板越来越熟悉,李威连身上的神秘魅力不减反增。尤其是她已经能够观察到,他其实也并不是无坚不摧的铁人,也会有心情糟糕、体力不支的时候,正是由于她就在他的身边,因此有机会突破伪装,看到他不为人知的一面。于是在朱明明的内心深处,又对他产生了一种非常隐秘的亲近感,她很想为他多做些什么。

后来再给李威连安排日程的时候,朱明明开始动一些小手脚,在尽可能不影响工作的情况下,她想方设法为他挤出更多的休息时间,并且尽量让他能舒适地用餐,而不是在会议间隙或者旅途中匆匆打发。朱明明做得非常小心谨慎,她自以为毫无破绽,即使被人发现,那个人也只能是李威连。朱明明至今不知道他是否察觉出来了,因为他从未指出过,只是在她这样做了七个月之后,李威连将她调离了总裁秘书的职位,转任中国公司的人事专员。过了一年,朱明明被提升为中国公司人事经理,又过了两年,她再次被提升为大中华区人事总监,五年不到的时间,朱明明连升三级,工资翻了好几倍。朱明明当然明白,这一切都有赖于李威连。她现在也完全理解了,李威连对待下属非常严厉,讲话从来不留情面,虽然如此,仍然有许多人死心塌地地追随他,并且真心实意地称赞他是最好的老板。对于朱明明来讲,他也的确是这世上最好的老板,问题是她心中期待的不止这些。

她也知道,自己不该有什么非分之想。李威连的美国妻子Katherine是西岸化工董事会的成员,Katherine的哥哥Alex更是西岸化工的全球CEO,他们所属的Sean家族一共拥有西岸化工57%的股份,是西岸化工真正的大老板。现在的亚太区总裁Philips是供职西岸化工长达三十年的元老,还有不到两年就该光荣退休了,亚太区的实权其实都掌握在高级副总裁李威连的手中,只等Philips退休,他就会理所当然地升任亚太区总裁,并且正式加入西岸化工的董事会。当然,李威连绝非是靠裙带关系,而是靠扎扎实实的业绩赢得今天的地位的。自他就任之后,大中华地区业务在西岸化工的总收入中,从最初的占比5%跃升至今天的将近20%。公司的全球CEO Alex Sean在不同的场合曾经一再提到,近二十年来西岸化工最大的成功,就是抢占了中国的市场,而Sean家族最大的收获,则是引入了李威连这名来自东方的新成员。

在这样的情况下，以李威连的精明，就算有再多的情人，也决不会把脑筋动到公司里面来。朱明明完全懂得自己是在痴心妄想，偏偏他的一颦一笑都牵动她的心肠，令她迷狂。她就这样毫无指望地蹉跎着年华，一颗心也在愈来愈浓的爱意，和愈来愈深的怨恨中来回煎熬。

光是怨恨倒也罢了，可当朱明明看到李威连那么紧张繁忙的日程时，立刻就又心疼不已。她只能暗暗感叹自己没出息，一边想着如何见缝插针，找机会向他汇报"逸园"改建的预算和计划。恰在这时，Lisa打电话来，说William找她，但他只有五分钟时间。

朱明明连忙抓起早就准备好的材料，几乎一路小跑到了李威连的办公室外。这次她敲了敲门，不过还是没等回答就推门而入。往里走时她下意识地看了看手表：11点35分，她知道李威连从早上六点起就在这里开电话会议，从美国、澳大利亚到香港，11点40分又要开始下一轮，严格按照时区排序。

"William，这是'逸园'的改建预算和计划。"朱明明也不坐了，直接就把材料递过去。

李威连只扫了一眼，就在上面签了字。朱明明松了口气："我走了。"

"等等。"

朱明明停下脚步，困惑地看着他："还有事吗？"

"那个助理的人选，你面试过了吗？"

"什么面试？"朱明明愣住了，随即恍然大悟，"哦，你是说那个……戴希。"

李威连没有回答，只是一动不动地看着朱明明。

朱明明的心一下子狂跳起来——总共才五分钟时间，原来他最关心的根本不是预算和计划！她咬了咬牙回答："她的简历我看过了，这个职位需要有工作经验的人选，她不合适，所以就没有通知面试。"

"没有经验你可以培训她。"

"可是这个职位要得很急,我没时间培训她。"

"只要合理安排,肯定会有培训的时间。"

"……"朱明明抿紧嘴唇,她决定顽抗到底,反正五分钟很快就会过去。

李威连沉默了几秒钟:"好吧,看来你不愿意面试她,那我来面试。"

"William?!"

李威连看了看电脑:"就今天下午两点半到三点,我有半小时时间,足够了。你安排吧。"

"可那是留给你吃饭的时间!"朱明明几乎叫起来。

"我不吃了!你现在就约她。"

朱明明的声音都开始发抖:"现在约人家太仓促了吧,她不一定有时间……"

"她不会比我更忙的。"李威连指了指桌上的电话机,"你现在就给她打电话,就在这儿打!"

第九章

这天下午2点25分，戴希匆匆忙忙赶到西岸化工。报上姓名后，前台将她让进一间小会客室。戴希才坐下，朱明明就推门而入。戴希以为这位就是面试官，连忙起身向对方绽开笑颜，谁想却收到了要将她千刀万剐般的眼神。朱明明笔直地站在门边，铁板着脸说："戴希小姐，今天面试你的是我们公司的大中华区总裁，我提醒你，他非常忙，也非常严厉，你说话要小心。另外，他从早上六点工作到现在一直都没时间休息，所以你的面试必须限制在十分钟之内！"

戴希傻了，差点儿就想落荒而逃，可是朱明明已经领着她往里走。来到李威连的办公室前，朱明明直接推开门，说了句："她来了！"就在戴希身后"砰！"地把门关上。

站在窗前的那个人朝她转过身来，微笑着打招呼："戴小姐，你好。我们又见面了。"

"你好。"戴希也朝他微笑，她立刻认出了李威连，心中充满对他的好奇，刚才的紧张和茫然也随着朱明明的消失一起烟消云散了。

"请坐。"李威连示意戴希坐下，随意地问，"后来警方有没有去找过你的麻烦？"

"警方找我麻烦？为什么？"戴希想起童晓说过的李威连的种种，连忙摇头，"他们没有找过我。唔？他们找你了吗？"

"也没有。"

"哦！"

李威连看了看手边的电脑屏幕："戴小姐，你在找工作？"

戴希点点头，她开始纳闷了，这到底是什么状况？孟飞扬只是将她的简历发给了张乃驰，希望对方能帮忙介绍个人事方面的工作，就在踏进这扇门之前，她压根没有想到会见到李威连——一个人事助理需要劳烦总裁来亲自面试吗？

"戴希，你有英文名字吗？"

"我？"戴希一惊，"我没有，在美国的时候都只用中文名字。"

"嗯，这也没问题，你的中文名字和英文名字差不多。"

戴希眨了眨眼睛："你不也是吗？"直到这时她才意识到，李威连从她进门起就一直在用英语和她交谈。

李威连稍稍一愣，随即微笑："是啊，你说得对。"

戴希垂下眼睑，她刚才一直盯着他在看，现在觉得有些不好意思了，但又暗暗地高兴，至少这回她看清楚李威连的模样了。

李威连倒注视起戴希来，并开始切入正题："戴希，你在美国学的是心理学专业，你的教授很有名，我听说过他——斯坦福大学的希金斯教授。不过据我所知，他的学生都是博士研究生，对吗？"

"对，我原先也是他的博士研究生。"

"那么，你为什么要中断学业？"

戴希蹙起眉尖，这是她最不愿意回答的问题。没想到李威连什么别的都没问，直接就提这个，她吸了口气，抬起头说："我对成为一名心理学家失去了信心，所以决定放弃。"

"为什么失去信心？从希金斯教授的推荐信看，他对你评价非常高。我甚至能够看出，他对你中断学业十分遗憾。"

戴希能清楚地感觉到他深沉审视的目光，她觉得没必要说些不着边际的话去搪塞，便直接迎向他的视线："教授赞赏的都是我的客观条件，但要成为一名优秀的心理学家，我觉得最主要的还是我的内心。我没有准备好，就这样，真要解释起来会很复杂……所以，对你的问题我只能回答到这个程度，对不起。"

他静静地看了她一会儿,说:"好吧。我没有其他问题了,你呢,你有什么要问我的?"

戴希愣住了,我有什么要问你的?她想,有好多啊……比如,你究竟认识袁佳吗?1981年的那个秋天,你为什么放弃了高考?又为什么要去"逸园"?你和袁伯翰到底为了什么在争吵?他的死究竟和你有没有关系?为什么二十多年之后,你还和当初诬告过你的邱文悦保持着紧密的关系?为什么这些年来你一直守在"逸园"的近旁?还有,我猜那天早上你和袁伯翰老先生是在用英语争吵,对吗?以及,你是怎么在那个闭塞年代的中国就学到发音优美、措词考究的英语,听上去是这样高雅……

呃,她清醒过来,微红着脸朝李威连摇了摇头:"我也没有问题要问你。"

李威连往椅背上靠了靠:"那么面试就结束了。"

"这么快!"戴希吁了口气,"真的没有超过十分钟。"

"十分钟,什么意思?"

"唔,刚才带我进来的那位经理说,我的面试不允许超过十分钟。"

李威连微微挑起眉毛:"她是这么说的?"他笑了,"那我们就必须超过十分钟了。不过,我确实没有问题可问,还是你想点问题吧。你的课程中应该包括提问技巧吧?"

戴希说:"是学过提问,可那个和现在的状况不一样。"

"有什么不一样?"李威连意味深长地看着戴希,"你把我当成来咨询的心理病人,不就可以提问了?"

戴希一本正经地摇头:"不行的,我们之间还没有建立起必需的信任。"

"什么是必需的信任?"

"就是……咨询者对专家的信任;病人对医生的信任;朋友对朋友的信任。"

李威连注视着戴希的目光里突然有了一种全新的东西,像是不安,又像是触动。他沉默了好一会儿，才又问："如果没有信任，那你我之间现在有什么？"

戴希想了想："是怀疑吧。"

"什么样的怀疑？"

戴希鼓起勇气回答："是总裁对应聘者的怀疑。"

李威连足足瞪了戴希好几秒钟，随即朗声大笑起来，一边笑一边问："难道不能是你对我信任，我对你怀疑吗？"

"当然不行！"戴希豁出去了，"信任是互相的，怀疑也是互相的！"

"好吧，好吧。"李威连好不容易止住笑，"不过我现在对你已经没有怀疑了。"

"你是说我通过面试了？""是的。"李威连恢复了严肃的神情，但目光非常温和，"如果你没有其他问题，下周一就来上班吧。"

朱明明咬牙切齿地看着戴希离开，一共用去二十分钟的时间！她桌上的电话马上响起来，李威连叫她过去。

"戴希通过我的面试了，你现在就为她安排入职流程吧，我要她下周一就来上班。"李威连头也不抬地说着。

朱明明叹了口气，把手中的纸袋放到李威连的桌上："三明治和咖啡，你吃一点吧。"

"谢谢。"他还是埋首于电脑前。

朱明明等了等，问："职位就是人事助理了？薪水呢？你答应给她多少？"

李威连猛地抬起头："啊呀，我忘记和她谈薪水了。"

朱明明又叹了口气，整整二十分钟的时间啊……她低声说："她的简历上写了期望薪酬，月薪四千，你看可以吗？"

"四千？那么少……"李威连皱起眉头想了想，"就给她一万吧。"

"一万？！"朱明明叫起来，"这不行吧。她连硕士文凭都没拿到,再说人事助理这个级别也达不到一万的月薪,这样做不符合公司的规则。"

李威连看着朱明明:"我的话就是规则。什么级别能达到一万的月薪,你就想办法把戴希放到什么级别,否则我要你这个人事总监干什么?"

朱明明气得说不出话来,狠狠地一转身,往外就走。

"等等。"

她只好又停下,转回身等李威连发话。

他慢悠悠地说:"给她一万五的月薪,级别随你来定。"

朱明明的肺都要气炸了!

"我知道,他不爱我……他不爱我,说话的时候不认真,沉默的时候又太用心……"莫文蔚的歌声慵懒清冷,恰如其分地衬托着酒吧里的烟气氤氲。已经过了晚上十点,这里依旧比较冷清,可能是因为价格相对较高的缘故吧。

张乃驰和朱明明肩并肩地坐在吧台上,他的心情似乎很不错,一口喝干面前的威士忌,吧台小弟很乖巧又给他换上一杯新的。他们身边的那瓶麦卡伦已经空了一半。

"我告诉你这里不错吧,老歌、清静,比较适合我们这种老年人。"张乃驰对朱明明说。朱明明白了他一眼,张乃驰笑着朝她举了举杯:"噢,是我这种老年人,你嘛,还是二八少女呢!"

"Richard!"两个高个子姑娘手挽手从他们身后走过,娇小精致的脸庞,一看就是模特儿。张乃驰向她们点头示意,姑娘们走过去了还频频回头,朝张乃驰抛着媚眼,他真的很英俊,从头顶射下的水晶折光令他的隆眉凹目更加清晰如画,简直就像个电影明星。他的样貌确实无懈可击,因此才能担负得起时不时的自叹衰老。事实上张乃驰一点儿也不老,四十出头的他有着三十出头的外表。

朱明明喝了点酒,眼皮有些泛红,显得比平时娇艳不少,她把手里的酒杯往吧台上一砸，气哼哼地说："为什么！为什么他就是不喜欢我！"

张乃驰被她吓了一跳，不禁摇头叹息："我亲爱的Maggie，你这又是何苦呢？跟你说过多少遍，不要再自寻烦恼了嘛。"

朱明明低着头，白皙的胸脯在米色小礼服的包裹下起伏不定。

张乃驰的视线从她的脸上滑到胸口，再晃回到脸上，这才微笑着问："他走了？"

"走了，晚班飞机去北京……"朱明明目光迷离地说，"然后是广州、香港、新加坡，又要有半个多月看不到他了。"

"啧啧，多么痴情啊！"张乃驰直摇头，"你放心吧，这一路上都有人关照他的。"

朱明明满脸酸涩："真的吗？每个地方都有情人？"

"呵呵，据我所知，至少在北京就有三四个吧。"张乃驰沉吟了一下，"不过，我不会用情人这个词，我会说性伴侣。"

"有区别吗？"

"当然有。情人嘛，彼此间多少还有些情，性伴侣就只有性了。"

"他也有情吗？"朱明明的声音里充满了怨毒，张乃驰注意地看了她一眼："怎么没有？这我得说句公道话，他不仅有情，而且在我看来，都有点儿滥情了。"

朱明明"哼"了一声："不是滥情，是滥交吧！"

"啊？"张乃驰一愣，随即大笑起来，"哈哈，对，对，既滥情又滥交，两者兼备、文武双全！"可能是觉得自己说出了句很有水平的俏皮话，他得意地接连喝了好几口威士忌。

朱明明鄙夷地说："这么忙还要成天搞这些，也不怕弄出毛病来！"

张乃驰满脸笑容："李威连这个人，命可以不要，女人可是一刻也离不开的。他就是这样的。"

"可他就是不要我……"朱明明突然之间又情绪低落了。

"哎呀！你怎么又来了！兔子不吃窝边草嘛，这是他的原则。你什么时候看他招惹过公司里的人？"

朱明明把眼睛瞪大了，喝到现在她整个眼圈都红了，好像刚刚哭过似的："那他为什么非逼着我把那个戴希弄进来？你知道我今天一个下午在做什么？我在想尽办法把戴希摆到M6的级别，还要经过特殊审批，就因为我们的李总裁要给她一万五千的月薪！她凭什么？！"

张乃驰蓦地把身子挺直了："真的？！他真的下手了？这么快，果然是李威连的效率……"他若有所思地住了口。朱明明却伸出双手，一把揪住他的衣领，使劲晃起来："说！你说！这个戴希到底是怎么回事？为什么你们俩都有她的简历？"

"你、你放开！"张乃驰用力把朱明明的手扯下来，"发什么神经！戴希嘛，不就是她的男朋友请我帮忙，替她介绍个工作。我顺便把她的简历转给William了……"他对着面前的银冰筒那锃亮的镜面整了整刚才弄乱的领带："看来还是我最了解他啊，我就知道他会动心。"

"可我真看不出她有哪点好！"

"啊？哈哈，你不觉得她看上去很纯吗？"张乃驰笑了个前仰后合。

"呸！现在哪里还有什么纯的！都是假纯，装纯，纯个屁！"朱明明气得都语无伦次了。

张乃驰安抚地搂住她的肩："和你开玩笑嘛。呵呵，其实是因为，当我第一次看到戴希的时候，就发现她能够令我想起过去……激起很多回忆，你知道的，William，他是个非常念旧的人。"

"过去？"朱明明思索着，突然盯住张乃驰，"你和William，你们有共同的过去吗？什么样的过去？能对我说说吗？嗯？"

张乃驰露出尴尬的神情："没什么……你不会感兴趣的。"

朱明明紧追不舍："你怎么知道我不感兴趣！哼，Richard，其实我对你和William的关系非常感兴趣，尤其看不懂他对待你的方式。有时候我觉得他对你关怀备至，处处都替你着想，可有时候我又觉得他把你看得连狗都不如，想怎么糟蹋就怎么糟蹋……亲爱的Richard，你能满足一下我的好奇心，向我解释解释这到底是怎么回事吗？"

张乃驰显然被戳到了痛处，他的神色骤变，紧握着酒杯不说话，朱明明却不肯放过他："对了，今天下午我在给戴希做入职材料的时候，你知道我想起了什么？……我想起了你，Richard！我刚升任大中华区人事总监的时候，我的前任Julia跟我说过一个秘密，咱们公司的秘密，是关于你入职的秘密！你想听听当初她对我说了些什么吗？"

张乃驰惊骇地瞪着朱明明，握酒杯的手开始微微颤抖："……什么？"

这回轮到朱明明做出安抚的表情了："你别紧张嘛。我和Julia都是爱慕William的人，我不怕承认这个。所以我们当然不会拆他的台，何况这事都过去那么多年了，Julia告诉我那些，也就是为了万一有人旧事重提，我们人事部可以知道如何应对，如何支持William和你。放心，我永远站在你们这一边……"

张乃驰对她做出一个比哭还难看的笑容："你到底知道些什么？"

朱明明凑到张乃驰的面前，压低了声音说："Richard，你是1991年由William推荐进入西岸化工的，对吧？当时为了你，William在公司里可闹出了不小的风波。其实那时候他自己进入西岸化工也才3年，虽然已经初露锋芒，很得公司重用，但职务不过是西岸化工刚刚成立的中国分公司的第一任销售总经理，也还在拼命工作证明自己的阶段。可就是在这样的背景下，为了你，他居然和当时的远东大区人事总监针锋相对，向远东区总部投诉人事总监有歧视和偏见，拒绝接纳在工作经验和学历方面明显占优势的你，而要聘用另外一个候选人，就因为那人是个在英国受教育的香港人。而人事总监则声称William在聘用你的诸多程序中违反公司的规定，没有认真对人事部提供的首选应聘人进行面试，就将你从十多个资历和学历都远胜于你的应聘人中留下，完全是一意孤行、先斩后奏的做法。这件事一直闹到远东大区总部，最后总部的结论是：'李威连尽管在聘用张乃驰的过程中没有和人事总监充分沟通，造成了一些误会，但是鉴于李威连对中国市场的深刻认识和聘用部门人员的良好记录，我们相信他此次聘用张乃驰必有充分的理由。'就这样，这桩一开始闹得沸沸扬扬的事，结果才以你们的胜利告终。Julia特别对我说，如果不是当时的远东大区总裁Alex

特别欣赏William，支持了他，不仅你进不了西岸化工，弄不好连William也要陪着你一块儿出局。这个经过，我说得对吗？"

张乃驰吞下一大口酒，几不可闻地挤出一个"对……"

朱明明注视着他，脸上露出更加高深莫测的表情来："但这些都是公开的，Julia对我说的秘密不是这些，她告诉我，当时的远东大区人事总监输了这一仗，气得要命。她指示Julia继续追查你的资历，而Julia查证的结果非常惊人……"朱明明把嘴唇凑到了张乃驰的耳边："她说你的工作经验、学历甚至包括你的身份，全都是伪造的！"

张乃驰的整个面部都绷紧了，但他没有任何表示，只是死盯着面前的酒杯。

朱明明悠悠地叹息了一声："其实这些都不重要了。Julia没有把真正的结果报告给自己的上司，因为那时候她已经被William彻底俘虏了，哼，似乎十几年前William还没能严格地执行'兔子不吃窝边草'的规矩，于是Julia就帮他隐瞒了真相。事到如今，你们两个在公司里已经如日中天，这个秘密其实也无所谓了。但尤其让我感到奇怪的是，精明透顶的William怎么会为了你甘冒这么大的风险，如果事情被戳穿，你不过是丧失一个工作机会，对他可是整整三年在西岸化工的打拼都白费了，还会在职业记录上留下个非常可怕的污点。Richard，他为什么甘心为你拼上自己的前途？他为什么对你这么好？你究竟是他的什么人？你究竟是谁？！"

"吧嗒！"张乃驰手里的酒杯翻倒在吧台上，所幸杯子里已经空了。吧台小弟换上个新杯子，又倒满了酒放到张乃驰的手边。他却目光呆滞，似乎什么都没发觉。

朱明明沉思了一会儿，又说："不客气地讲，Richard，在我看来你今天所拥有的一切，都是William替你争取到的。我能看得出，这些年来你们两人的利益密不可分。可特别让我不解的是，你似乎对他并没有感激之情。就在刚才，你还在我面前一味地诋毁他、挖苦他、羞辱他，为什么让我觉得，你心里反而非常恨他呢？"说到这里，朱明明停下来，目不转睛地看着张乃驰。

沉默了很久，张乃驰抬起惨白的脸，他的目光在朱明明的脸上摇曳不定："Maggie，你今天在西岸化工的一切不也都是William给的吗？那你为什么还要怨恨他？"

"我……"朱明明的眼前立时又出现了今天下午，戴希离开李威连办公室时轻快的步伐，虽然还不至于喜形于色，但这女孩的快乐就像冬日的馨香一般沁人——为什么他就是不能给我这些？朱明明的额上扭出了深深的皱纹，她低下头。

张乃驰伸手揽住朱明明的腰："亲爱的Maggie，不要想那么多了，我们要自寻乐趣，不是吗？相信我，我不会让你失望的。"

第二天早上，朱明明戴着Tiffany Legacy蓝宝石镶钻项链去上班了。认清现实使她感觉轻松了许多，但是，那一直萦绕心间带着酸楚的温暖也随之消失，而被铂金钻石的冰冷所取代了。

在"双妹1919"喝下午茶，是戴希出的主意。林念真说要看看上海的新市容，戴希正好有时间，就义不容辞当起了导游。那天晚上在"双妹1919"的经历，给戴希留下十分诡异而又神秘的印象，让她念念不忘。戴希很想再次造访"双妹1919"，不知道为什么，她没有让孟飞扬陪自己去，既然林念真要逛街，戴希觉得"双妹1919"和周边的区域非常适合这位故地重游的优雅女子。

她们约在美琪戏院前碰面，然后慢悠悠地一路逛过来。还没到元旦假期，上班的日子里这段路的午后非常安静。阳光有着绵软温润的质地，柔柔地落在头顶上，就像披上了另一条羊绒的围巾，即使气温再低，只要走在向阳的路边，依然能从心底里生发出温暖的感觉来。

"Jane，可以问你的年龄吗？"戴希轻捷地迈着步子，小鹿似的眼睛时不时跳动在林念真的身上脸上——她真美呀：黑色的长发在脑后束起，黑色长方形的发夹上缀着白色水钻的十字。微微卷曲的发梢在脖颈和耳际勾勒出曼妙的线条，惹得戴希从眼睛到心里都是痒痒的。

林念真放慢脚步，侧过脸朝戴希微笑："你对我就这么好奇吗？"

戴希眨眨眼睛："啊，Jane你生气了吗？我不想让你不高兴的，可就是太羡慕你了。"

林念真浅笑不语，只是静静地看着戴希，她的背后是掉光叶子的梧桐树干，稀疏的阴影投在灰白砖石的墙上，好像时光撑起的巨伞，挡在她与真实之间。

在这一个刹那，戴希突感惶然。林念真的笑容是那样虚无缥缈，似乎随时就会和她这个人一起消失，躲进这片被法国梧桐、弯曲弄堂和老旧住宅堆起的迷宫里，再也无处寻觅。

"我已经四十五岁，唔，马上就要四十六了。"就在遁入迷宫之前，她吐出这样一句话。

戴希瞪大眼睛："不，不可能吧……你看上去最多三十五岁。"

"戴希！"林念真微嗔，"我可不需要这样的恭维。实际上，应该是我羡慕你才对。"

她们不再讲话，默默地并肩前行。

"我离开上海已经整整十八年了。那时候，我就和你现在差不多大。"

"Jane，你为什么要离开上海？"

"因为我失去了家。"

"失去了家？"

"是的，回不去了。"林念真突然停下脚步，微仰起头："我的家就曾经在这里。"

戴希的心莫名一颤，她也举头望去——"逸园！"

这是她第二次看到"逸园"。那晚戴希只是从路口远远望去，大雪纷飞的夜空里，灯火辉煌的"逸园"好像通体透明的童话城堡，而狂风鼓起周身的白雪，让它在那个漆黑的冬夜里，又如挥舞着法衣的巫师，正滔滔不绝地吐出最怨毒的诅咒。

但是此刻看上去，它和戴希脑海中的印象几乎难以重叠。稍微偏西的日色涂抹在圆形的拱顶上，给檐下繁复的巴洛克雕饰镀上一层淡金，大部分建筑体躲藏在高耸的院墙和光秃的树枝后面，只有二楼椭圆形的大阳台延展至头顶前方，栏杆是带着微黄的乳白色，似乎比戴希原先所认为的还要大。

戴希回过神来，才发现了林念真已经走到了"逸园"的围墙边，这里有一扇小小的黑色铸铁边门，她的手轻轻抚过门上粘贴的封条，姿态中好似含着非常的意蕴，令戴希的心狂跳起来："Jane！你原来的家就是这里吗？！"

"什么？"林念真没有抬头，戴希仿佛看见，她的视线穿过紧闭的铁门，慢慢落在某个不可测的远端……"哦？"她终于回眸一笑，"我原来的家是在这个地区，不过，已经不存在了。"

戴希大大地松了口气，上前去拉林念真的手："Jane，这所房子就是'逸园'，前些日子刚死过人。咱们走吧，我老觉得这里怪怪的。"

林念真顺从地随戴希走下人行道，戴希左右望了望，纳闷起来："真邪门呀，我们不是要去'双妹'的吗？怎么走到这里来了？"

"听你说'双妹1919'的地址，应该就在下一条街上，从美琪大戏院的方向过来，是先经过这条街，我们早拐了一个弯。你看，这里是'逸园'的侧面，正门在另一个方向。"

"哦，是这样啊。"戴希扮了个鬼脸，"Jane，还是你带路吧。我这个向导太不够资格了，应该下岗。"

林念真露出温婉的笑容："你呀，其实你不是不识路，就是话太多了。"

"心理学家都爱唠叨的，Jane，你应该有体会呀？"戴希恢复了活泼的情态，正打算去挽林念真的胳膊，但是她的举动被头顶突如其来的叫声打断了——"我看见你了！哈哈，你又来了！果然又来了！"

戴希悚然抬头，空落落的弄堂上方只有淡灰色的天，这一侧是"逸园"的围墙，另一侧隔着窄窄的马路，是老式石库门房的背面，墙上满是陈年的污垢，每扇窗户都关得严严的，外面装着锈迹斑斑的铁栏杆。戴希轻轻哆嗦着朝林念真靠过去："Jane，你听见了吗？那是什么声音？"

"好像是……一个女人在喊叫。"林念真仰起头，戴希跟着她的目光扫过一个个牢笼般的铁栅，这是常年不见阳光的背阴面，每个窗洞都显得格外的阴森。"是那里！"林念真指了指某个两层楼的高处，戴希只来得及看见刚刚关闭的木格窗上一抹迅速消敛的日光。

"Jane……我们、我们快走吧。"

林念真点点头，戴希加快脚步，只想赶紧离开，然而她终究不能遂愿，这条不过百米长的小弄，一时竟然走不到头。

她们的面前，从另一端来了一辆轮椅车，戴希一眼就认出推车的中年女人。那晚在"双妹1919"的记忆犹新，况且她的羊毛大披肩下，分明是现在鲜有人穿的丝棉旗袍，精工细作的花纹和典雅的颜色，隔得远远的都能吸引注意力。

但问题是——她究竟是两人中的哪一个呢？戴希不由自主地站住，她身边的林念真跟着停下。

那女人也看见了她们，她犹豫了一下，推起轮椅车走过来，对戴希局促地笑了笑："是……戴小姐吧。"

"呃……我是，你好。"戴希悄悄松了口气：还好，这是"双妹"里那个比较温柔的。那女人踌躇着继续搭讪："戴、戴小姐，今朝怎么有空来这里？"

戴希觉得奇怪，她想干什么？戴希不愿和她细谈，随口支吾："我……带朋友来这里逛逛。"

"是吗？"她看上去很失望的样子，似乎还想说什么，轮椅上的老妇人却开口了："文悦，不要缠着佳佳，快回家吧。"

"是的，妈。"女人乖乖地点头，对戴希凄楚地扯了扯嘴角，"我妈的脑子有问题，认错人了。戴小姐别在意，你……请吧。"说完，她再度推起轮椅，从戴希的身边慢慢走过，往小弄的深处踯躅而行。

戴希目瞪口呆地望着她们远去的身影，轮椅上，老太太的白色发髻如水莲花般皎洁，走不多远，这头白发向后转来，皱纹密布的脸上笑容陡现，老妇人意犹未尽地朝她们挥手："再见，再见啦！"

愣了半晌，戴希才惊魂甫定："真吓人，这一家人的脑子都有问题吧。"她想对林念真解释一下发生的事，却看到林念真站得远远的，目光紧紧追随着那对母女的身影，一瞬间，戴希好像又看到了来自往日时光的幻觉，林念真就像一个活生生的影子，只待阳光照到头顶，就会化作一缕轻烟散去。

"Jane！"戴希惊叫，林念真应声回首，破碎的幻影重新聚拢成妩媚娴雅的女士："怎么了，戴希？"戴希撇了撇嘴："我不想去'双妹1919'了，咱们离开这里吧。"

"好的，我们就从它的门外过一下，反正是顺路。"

她们就从"双妹1919"外的窄街上匆匆走过，本来戴希还想跟林念真说说"逸园"和李威连的故事，现在也完全失去了兴致。

直到在街边等候出租车时，林念真才对戴希说："我们在'逸园'外听到的叫声，就是从'双妹'的楼上发出的。"

"啊？"戴希抱拢双肩，她觉得有点冷。

林念真继续说："那里原来没有'双妹'，都是两层的石库门房子，顶上还有个阁楼。现在底楼的客堂开了店，二楼应该还是卧房……"

龙华殡仪馆二楼"归德厅"外，参加大书画家、收藏家和旅行家薛之樊追悼会的人们正在陆续离开。人群中可以看到不少社会名流的身影，包括著名作家、教育界和演艺界的人士，中国文联、收藏家协会和旅游协会都送来花圈和挽联，由于薛之樊一生著述甚丰，为他出版过多部著作的经典书局主编兼生前好友傅书恒主持了追悼仪式，并在致悼词时几次哽咽，流下了热泪。

人渐渐地走得差不多了。追悼大厅里的大屏幕上，还在播放着薛之樊的生前影像。正中央他的大幅遗像下，薛之樊唯一的女儿薛葆龄和女婿张乃驰，依旧站在百合和白玫瑰组成的大幅花环之前。

薛葆龄身材娇小，容色憔悴，全黑的丧服穿在她的身上，好像重达千钧的铁甲，愈发令她显出人不胜衣的柔弱。整个追悼会上，她不停地流着泪，脸上没有半点血色，所幸身边有张乃驰的扶持，她才能坚持着没有倒下。来致哀的人们依序经过他俩的面前，向他们表示慰问时，心中都不免生出一份感慨：薛之樊这么个成就非凡的风流人物，却没能给自己留下丰沛的血脉。自从他的大儿子十年前死于遗传性心脏病之后，薛之樊的膝下就只有葆龄这么一个女儿了。而薛葆龄呢，光看她的形容外貌，就不像是个强壮有福气的人，要不然怎么结婚多年，也没能生下一男半女，可惜薛之樊的这份家业，要后继无人了。

终于送走了全部来宾，张乃驰松了口气，搀扶着妻子问："怎么样？你还好吧？"

薛葆龄把头靠在他的肩上，无力地"嗯"了一声。

"那就走吧。"

薛葆龄半倚半靠在张乃驰的臂弯中，走出大厅。追悼会后，还有一件非常重要的事：公布薛之樊的遗嘱。

张乃驰驾驶着自己的雷克萨斯，停在瑞金路上的薛宅前。这也是栋很不错的花园洋房，虽然没有"逸园"的规模，也不如"逸园"那么超凡脱俗，但也不像她那么命运多舛。薛之樊在"文革"中有上层人物的庇护，受到的冲击不大，一直都没有被扫地出门过。他一生周游世界各地，在香港也有房产，真正在这里居住的时间并不多，但这栋房子毕竟是有人气的活住宅，不像"逸园"，似乎受到了诅咒，总是和死亡密不可分。

参加今天遗嘱宣读仪式的相关人员都提前一步到达了，就聚在薛之樊的书房里等待最关键人物的到来。薛葆龄稍微振作了下精神，放开张乃驰扶助的手，与他一起并肩走入父亲的书房。

这里依旧充满了薛之樊的痕迹，整幅墙面的书柜里摆满了他心爱的藏书，名人字画墙上已经挂不下了，只好随意地摆放在精雕细刻的红木书柜里。目光触及之处的每件摆设几乎都是有来历的，光这间书房里的各种收藏，如果要估起价来，只怕也是天文数字了。

跨进书房门时，张乃驰的内心还是不禁战栗了一下。和薛葆龄结婚将近十年，他从来没有被邀请进入过这间书房。薛之樊从心底里看不上这个女婿，认定他仅凭外表讨得女儿欢心。张乃驰在薛家没有任何地位，哪怕西岸化工把大中华区总部设在上海，张乃驰从香港来到上海长期工作之后，最多也只是逢年过节和妻子到薛宅来吃顿饭。他自己依旧住在公司为他在五星级酒店里订的长包房中。特别是这间汇集了薛之樊一生心血的书房，对张乃驰更是绝对的禁区，老丈人像防贼似的防着他，用这种方式表达对他的鄙视。

防吧，你防吧……张乃驰站在书房中央，深深地吸了口气：我这不还是进来了？并且从今天之后，这里的一切都是我的了……

看见他们进来，薛之樊特聘的陈律师站起身来："既然大家都到齐了，就由我来宣布薛老的遗嘱吧。"

薛葆龄和张乃驰在沙发上紧挨着坐下，屋里其他的几个人分别是傅书恒、薛家在上海的两名远亲，以及薛之樊所开办的东亚旅游公司的总经理秦晖。

陈律师开始宣读遗嘱了，不出大家所料，薛之樊把一些无关紧要的财产分给了两位远亲、把相当一部分名人字画和珍贵收藏分别捐赠给了博物馆，把自己作品的版税收入全部捐给了红十字基金会，而把其余的所有财产，包括上海和香港的两处房产、东亚旅游公司和捐赠后剩余的收藏、字画都留给了女儿薛葆龄。

"但是……"陈律师的话锋一转："对于薛葆龄小姐所继承的这部分遗产，薛老还有一份补充说明。"张乃驰诧异地看了眼自己的妻子，薛葆龄的眼神中也有些困惑，她目不转睛地望着陈律师，而张乃驰的心中突然一凉，他预感到了什么……

补充说明是这样的：薛葆龄虽然继承了大部分的遗产，但这些遗产将由一个特别的基金会管理，薛葆龄只能通过基金会有条件地使用自己的财产。基金会由傅书恒、陈律师和秦晖共同负责，他们都已经了解并且接受了薛老的委托。薛葆龄只有在两种情况下可以撤销基金会，全权掌握自己的财产，这两种情况是——薛葆龄成为单身状态；或者薛葆龄生育了子女。

补充说明宣读完毕，薛葆龄和张乃驰惊呆了。两位远亲率先退出，傅书恒走过去轻轻扶着薛葆龄的肩膀，说了声："葆龄，有事就来找傅叔叔，自己多保重。"便抽身而去。秦晖接着告辞了，陈律师留在最后，问："薛小姐，还有什么需要我做的吗？"

"没有了……谢谢你。"薛葆龄机械地回答。

屋子里只剩下夫妻二人。张乃驰丧魂落魄地环顾四周，满屋的书籍、卷轴和条幅、玉器和雕刻……所有的一切似乎都在嘲笑他，他的视线落回到妻子的脸上，她也正无比惶恐地看着他。张乃驰笑了："葆龄，你最好现在就和我离婚。"

"不！"薛葆龄脱口而出，与其说是在否定他，不如说是在声明自己，"我为什么要和你离婚？"

张乃驰用一种满不在乎的语调说："为什么？因为你老头子希望你离婚啊？你没听见吗？要你恢复单身状态才能掌握自己的财产，他把你当成三岁小孩了，哈哈哈哈……"他终于爆发出一阵大笑，屈辱在他的眼里凝聚起来，放出冷冽的寒光。

薛葆龄怜惜地伸出手，抚摸着丈夫的面颊："乃驰，爸爸是对你有些偏见，你别放在心上。我绝对不会因此离开你的，我发誓……"

"不会离开我……"张乃驰有些恍惚地说，"那你就永远也得不到你父亲的财产，难道你愿意一辈子都像个乞丐似的，向那三个外人伸手要钱？"

"我……"薛葆龄低下头，"其实我们并不需要那些财产。你是西岸化工的业务总监，我还是东亚旅游公司的董事，我们不缺钱花，一点儿都不缺。"

张乃驰瞪大双眼，死死地盯住妻子："是吗？那是你不缺钱，不是我！葆龄，你知道我的梦想的，对不对？你知道我真正想成为的是李嘉诚那样的人物，而不是一辈子替跨国企业卖命的打工仔！你知道的！"

"我是知道……"

"所以钱对我至关重要！有了钱我就可以大展身手，去实现我的梦想，而你父亲呢，他居然死也不肯帮我！"

薛葆龄有气无力地说："其实……其实他就是担心你是为了钱，才和我……"

"才和你什么？！"张乃驰猛地站起身，居高临下地俯视着薛葆龄，"才和你结婚的，对吗？那你自己是怎么想的？唔，葆龄？你心里究竟是怎么看我的呢？"他又坐下来，与妻子面对面，声音里充满激越的愤慨，和虚饰的热情："要不我们生个孩子吧？你爸的遗嘱不是说了吗？只要你有了孩子，就能全权支配你的财产了……葆龄，让我们生个孩子，我一直都想要个孩子……"

"乃驰！"薛葆龄尖叫了一声，双手捧住脸呜咽。

张乃驰冷笑起来："看见没有？这就是真相！如果我和你离婚，就什么都得不到，可是假如我不和你离婚，我也一样都得不到！为什么？为什么会是这种结果，葆龄，你不是爱我的吗？作为一个女人，你就这样爱我吗？"

薛葆龄扑倒在沙发上，号啕大哭起来。

张乃驰再也不看她一眼，站起身来拂袖而去。

薛葆龄独自一人在书房里哭了很久，渐渐地哭声断断续续起来，她艰难地支起身，从包里掏出个小药盒，取出药片送入口中。然后她靠在沙发背上，好一会儿呼吸才慢慢平缓下来。

她拿起手机，盯着上面的号码看了很长时间，泪不知不觉又淌下来，落在手背上，她这才下定决心按了下去。

没有应答，她又拨了一遍，仍然没有应答。薛葆龄黯然失神地握着手机，正在发呆，突然手机响起来，她好像获救似的用全力抓住它："喂，William，你在哪里？"

"我在忙，有事吗？"

"……"薛葆龄的泪水又溢出眼眶："我想你。"

话筒里一片沉寂，薛葆龄知道李威连马上就要断线，连忙急促地说："我可以去找你吗？"

"可是这几天我实在太忙了，连睡觉的时间都没有。"

"不需要很多时间，我只想看见你……"薛葆龄气喘吁吁地说着，她觉得自己就要晕过去了,"求求你了……"

他又沉默了几秒钟:"周末你去新加坡吧,我会在那里。还是 Mandarin Oriental。"

电话挂了,但是薛葆龄的眼神恢复了活力,她的人生似乎又有希望了。

第十章

狭小简陋的厨房里，孟飞扬正在卖力地刷锅洗碗。往常都是戴希负责这活儿，但是现在天气太冷，孟飞扬的破厨房里又没接热水，每洗一次碗手都冻到骨头里，他舍不得让戴希干。其实相比之下，戴希自己的小家条件要好得多，但自从上回在这里发现柯亚萍留下的痕迹以后，戴希就再不肯住回自己家，而是天天赖在孟飞扬这里。虽然他们俩谁都没把话说透，但孟飞扬还是觉察到了女孩的心思，他的心里因此有些愧疚，也有些感动，甚至觉得有些对不起戴希，让她不得不跟着自己住在这破房子里，于是他干脆包下了全部的家务，反正自己正在失业状态，闲着也是闲着。

突然，房间里传来一声尖叫，孟飞扬手里的碗应声落地，摔了个粉碎。他冲出厨房，急吼吼地喊："小希，什么事啊？！"

戴希坐在书桌前，满脸通红地冲着电脑屏幕。孟飞扬跑到她背后："怎么啦？怎么啦？"戴希指着屏幕："你看呀！"

"啊？！"孟飞扬凑过去，原来网页上打开着戴希的邮箱："什么嘛？"

"他们真的给我Offer了。"

"谁？"

"西岸化工啊！"戴希回过头，目光炯炯地看着孟飞扬，兴奋得声音都有些发颤，"哈哈！我找到工作啦！"

"噢哟！"孟飞扬扎着沾满洗洁精的两只手，亲了亲戴希的头发，

"我还当天塌下来了呢。蛮好啊,看来那个张总挺帮忙的。"

"张总?"戴希转了转眼珠,一把抱住孟飞扬的腰:"你猜猜,他们给我多少薪水?"

孟飞扬好像投降似的把两只"洗洁精手"举过头顶:"那个……四千?五千?……难道是六千?!"

戴希摇了摇头,慢条斯理地说:"都不是,是一万五千!"

"一万五?!"孟飞扬大吃一惊,他狐疑地凑到电脑屏幕前,"哪儿写着呢?你弄错了吧?是不是多看了一个零……"

戴希把孟飞扬的脑袋按到电脑上:"你自己看,15K monthly,看清楚了吗?"

孟飞扬不做声了,皱起眉头想了想,才问:"面试的时候就这么谈好的吗?"

"没有。"戴希低声,"李威连面试我的经过我都告诉你了,他根本没说到薪水,我也忘记问了。"

"哦……那就恭喜你啦!"孟飞扬淡淡地抛下一句话,转身进厨房去了。

过了一小会儿,戴希溜进厨房,蹲在孟飞扬的身边,和他一起收拾地上的瓷碗碎片,一边小心翼翼地问:"飞扬,你怎么了?不高兴吗?"

孟飞扬没有朝她看:"怎么会?你终于找到工作了,而且还是这么大的跨国公司,这么高的薪水,我怎么会不高兴呢?"

戴希垂头丧气地蹲着:"飞扬……"她的声音里似乎饱含着委屈。

孟飞扬不忍心了,伸手把她搂过来:"真的,我不是不高兴,只是感觉到压力了。现在你有了这么好的工作,我还在失业,咳!看来我要抓紧了!"

"嗯,你绝对没问题的!我相信你!"戴希如释重负地绽开笑颜,和孟飞扬击了击掌,跑回房间。

孟飞扬匆匆整理好厨房,顺手摘下腰里的围裙扔到沙发上。他一眼看见戴希仍旧盘腿坐在书桌前,就走过去拍她的肩头:"小希,你都找到工作了,就把电脑让给我吧。啊,我上网投简历。"

"不要嘛。"戴希撒起娇来,"我还要做希金斯教授的研究课题呢。等一上班忙了,说不定就没时间了。乖,飞扬宝宝,你就用我的笔记本好啦。"

孟飞扬摇头叹息:"你明明有自己的笔记本,偏偏要霸占着我的电脑,真不讲道理。"

"我乐意!"

孟飞扬无计可施,只好捧起笔记本坐到床上,开始上网搜索工作机会。不知不觉地夜已深,他觉得有些犯困,就把笔记本往身边一搁,靠在床头看着书桌前戴希的窈窕背影,渐渐地视线模糊起来……

"孟飞扬!我要对你进行道德审判!"

"啊?!"孟飞扬从半梦状态中猛醒过来,惊跳起身,就见戴希跪在他身边的床头,圆睁双眼,脸蛋绯红地看着他。漆黑的直发披散在肩上,让她看起来是这样清新可人,孟飞扬最喜欢她这个样子,情不自禁地伸出手去,嘟囔着:"小希,三更半夜的吵什么呀?"

戴希劈头把孟飞扬的手打落,厉声质问:"你说!我不在中国的这三年里,你出轨了多少次?!和多少女人发生过性行为?!"

孟飞扬彻底醒了,他张口结舌地看着戴希:"小……小希,你、你什么意思?"

"什么什么意思!我问你!你到底乱搞过几回?"戴希往前一扑,死死揪住孟飞扬的肩膀。

"我、我没有哇!"孟飞扬被她揪得乱晃,又不敢挣扎,还怕万一用力过猛把戴希弄痛。她可不理他的好心,整个人都要扎在孟飞扬的身上了,大声喊着:"你说谎!"

孟飞扬不干了,一翻身就把戴希按倒,也冲着她喊起来:"我说没有就没有!我当了三年和尚了,你信不信?你信不信?"

"我不信!"

"死丫头,你诬蔑我,拿出证据来!"孟飞扬心想:这下你该消停了吧,小疯子!

戴希从孟飞扬的手掌底下挣出来，朝他嫣然一笑："拿证据就拿证据，我有证据！"

"啊？！"

戴希凑到孟飞扬的跟前，脸蛋像春天怒放的蔷薇花一样娇艳，她死盯着他说："我在你那儿做了记号了！"

"哪儿？……哇！"孟飞扬眼前发黑、胸口发闷、天旋地转，"你说什么？！"

戴希歪了歪头，用手指梳理着黑色瀑布一般的长发："你自己好好看看去，那上面有我的牙印呢。"

孟飞扬差点儿就要去扯裤子，还好立即清醒过来，他喘着粗气说："好啊，你个死戴希！你诈人啊，好，你会留牙印是吧？你现在就留给我看啊！"

他抱紧戴希滚倒在床上，她在他怀里笑得直颤，一边拼命推搡他："跟你、跟你说正经的呢……我有理论依据……男人、男人的真实年龄是通过性、性器官反映出来的……"

"……什么真实年龄？！什么性器官？！"孟飞扬觉得，有个研究心理学的女朋友简直就是个神迹——救救我吧，阿弥陀佛、玉皇大帝、圣母玛丽亚……

"真的！"戴希总算逃脱了孟飞扬的怀抱，她笑吟吟地坐在他身边，一本正经地说，"有研究证明，性器官的功能和状态能够最真实地反映男人的生理年龄。比如说吧，像康熙、乾隆那种人，七八十岁了还能生孩子，说明他们的性器官始终维持着很好的状态，因此他们的生理年龄呢，就比实际的岁数要年轻许多。而另外一些人呢，年纪轻轻的就阳痿了，其实说明他们比实际岁数要衰老得多，因为他们的性器官率先衰老了！"

"哦，那太监怎么办？他们的生理年龄去哪儿了？"

戴希转了转眼珠："太监嘛，他们只有作为人的年龄，没有作为男性的年龄！"

"真够学术的！"孟飞扬朝戴希跷起一对大拇指，"可这跟我有什么关系？"

戴希还是笑嘻嘻地看着他："当然有关系啦。你不是问我要证据吗？我没有证据，但是我有推理！"

"推你个头！"

"你听我说嘛。三年前在我离开中国的时候呢，根据我的鉴定，从你的性器官所反映出来的男性生理年龄嘛，只能算是萌芽状态的婴儿期。可是这次我回来以后呢，我发现你的性器官已经成长到了青春期，大概算初中的阶段吧。由于这样的突飞猛进显然不符合时间规律，所以我的结论是，在这三年里面，你的性器官接受了某种程度的课外辅导！"

孟飞扬简直听傻了，好半天才缓过神来，龇牙咧嘴地嚷起来："难道我就不能是自学成才吗？"

"行行行！"戴希咯咯笑得在床上乱滚，孟飞扬使劲抱住她，觉得自己的心都要被她笑得融化了。

她好不容易止住笑，脸蛋却更红了，好像全身的血液都汇集在那里燃烧着，她说："其实呢，我不是很在意你的男性年龄如何增长，我只希望，最后能够由我一个人来验证，你的男性年龄达到了一百岁……"

戴希后面的话被孟飞扬的吻堵住了，他一边用尽全力地吻她，一边神思飘荡地想着：你为什么这么可爱，比这世上的一切都更加可爱，可爱到了让我心悸……

孟飞扬睡熟了，他的男性年龄在今夜又有了长足的进步，几乎达到巅峰状态了。戴希却怎么也睡不着，她睁大眼睛听了一会儿孟飞扬轻缓的鼾声，就悄悄地爬起身，来到电脑前。

打开电脑时，她有些莫名的紧张，但这些天来一直缠绕着她的奇异吸引力是如此强烈、不可阻挡地牵引着她的手指、她的神思。戴希找到希金斯教授给自己布置的那个课题，就存在名为"咨询者X"的目录下。

移动鼠标，点开文档……短暂的空白，如同所有神秘、重大、决定命运的事物在展现之前，总会有的那种停顿。仿佛有什么人在冥冥中对她说："你要清出心灵的空间，让我进入。"戴希深深吸气，文档终于在屏幕上摊开来，引领她再一次去探索那个深邃艰涩，而又令她禁不住心驰神移的心灵世界。

在案例的起始部分，希金斯教授写了短短的绪论，这是他关于"性瘾"的一部分研究成果。教授写道：性瘾和酒瘾、毒瘾等，在心理学上同属于家庭疾病，也就是说这类成瘾的心理疾患，其成因通常都可以追溯到患者最初的家庭体验。这种体验往往是悲惨的，意味着一个痛苦的童年，但儿童既没有相应的语言能力，无法把所受到的伤害有效地表达出来，寻求帮助；也没有成熟的思维能力，去理解自己所处的环境、分析自己遭受痛苦的原因。这种压抑状态长期存在，陪伴着他们的整个成长过程，以至于等他们长到了能够倾诉的年纪，也已经失去了表达的能力，进入了所谓的"失语"状态。

无法倾诉的痛苦更加深了患者的心理创伤，而他们的病症——各种成瘾又反过来作用于他们的家庭，更使得他们难以希求亲人的理解和爱护。希金斯教授写道：比如患有"性瘾"的人，往往被视为对性具有变态的强烈需求的色情狂，不仅难容于普通的社会道德观，还几乎必然地遭受到来自亲人和朋友的鄙视。不应该责怪这些亲人和朋友们，因为他们也是受害者，尤其是对于患有"性瘾"的人来说，他们的爱人所承受的压力和遭到的伤害确实太严酷，任何苛责都是不现实的。于是，患者的"失语"状态更加强了，出于害怕、出于内疚，也出于保护的愿望，他们想尽办法向自己的亲人隐瞒他们的真实情况，从而失去了最后一个倾诉的机会。写到这里，希金斯教授感叹，根据他的研究，"性瘾"患者在无节制的性行为中所寻求的，其实恰恰是一种没有保留的关爱，他们希望从中体验到被爱和被需要的感觉，但他们的所作所为却使得他们彻底丧失了赢得真爱的可能。

正是这些分析，使戴希下决心在今晚对孟飞扬进行一番道德拷问，实际上她真正想拷问的是自己。她很想体验一下，自己是否能够认同最心爱的人的出轨行为，不，不是认同，而是在某些情况下的理解吧。戴希觉得，要分析咨询者X的病例，她必须要对自己在这个问题上的真实看法有所认识，而且不单单是冷冰冰的客观态度。但是，试验没有达到她想要的目的，她还是对自己的态度含混不清，毕竟，他不是他，孟飞扬不是咨询者X。

那么，咨询者X，他究竟是一个什么样的人呢？

在希金斯教授的记录上，只有这样简单的描述：男性、四十五岁、中国人。根据他本人的要求，希金斯教授隐去了可能揭示出他真实身份的一切相关内容，但是对于戴希来说，这些天反复阅读他的咨询记录，却已经在她的心中活画出了他的形象，虽然面目隐在黑暗之中，但戴希觉得，自己正在渐渐深入他的内心，已经能够真实地感知到在"失语"的重荷下，那充溢得满满的创痛。她读的次数越多，就越感到焦虑，这位咨询者X先生，他的痛苦是那样鲜明饱满，如果再不释放，他大概就永远也无法解脱了。

希金斯教授也是这么认为的。可惜的是，咨询者X已经放弃了后续的治疗，他消失在心灵的汪洋大海中，决定还是独自承担一切。戴希想，也许他真的太累了。勇气和信任，这两样东西是心理治疗中的必备条件，而他，已经无法再从疲惫至极的身心中汲取这些，那么，就只有选择沉沦下去。

可是，你知道吗？戴希在漆黑一片的屋里，盯着闪闪发光的显示器，就好像注视着在黑暗中彷徨的灵魂——你知道吗？有人愿意帮助你。从那个她已经看过好多遍的文件夹中，她似乎能够嗅到神秘幽远的悲伤，从很久以前的过去飘散出来，渐渐地弥漫在她的心头……

希金斯教授：最近这些天，你感觉怎么样？

X：不太好，事实上，我感觉更差了……

希金斯教授：哦，为什么这么说？

X：我觉得我就要成为一个真正的变态了，不，应该说我已经是了。

希金斯教授：千万不要轻易地给自己下这种结论，下结论的事情应该交给我这样的专业人士来做。况且,在我们的专业范畴中,变态这个词并不被经常使用……X先生,我倒觉得你首先要学会的,是对自己的宽容。

X:怎么宽容?难道要我进一步放纵自己吗?……我已经越来越无法控制自己的行为了,但从中体会到的满足却越来越少,稀薄得像高山上的空气,就快要不够呼吸了。每一次,我都能感到心从身体中被抽离了,只剩下空无一物的躯壳,轻飘如尘。但与此同时,恐惧却变得越来越深重,我觉得自己正在日益成为一个怪物,总有一天会被所有的人唾弃。

希金斯教授:看样子今天我们不应该谈这些,还是聊些别的吧……我们谈谈回忆怎么样?能够令你真正愉快的回忆?

X:我不知道……还有什么样的回忆能够令我愉快?

希金斯教授:比如……你这样美妙的英语是怎么学成的?X先生,你的语言才能令我赞叹,可以把外语说得流利准确的人很多,但很少有人能像你这样,传达出深沉的情思和优雅的韵味,我想你一定为此感到骄傲吧。来吧,跟我谈谈你学习英语的过程,我猜想,那一定是从你还是个幼儿的时候开始的……

X:……是的,确实是从幼儿时期开始的。实际上,我母亲在家里一直是说英语的,虽然,她并不经常和我交谈。

希金斯教授:哦?你母亲是……

X:我的外祖父是中国人,外祖母是法国人,我母亲出生在巴黎,四五岁时随父母移居英国,在伦敦度过她的少年时光。因此,英语、法语和中文都是她的母语,其中她使用最熟练的还是英语。但是在我出生长大的年月,周围已经失去了说外语的环境。在我幼年的记忆中,我母亲一直是非常忙碌的,为了抚养我的哥哥、姐姐和我,她的生活充满艰辛,可是回到家中,关起门来她肯定对我们说英语,仿佛这是她抗拒当时那个疯狂的世界、证明自身存在的一种方式。

希金斯教授:那么你的哥哥和姐姐,一定也能说很棒的英语?

X:是的,而且我母亲从小就教他们,但是她从来不教我。

希金斯教授:为什么?

X：因为她讨厌我吧。也可能因为，在我出生以后的时代，她大概觉得教我英语是不合时宜的，未必会给我带来益处。但是每当我看见她和哥哥姐姐们交谈，自己却无法加入，心中真的异常沮丧。有时，我求哥哥姐姐教我一些，当然还远远不够。那时候我坚定地认为，母亲之所以讨厌我，不愿意和我讲话，就是因为我的英语不够好，所以我更加拼命地想要学。我把家里翻遍了，都没有找到关于英语的书，后来我母亲终于知道了我的想法，于是——她给了我一套英语书。教授，你能猜出那是一套什么样的书吗？

希金斯教授：啊，我来猜猜……是格林童话，还是汤姆索亚历险记？

X：都不是。教授你说的这些书，在我小时候都是不允许阅读的。

希金斯教授：哈哈，那么我就猜不出来了，还是由你揭晓谜底吧。

X：那是一套四本的英文版《毛泽东选集》。

希金斯教授：噢！真是叫人惊异的答案，很有意思。我明白了，你母亲给你这书是因为，这恐怕是当时中国能够找到的为数极少的英语书籍吧。

X：你说对了一半。还有一半的原因是我后来才知道的——我父亲曾经是这套书的翻译小组中的重要成员。

希金斯教授：原来是这样……你似乎是第一次提到你的父亲？

X：是的。在我童年的记忆中，父亲的形象十分模糊，我好像总共也没见过他几次。也是等我上小学以后才听母亲说起，父亲是在我出生的那年被下放到甘肃武威，噢，那是中国西北部的一个非常荒僻的地方，靠近沙漠。我母亲带着三个孩子留在上海。她必须依靠自己的力量来养活我们，因为父亲不能给她提供任何帮助，差不多每隔大半年才能托人送来一封信，十多年里只回过几次家……

希金斯教授：嗯，有了那套书以后，你就可以尽情地学习英语了，对吗？

X：还是没有人教我，但至少我有了阅读的内容。幸运的是，当时每家每户都有好几套中文毛选，这样我就可以中英文对照着自学了。因为这套《毛泽东选集》是母亲交给我的，所以我一厢情愿地认定，只要我把这套

169

书学会了，母亲就会高兴，就不会再讨厌我了。教授，也许你还不知道，这套书的翻译水平在当时的中国是绝无仅有，翻译小组的成员里有英国剑桥和牛津最著名的汉学专家，以及从这两个学校毕业的华人学者，因此书中英文的用字遣词，句型，和其中的韵味堪称经典。泰晤士报曾将这套英译本评价为"用精彩绝伦的英文忠实地表述红色中国统治者的思维"。我母亲把这套书给我做教材，意味着相当高的起点。

希金斯教授：我毫不怀疑，你的起点的确非常高。

X：可是我的目的最终却没有实现。我苦苦学习了好几年，到最后已经能够把整套书里的主要篇章和华彩段落都背诵下来了，我以为我终于可以得到母亲的赞赏，博取她的欢心了。可她偏偏在这个时候离开了我。

希金斯教授：发生了什么事情？

X："文革"结束了，我父亲历尽艰辛，终于可以返回上海。母亲立即就和他带上哥哥姐姐一起去了香港。我还没有找到机会向母亲展示我的学习成果，她就离开了，就这样把我抛弃了。可悲的是，这套书的内容却从此深深地刻印在我的脑子中，想忘都忘不了。直到今天，偶尔我想起那里面的词句，还会有种心痛如绞的感觉。教授，是不是有种手术，可以通过切除一部分脑白质来抹去不想要的记忆？我很想把这套书从我的头脑里切除掉。

希金斯教授：但是……这样就会把你关于母亲的记忆，一起抹去了。

X：哦，那就算了，还是留下吧……

每次看到这里，戴希的心都会颤抖。当年那只孤单的小鸟，它奋力扇动羽翼的细微声音，从时间沉寂漫长的甬道那头传来，在戴希的胸中激起阵阵回响，她很想伸出双手，去接住那随风飘落的纤弱羽毛。

X：不过，虽然母亲离开了我，我的英语学习却没有就此结束。

希金斯教授：是吗？你又为自己找到了一名新的老师吗？

X：……准确地说，是她找到了我。"文革"过后不久学校里恢复上外语课，但对我来讲，从那些粗浅的课程里实在没什么可学的。直到有一天，她把我找去，她对我说学校里的外语课不适合我，她会给我做特别辅导。

我去了她的家。她住在楼上，底楼的客堂里住着另一户人家，所以我只能从后面的灶间出入。因为是好多家人合用的，灶间十分拥挤，到处堆满了破破烂烂的杂物，随时可以看见蟑螂跑过，每到阴雨天，水池周围就爬满了鼻涕虫。

楼梯又窄又陡，夹在房子的中间，只要天色稍微暗些，楼梯上就黑糊糊的一片，什么都看不清楚。当然，对那时的我来说，爬这样的楼梯完全不在话下，我飞快地奔跑上去，结果整栋房子都在我的脚下颤抖起来，扬起的灰尘冲进鼻子里……直到现在我都想不明白，明明是有许多人住的房子，怎么还会有那么多灰。

但是她的屋子是纤尘不染的，和门外面比，简直就是另外一个世界。所以，当我满头灰尘地站在她的门前时，真的很担心她不让我进门，因为我太脏了，会玷辱她的世界。她好像什么都没注意到，微笑着把我拉进去。屋子里充满着一种我不熟悉的香气，虽然不熟悉，我还是能够识别——那是煮咖啡的香味。对于我来说，这种气味是和父亲的记忆紧密联系的，因为在我自己的家里，只在仅有的几次父亲出现的时候，母亲才会从床底下的箱子里取出一个样子古怪的银白色铝壶，在里面煮这种黑色的液体，并且只给父亲喝，从来都没有让我尝过。

她给我尝了咖啡，真没想到那么苦，我觉得它还是闻着比较好些。虽然我不喜欢咖啡，她却依旧兴致勃勃，她说她还为我准备了其他食物，我一定会喜欢。我的确喜欢，那是涂了奶油的烤面包和煎鸡蛋，可我不敢吃——我是来学习的，不是来吃东西的。

听见我这么说，她似乎有些失望，我立刻觉得万分歉疚，我就是这样愚蠢，难怪母亲会讨厌我。她会不会也从此讨厌我了呢？我害怕得几乎发起抖来，然后，完全没有预料地，我已经被她搂在怀中。一开始我并不知道发生了什么，也没有特别的震惊或兴奋，我只是觉得她的怀抱非常温暖，非常柔软，像极了记忆中母亲的怀抱。不过母亲已经太久没有抱过我，因此我无法肯定，这种相似究竟是真实的，还是我一厢情愿的想象。

我竟然还能从正对着我们的穿衣镜中观察她，有一刹那我以为她哭了，但随后才明白她是在笑，只是这种笑里有闪光的泪，我不能再看下去了，就在她的怀抱里闭上了眼睛。

第一次辅导就这么过去了，我不知道我在她的怀抱里待了多久，好像那段时间我的神魂已经飞离了地球。她并没有忘记我们的主要任务，临走时她给了我几本影印的原版书，作为英语教师她能弄到这些。她让我自己去读懂其中的一些片段，下次再来时，我要朗诵给她听。

后来的辅导都有咖啡的香味和面包、鸡蛋，但是却没有拥抱。我耐心地等待着，努力学习她给我的英语书籍，希望能够讨她欢心。但是我一次又一次地失望了，她再没有抱过我。时间飞快地流逝，整整一年过去了，我始终牢记着她第一次抱我的日子，当第二年的同一天来临时，我鼓起全部的勇气，顶着眼前的阵阵黑雾，伸出颤抖的双手抱住了她。

她好像并不意外，立即就用更热烈的拥抱回应了我。然后她把我推开，走到门边把灯关上。这间屋子有两扇朝北的窗户，上面悬挂着印花的棉布窗帘，下半部分还贴着厚厚的报纸。灯一灭，屋子里就几乎什么都看不见了。她把我带到床边，让我躺下来，把我的手放在她的身上。

这个情形对我真的很尴尬，因为我还从来没有机会了解女人的身体。屋子里太暗了，我的眼睛完全失去功能，无法帮助我鉴别手所触摸到的，究竟是她身体的哪一部分。那些柔软的、湿润的、光滑的、细嫩的……我不知道我的手正在掠过什么，她毫无声息地躺在那里，我却听见自己的牙齿越来越响地打着战，我实在受不了了，就扑在她的身上很没出息地哭泣起来。

接下去她所做的使我终生难忘——她开始爱抚我。

自那以后，许多许多次我都想重温当时的感觉，想再次体验灵魂燃烧起的熊熊大火，好像能把整个身心烧成灰烬的激情。但是我再没有如愿过。我现在有些明白了，这样的感受，每个人的一生只有一次，得到它的同时也就失去了它。我的第一次，是她给予的。她唤醒了我身体中的另一个我，自他苏醒之后，原来的那个男孩子就消失了，我成为了现在的我。

我永远记得第一次高潮来临的时候，热血瞬间涌入大脑，又瞬间倾泻而出，最后只剩下渗透在四肢百骸里的虚无。我真切地感受到，自己就这样活过了，然后便死去了。曾经以为坚忍不拔的意志，好像小船被惊涛拍上礁石，顷刻便碎成齑粉。每个男人都在性中体验过生死转换。在那个时刻之前，我一直以为死亡遥不可及，从那个时候以后，我懂得了死亡就在走近，我每一秒都在向那永恒的黑暗靠拢。

既然死亡不可避免，那么我期待能够——缠绵至死。直到今天，我仍然这样期待着。

后来我再去她家的时候，目标变得异常单纯。我根本不想浪费一点时间在书籍上，我只想与她亲热，最好永不停歇。可是她不同意，她说我必须完成英语阅读的功课，否则她的良心就过不去。而读书的时候是不能关灯的，不关灯就不做爱，这是她的原则。

我认真考虑了一段时间之后，向她提出了一个建议。我说，我可以把她要求我朗诵的内容背下来，这样在我给她朗读的时间里，就不需要开灯了。只要我能不间断地背下去，她就必须和我同床共枕，我不停止背诵，我们的爱也就不停止。

她答应了。

我很感谢自己天赋的超强记忆力，也可能是当初背诵《毛泽东选集》训练出来的特殊才能。就这样，我根据她指定的书目，每次去她家时，就在一片漆黑的室内，在咖啡香气的围绕中，在与她相拥的床上为她背诵。在那几年里，我背了莎士比亚、狄更斯、哈代、霍桑、海明威……因为只是作品中的经典篇章，所以背诵起来其实并不太难。

到后来她不再指定书目了，而是随我选择，于是我决心要送她一个惊喜。我问她最喜欢的作品是什么？她说是《了不起的盖茨比》。我花了四个月的时间，把这本书从头到尾背了下来。这是我生平完整背诵的第二部英语书，第一部是为了我的母亲，第二部就是为了她。从那以后，我就常常给她背诵这本书。从这本书的任何一个地方开头，我都可以滔滔不绝地继续下去，于是我和她相聚的所有时间里都不再需要开灯了。

希金斯教授：……那么，你自己喜欢这本书吗？

X：其实我也并不是特别喜欢《了不起的盖茨比》。我只喜欢盖茨比死亡之后的内容，从他的葬礼一直到那个史诗般的结尾……那些，我是非常喜欢的，所以我给她背过太多遍，多得根本就记不清次数了。

戴希也喜欢《了不起的盖茨比》，尤其喜欢从盖茨比之死以后的内容，从他的葬礼一直到那个史诗般的结尾。就是这样一个虚构的美国人的死亡、葬礼和墓志铭，陪伴着咨询者X的初恋，陪伴着他从十来岁的孤独少年，长成一个真正的男人……想到这些，戴希总能感到难以形容的奇妙和深彻入骨的悲凉。

盖茨比死了，咨询者X长大了。这个成长的过程，光是阅读它，就让戴希觉得筋疲力尽。她无法想象，他是怎样承受着、挣扎着、存活下来并最终成熟了。通常，这样的经历会让人看上去更加坚强，但是戴希懂得，那只是看上去而已。

戴希在西岸化工已经上了一个星期零一天的班了。这段时间里，她一直坐在最靠近茶水间和复印机的座位上，这个地方又窄又乱，空气又差，还老有人走来走去，正是大家最不喜欢的位置。戴希头一天报道，朱明明直接把她带到这里，冷若冰霜地说："最近公司办公位置很紧张，只有这个座位空着，你就先坐这里吧！"

戴希不在乎，因为她被安排做一件非常有意思的事情。这些天她完全沉浸其中，而这个任务是李威连出差之前，亲自为她布置的。至今想起朱明明交代这个任务时那股酸溜溜的味道，戴希就觉得很好笑，朱明明是这样说的："你好好干吧。这么有创意的工作，我可想不出来，那是李总裁特别指示的！"

真的很有创意吗？戴希倒不那么认为，实际上这个任务很繁琐、很枯燥，但是戴希喜欢。任务是这样的：1997年李威连升任西岸化工中国公司总经理后，就交给自己的秘书一项工作——收集公司中所有大小事件中所拍摄的照片。1998年之后数码相机开始普及，这些照片文件由他的历任秘书收集并保存在电脑中，至今已逾十年，照片数量接近十万张，但是从来没有整理过。戴希的工作就是要把所有这些照片按照年代、事件和人员整理好，标上注释后归类登记。第一天上班刚刚办完入职手续，朱明明把一个100G的移动硬盘放在戴希面前，就扬长而去了。

开始的大半天，戴希完全晕头转向了。她只能从照片文件的日期中做初步的判断，按照年代大致排个序，但是其中所反映的具体内容她根本一无所知，参与的人员她也几乎全不认识，简直像在一片混沌中摸索。正当她束手无策的时候，总裁秘书Lisa加了戴希的MSN，说李威连特意关照过，戴希有任何问题都可以问她。

有了Lisa的帮助，戴希的工作顿时豁然开朗。Lisa指导她如何在西岸化工的内部和外部网站搜索相关的信息，并提供给她这十年来历任的高层管理者的名单，还有其他各项重大事件的资料。于是，跟随着一张又一张照片，戴希一步步走入到过去的时光之中，西岸化工中国公司的发展过程犹如连续的幻灯片，在她的眼前徐徐展开。

一周过去之后，戴希惊喜地发现，自己对这家企业已经了如指掌，就算对她进行专门的培训和介绍，恐怕也不如现在她所了解到的更直观、更具体。她看到他们签下第一个大合同的庆功会、历次扩大办公室规模的搬迁仪式、董事会成员访华的晚宴、和中国化工部合作重大项目的动工奠基仪式，以及项目成功之后的联欢……她还认识了公司里的绝大多数重要成员，虽然他们大部分根本不知道有戴希的存在。相比公司的发展历程，戴希对人的兴趣更大，在整理归档的同时，她还自得其乐地给他们评起各种奖来。

戴希设计颁发的奖项包括：西岸化工帅哥三甲、美女三甲、最佳拍档奖等等。

张乃驰毫无悬念地荣登帅哥榜首，他的外貌十年如一日，兼具张国荣的俊秀和金城武的潇洒，戴希认为他不去当电影明星实在太浪费；美女冠军颁发给了李威连的妻子Katherine，这位金发碧眼的董事会成员一看就是个知性的冰山美人，戴希觉得也就是李威连的非凡气质能够与她相得宜彰；最佳拍档奖则属于李威连和张乃驰，从第一张照片开始，他们两个就形影不离地出现在许多不同场合中，几乎所有重要的事件都有他们共同的身影。戴希敏感到，李威连似乎处处提携关照着张乃驰，他们的密切关系令人印象极其深刻。

然而戴希并不欣赏张乃驰的英俊，其实在所有的人中间，她最喜欢李威连的样子。而且在她所看到的这些照片中，李威连出现的次数也是最多的。西岸化工中国公司十年的发展史，几乎也就是李威连个人过去十年的奋斗史。戴希在整理照片的过程中，常常会有种错觉，她不知道自己是在了解西岸化工，还是在了解李威连。和张乃驰始终不变的年轻外貌相比，戴希能够清晰地辨别出岁月在李威连身上刻下的鲜明印迹。这种变化很难用"老"或者"成熟"来概括，她好像看见一块玉石的光泽变得暗敛、纹理变得圆润，但即使凡夫俗子也能看出，它的内在品质发生了飞跃。因此，戴希没有把李威连评为帅哥，与他的精神气质相比，外貌实在不值一提。实际上，张乃驰一旦与李威连同时出现在照片中，头号帅哥的英俊相貌就成了陪衬，显得既暗淡无光，又缺乏力量，不再令人倾慕。

麻烦的事情是，戴希开始越来越不敢看李威连的照片了。和其他人在一起的还好些，如果是李威连一个人的照片，戴希就发现自己有了心理障碍。比如这张摄于2003年"逸园"改造完成，大中华区总部办公室迁入时李威连站在"逸园"门外的照片。他的手扶在"逸园"的外墙上，抬头看着"逸园"的上方，他脸上的神情让戴希的心按捺不住地跳跃，她很想走过去，走到他的身边去……

戴希有点害怕了。她把李威连单独的照片全部存在一个目录下，决定暂时不去管它们。她要先把其他的都整理好，等心情平静之后，再集中精力去对付他。她的工作进展得十分顺利，照片已经归档到了前年。现在她看到的一系列照片是西岸化工资助的慈善活动，近些年来西岸化工一直热心参与中国的慈善事业，当然这也是它在中国树立良好企业形象的手段之一。

在戴希打开的这张照片里，张乃驰作为西岸化工的代表和一大帮面黄肌瘦的农村孩子合影,背景是中国内地贫瘠的村野,光秃秃的山坡上歪斜着几栋半砖瓦半火泥的房子,树木稀疏枯黄,孩子们的头顶上方拉着横幅,用粗大的红色字体写着:"关爱生命,救助艾滋患儿"。

艾滋患儿?戴希的心突然微微一蹦,她记起了元旦之前和孟飞扬、童晓一块吃火锅的情景。那时他们谈起了孟飞扬的日本老板的自杀,尤其是他惨烈的报复张乃驰的方式……

戴希记得童晓的推论,他坚持认为张乃驰和攸川康介得艾滋病有关,而现在,戴希真的看到张乃驰站在一群艾滋患儿中间,这里面会不会有什么联系呢?她想了想,悄悄从包里取出数据线,将手机和电脑连接起来。照片下载到手机里,戴希立刻把它发给了孟飞扬。

第十一章

孟飞扬收到戴希发来的照片时，正和柯亚萍坐在一起。他们已经有一段时间没见面了，这次是柯亚萍打电话来，执意要与他当面谈一谈工作的事情。

自从把自己那四十多万积蓄都给了老柯去还债，孟飞扬深刻体会到了"借钱给朋友就等于失去朋友"这种说法。自打借钱给老柯之后，孟飞扬就再不好意思主动去找柯正昀，生怕对方以为自己在逼债。而柯正昀碍着面子，没有筹齐还款之前，肯定也不好与孟飞扬联系。于是老柯的病况如何，何时出院，家里的纠纷是否平息等等，孟飞扬都不得而知了。另外，孟飞扬也不愿意联络柯亚萍，那次他一时好心让她来家里洗澡，被戴希发现后孟飞扬心中说不出有多别扭，因此对柯亚萍更是避之唯恐不及。

可是这回柯亚萍主动打电话过来，说有要事相谈。孟飞扬找不出理由拒绝，也确实想了解他们父女目前的状况，就和她约在中山公园旁边的越南河粉餐厅一起吃中饭。柯亚萍的工作单位在中山公园附近，中午过来比较方便。

孟飞扬白天没事，到得比较早。他找了个靠窗口的位置坐下，等了将近二十分钟，柯亚萍才姗姗来迟。这时候已经过了中午12点，餐厅里挤满了周围办公楼里的小白领们，孟飞扬看着他们套装胸牌的模样，忽然觉得有些隔膜和黯然，现在他心爱的戴希也置身于这个群体之中，而他自己却被暂时排除在外了。

其实孟飞扬并非找不到工作，短短的一个月时间，已经有两三家日资贸易公司给了他Offer。只是日资公司普遍开价不高，都没有超过一万五千月薪的，偏偏孟飞扬和一万五千月薪较上了劲，不超过这个数目他就不干。他正坐在那里浮想联翩，头顶上响起一声轻呼："孟飞扬，你好啊。"

孟飞扬抬起头，一个淡妆清秀的白领丽人进入他的视线——"啊，你好。"孟飞扬连忙站起身，柯亚萍朝他嫣然一笑，在他对面坐下。孟飞扬有些反应不过来，他脑子里的柯亚萍是个可怜兮兮的素朴女孩，和现在他面前的这个姑娘判若两人，孟飞扬不觉暗自感叹，女人真是神奇啊。

柯亚萍的脸微微红了红，轻声问："你点菜了吗？"

"哦，还没有！"孟飞扬这才醒悟过来，连忙拿起菜单，"你想吃什么？"

"这里的招牌河粉很好吃。"

"行，还要别的吗？"

"不要了，唔，今天我请客。"

孟飞扬一愣："那怎么能行，当然是我请！"

柯亚萍的眼波一闪："你啊？你不是还在失业呢吗？"

"哦，没事……这点儿我还请得起。"孟飞扬有点儿尴尬，不知道怎么自己反倒成了照顾对象了。

点过菜，孟飞扬问柯亚萍："你爸的身体怎么样了？"

"回家休息了。"柯亚萍轻言款语着，脸上依稀透出一点愁容，"就是哥哥嫂嫂还天天闹，他在家也没法好好休养。"

"哦，"孟飞扬点点头，"那你也……"他想说你也日子不好过，但又觉得这么说太亲近，就把话咽了回去。

柯亚萍看着孟飞扬，脸又红了红，才十分艰难地说："你……的那笔钱，我们暂时还不出，请你原……"

"哎呀，这个就不要提了。不着急的！"孟飞扬就怕她提这事，慌忙制止。

她低头笑起来："你这个人，看你的样子倒好像是你借了我的钱似的，真怪……"

孟飞扬"呵呵"笑了笑，心里窘迫无比，甚至有点儿不快了。

"唔，我们谈正事吧！"柯亚萍好像看出他的心思，立刻转变了话题，语气也清爽利落起来，"我今天是想跟你说，我们公司原来的贸易课长元旦提出辞职了，现在老板急着要招人，我觉得你的条件挺合适，想问问你的想法，如果你感兴趣呢，我就去跟老板推荐一下。"

"这样啊……"孟飞扬知道柯亚萍的公司，背景规模还是不错的，倒确实是个好机会，只是不知道薪水……他正在犹豫，柯亚萍又说话了："我们公司的工资级差蛮大的，你别看我这个行政助理收入很一般，但是贸易课长那个级别就不一样了，另外业务提成的比例也很高。"

孟飞扬愣住了，他原先一直以为戴希是天底下最聪明的女孩，今天却不禁要对柯亚萍刮目相看。更让他感到惊异的是，柯亚萍的聪慧和戴希完全不同，比如刚才这番话戴希就说不出来，她去面试连薪水都不懂得向人提……

孟飞扬点点头："好啊，我愿意试一试的。那就拜托你跟老板说说吧，我回头就把简历发给你。非常感谢！"

柯亚萍大大地松了口气，又冲着孟飞扬笑了，她的眼睛细细长长的，在日光的衬托下，皮肤显得十分洁净光滑。孟飞扬掉开目光，就在这时手机在裤兜里颤了颤。孟飞扬掏出手机看了看，思考了几秒钟，就把手机送到柯亚萍面前："亚萍，你看看这张照片。"

柯亚萍接过去仔细看着，突然掩着嘴轻呼："啊！我见过这个人！"

"什么？"孟飞扬也大吃一惊，他本来只是随便给柯亚萍一看，哪想到真看出了名堂，他连忙问："谁？你认识哪个人？"

柯亚萍咬着嘴唇，慢慢地指向照片中的那群孩子："这个穿蓝白运动服的男孩子，去年六月攸川康介秘密到沪时，曾经……召过他。"

黄昏时分，童晓斜挎着他那个从不离身的皮包，手里拎个大大的纸袋，溜溜达达地走进里弄。弄口牌楼上杵着的晾衣竿上滴下水来，恰好落在童晓的脑门上，冰冷刺骨，他一激灵，气呼呼地高喊："什么人乱晾衣服！"

没有回应，短短的弄堂上方所有的窗户紧闭，童晓只好自认倒霉，他耸了耸肩，刚把头低下，就感觉有人从身边飘然而过。童晓一怔，连忙注目望去，一个身穿深咖啡色紧身羊毛大衣的优雅背影在他的视野中渐行渐远。这个弄堂里为数不多的几家住户都是童晓家的老邻居，每家每户的底细像摊开的账本，相互间一览无余。因此，童晓绝对可以肯定，那个身影不属于这里的任何一户人家，同样也不可能是这些人家的亲友——她通身上下所散发出的高贵气息，是与从树杈到屋檐上方的晾衣架没有丝毫关系的。

童晓在弄口发了一小阵呆，直到高跟鞋敲击路面的清脆声响听不见了，他才回过神来。缩了缩脖子，童晓推开了小弄左侧的第一扇门。这里的石库门房子和"双妹1919"那儿的老式里弄有些区别，推门进去首先是个小小的天井，前厢房在天井后面。进了天井，童晓一眼就看见老爸的那辆破自行车靠在墙上，他抬高嗓门喊了句："爸！我回来了！"

"喊什么喊！你一开门我就听见了，我的耳朵还没聋！"童明海在屋里应道。

童晓笑着跨进厢房门，立即又嚷起来："我的亲爹啊，您老居然开暖空调了？！"

童明海瞪了儿子一眼："大惊小怪什么？不行啊？老头子我就不能享受享受？"

"当然可以，当然可以！可是……这也太不像您老人家的简朴作风了呀。"童晓把手里的纸袋搁在桌上，一边瞅瞅童明海，"爸，你身体没什么不舒服吧？"

"嗨，十天半个月也不回来一次，一回来就咒我啊！"童明海往沙发上一靠，没好气地瞪着儿子。

童晓释然："哦，不是那个意思……呵呵，我就是不太习惯了嘛。早跟你们说了，空调装着是为了用的，不是用做摆设的，这样暖和点多好。"他正要脱外套，却见童明海抄起遥控器，把空调关了。

童晓无奈，摇了摇头重新把外套穿上，又指指纸袋："爸，我给你和妈买了点补品，冬季大补嘛……"他突然停了下来，茶几上一只精致的白底碎花的瓷杯吸引了他的注意。童晓把杯子端起来左看右看，朝父亲诡异地笑了："爸，我说怎么太阳从西边出来了，咱家刚来客人了？"

童明海低低地"嗯"了一声，眼望前方，不解释。

童晓继续研究那只杯子："哇！好尊贵的客人哦，老爸不仅开了空调，还拿出了这套珍藏的瓷杯款待；唔，这位客人很洋派，所以你没有请人家喝茶，特意冲了咖啡，啧啧，雀巢咖啡哦！再有就是……她竟然是个女客人呀！"他把瓷杯的一侧转向父亲，那上面有个隐约可辨的口红印。

童明海绷不住了，扑哧笑出声："小子，真当自己是福尔摩斯啊。"

"爸，这位客人到底是谁啊？"

童明海悠悠地说："你不认识的，一个老朋友。"

童晓看着父亲的脸，那上面有种惆怅、喜悦和激动交织的神情，细腻而复杂，很少能在耿直实诚的老爸脸上见到。他突然有些遐想，这位女客人会不会就是刚才在弄堂口远去的背影？对，爸爸刚刚还开着空调，说明客人才走，很有可能就是她！童晓知道父亲的脾气，他不想说的事情再盘问也没用，不觉有些后悔，自己要是早到一步的话，也许就能一睹那位女客的芳容了……

"爸，你跟人家聊了很久嘛，这杯咖啡都冰凉了。"童晓还有些不甘心，继续和老爸搭讪。童明海却不满地瞥了儿子一眼："你怎么老是这么油头粉面的？哪里像个刑侦人员的样子？要多懒散有多懒散！"

"我……"紧箍咒的感觉油然而生，童晓正要陷入惯常的郁闷之中，房门猛地被人推开了。

"哎呀，晓晓回来啦！"

"妈。"童晓开心地朝刚进门的人点头，解围的来了！

童晓妈却匆匆忙忙地绕过父子二人，往五斗柜走去："老童，我拿点钱，马上要去医院。"

"啊？！怎么了？"父子俩都吃了一惊。

童晓妈从抽屉里往外掏钱，一边说："还不就是邱家双胞胎的妈妈——尹惠茹昨晚上又发病了，据说这次挺危险，我得赶紧去看看，帮帮忙。"

童晓和爸爸交换了下眼神，自从退休以后童晓妈就成了居委会的骨干，"双妹1919"和"逸园"都在她的管辖范围之内。童晓曾经开玩笑地说，他们一家人都和这两个地方难舍难分了。

"这个尹惠茹到底是什么病啊？"童晓有些纳闷，"是不是老年痴呆？"

"什么老年痴呆，你瞎说什么！作孽啊，她那是跳楼自杀没死成，却把脑子摔坏了。"童晓妈把钱装好，捏着包走过来，坐在童晓的身边："老童，你还记得吗？应该是1984年的事情了。"

童明海点点头，脸色阴沉下来："我当然记得，从华海中学老教学楼的顶楼跳下来的，幸好在操场边的线网上挂了一下，算是捡了条命，可是脑震荡再没能修复过来。"

"这样啊，可为什么呢？"童晓问。

童晓妈叹着气摇头："不清楚啊，这事你爸当初也调查过，可也没什么结果。那时候尹惠茹可算得上华海中学最顶尖的英语老师了，人又长得漂亮，跳楼的时候还不到四十五岁，唉！从此这人呐就完了，活着比死了更惨。其实这事儿，你爸一直觉得华海中学的老校长是知道底细的，可人家就是不肯说。"

童晓皱起眉头："华海中学的秘密还真不少嘛。"

"咳，那年头，哪个地方没有些不可告人的事……"童晓妈一拍包，"哟，我得走了！老童啊，万一我来不及赶回家，你自己和儿子吃饭吧。"

童晓妈一阵风似的刮出去了。

屋子里父子二人面面相觑，童晓迟疑地问："尹惠茹自杀会和'逸园'的那件事有关吗？"

"你是说袁伯翰的死？"童明海思忖着说，"应该不是。袁伯翰死在1981年，尹惠茹自杀在三年之后的1984年，不像有什么直接联系。"

"那会不会和李威连有什么关系呢？也许他对邱文悦的伪证一直耿耿于怀，进而威胁了尹惠茹母女？"

"也不像。李威连一直在金山石化厂上班，很少有机会回上海市区。而且1984年靠近年底的时候，他就离开上海去香港了，当时还是我给他办的销户手续呢。尹惠茹自杀的时候，李威连人都已经在香港了。"

"唔……"童晓抓了抓头发，"爸，你就没想过法子让华海中学的老校长开口？"

童明海连连摇头："知识分子很难弄啊，我总觉得他有家丑不可外扬的意思。不过当时呢，尹惠茹身上是留了遗书的。"

"啊，原来有遗书啊！"童晓叫起来，"那您还让我猜？"

"嗨，那遗书上要是都说明白了，我还用费这些脑筋吗！"

童晓两眼放光："爸，遗书上都写啥了？"

童明海叹了口气："尹惠茹自杀的时候衣兜里放了张纸，上面就写了五个字——都是我的错。"

"都是我的错？"童晓念叨了一遍，"这什么意思？什么错？"

"我要是知道就好啰。字迹经过鉴定，确认是尹惠茹的。至于内容嘛……就没人能看得懂了。只有他们的老校长，看到这字条后就抽着烟一个劲儿地叹气，偏偏怎么问都不开口。如今老校长也过世好几年了，尹惠茹又成了这个样子，这句话的意思恐怕就真成为永远的谜了。"

童晓陷入沉思，屋子里突然一片寂静，只有童明海吐出的烟飘在沙发的上方，袅袅如雾，扭曲了半分真实。"都是我的错"——真的再没有人知道这话的意思吗？童晓想，不，一定还有人能懂这句话的意思。自杀者的最后遗言，通常都是最深刻的自我表白，这种表白如果不是针对所有人的，那就一定是她临死前最难割舍的人。尹惠茹的遗言既然不为大家所理解，那么就必然有某个特定的人，是她表白的对象。

都是我的错——她是在用生命向那个人忏悔。

童晓想了一会儿，正视着父亲说："爸，这些天我一直在琢磨'逸园'的前世今生，里头有个疑问，我想问问你。"

"什么?"

"你是从什么时候知道尹惠茹有一对双胞胎女儿,而不是只有邱文悦这一个女儿的?"

童明海微微一愣,看着儿子的眼神中流露出含蓄的赞赏:"嗯,这个问题提得不错。"他沉吟了一下,慢慢地回忆起来:"确切地说,是在尹惠茹自杀以后,她的另一个女儿邱文忻从安徽乡下赶来,直到那时,我才真正知道文忻和文悦原来是一对双胞胎。其实,这个尹惠茹的命运挺悲惨的。她原来也出身于书香门第,听说她的父亲学问很不错,曾经当过袁伯翰家的家庭教师,所以她家就住在'逸园'附近。尹惠茹从小受到很好的教育,却偏偏赶上了那么个年代,1957年反右的时候,她爸就给打成了右派,尹惠茹从外语学院毕业后,也被赶到了安徽乡下改造。当地村支书的儿子看上了她,尹惠茹虽然百般不情愿,可也只能嫁过去,后来就生下了一对双胞胎女儿。丈夫是个乡巴佬,尹惠茹和他哪有什么共同语言,简直度日如年,好不容易熬到'文革'后期,她想尽办法终于回到上海,在华海中学当上了英语教师。本来她是想把两个女儿都带回来的,可文忻和文悦姐妹禀性很不一样,姐姐文悦愿意跟着妈妈,妹妹文忻却不肯离开农村,结果尹惠茹就只带了文悦回来。那时候大家都知道她还有个女儿留在乡下,不过很少有人了解她们原来是对双胞胎。1984年尹惠茹跳楼后,她的乡下老公才带着文忻上来,看到尹惠茹痴呆的样子,那乡下老公扭头就走了,从此再没出现过。让人意外的是,这次文忻倒留了下来,和姐姐文悦一起照顾妈妈。从那以后,这对双胞胎姐妹就一直住在'双妹'的石库门里了。"

童晓听得频频点头,他殷勤地给童明海递了支烟,点上后又问:"那她们是什么时候开始经营'双妹1919'?又是怎么筹集到启动资金的呢?"

童明海抽了口烟:"九十年代初期,曾经有人给邱文悦介绍了个日本丈夫,说对方家里怎么怎么富裕,吹得天花乱坠的。你知道,那年头中国人特别羡慕外面的生活,邱文悦听信说辞就到日本去结婚了。过了几年逃回来,说上当受骗了,原来对方就是个北海道的农民,都已经年过60了,家里也很穷，邱文悦白白过去给那糟老头当了几年奴隶，什么都没得到。而邱文忻性格古怪，还要照顾痴呆的母亲，所以始终没有结过婚。那些年母女三人的生活来源就是出租楼下街面房的收入，这套房子倒是很早就落实政策还给了她们。1998年的时候，姐妹俩突然把租客赶走了，自己出资重新装修了底楼店面，开出了'双妹1919'。至于启动资金嘛，呵呵，听说是有大老板赞助的。"

"大老板？哪个大老板赞助的？"

童明海眯起眼睛："这个我就不知道了，你自己想想，还有什么大老板和她们关系密切呢？"

童晓作势思考了一番，然后似笑非笑地看着老爸："难道是他？"

童明海的表情突然变得十分严肃："说实在的，原先我压根也没往他身上想，不过这次日本人死在'逸园'，李威连说自己当时正在'双妹'，我才一下子意识到，他和这母女三人的关系一直没断过。"

"会不会是李威连的公司搬过来之后，他见到她们在这里开了店，偶尔去坐坐怀个旧，也有可能啊。"

"这话是没错，但赞助她们的大老板又会是谁呢？我只是觉得，李威连的可能性最大。而且正好是1997年底西岸化工中国公司的总部迁往上海，从1998年起，他就离开香港重新回到中国大陆长期工作了。"

童晓冲着童明海直挤眼睛："爸，看来你还盯上这个李威连了，这么多年了都不放过人家。"

"哼，可能是当初他给我留下的印象太深刻了吧……"童明海猛吸了口烟，不再说话，似乎陷入到久远的回忆之中。

童晓也低头沉默起来，突然童明海开口了："晓晓，你去查查这个人。"

"谁？"

"一个叫张华滨的人，也是华海中学的学生。比李威连、袁佳他们小三年级，1981年正好初中毕业。你去查查这个人现在在哪里。"

"行。"童晓点了点头，又问，"爸，你怎么突然想起要查这么个人了？"

童明海看了看茶几上的瓷杯:"受人之托嘛,你小子就别多问了,先去查吧。"

五月的夜,仲夏的夜。汪静宜的等待如同夏夜的寂静一样悠长,月色清凉如昔,洒落在开遍了粉色小花的竹篱笆上。不知不觉地,她已经等过了整整三年的时光,当这个夏季过去的时候,她将升入医学院新一届的毕业班,再等到下一个仲夏来临,她就要在自由的天空中振翅飞翔了。

三年的时光似乎并没有改变什么,月光映衬的河水中,汪静宜的倒影依然像她刚开始等待时那样娇美,很可能更加美丽了。但是她把娇艳隐蔽在夜色中,只等着她的暗夜精灵到来,由他用细长的手指,轻轻掀开她的青色面纱,透明的羽衣下,是仅仅属于他的情爱之光。夜更深了,意味着他马上就会到,神秘的萤火在河面上、篱笆外灵动闪耀,青草和野花的清芬飘浮不定,一阵比一阵更加甜蜜……

"啊!玫瑰!"一捧紫红的花束从天而降般来到汪静宜的眼前,她惊喜地叫了出来,醇郁的浓香扑面而来。她激动得不知如何是好,刚要伸出手去接,他却笑着把花往回收:"小心,有刺。"汪静宜跑进教师办公室,找来平时盛放凉水的玻璃壶,在河里汲上清水,李威连这才小心翼翼地把满捧的玫瑰放进去。

"真甜!"汪静宜抱起水壶,深深地吸着花香,"原来玫瑰花的香气是甜的啊!"借着月光,她仔细看那深绿色的萼片,"真的有好多刺……咦!这是什么?"汪静宜发现了那枝杈上的褐斑,她放下水壶,一把拉过李威连的双手,那上面果然还淌着血,掌心里伤痕累累。

他还是笑得很开心:"怪我自己没计划好。路上那个苗圃,我惦记了好久,从春天起每次来都要去绕一圈,我看着他们把花种下去,可是老不开花,真恨不得自己去浇水施肥。本来以为还要过些天才开,哪想到今天骑车过去一看,都开得这么好了,就只能用手直接摘了。哎呀,真疼啊,我还怕时间长了被人发现,都想用牙咬了!"

汪静宜一边吹着他手上的伤口,一边笑:"用牙咬?那你就该满嘴流血地跑到我面前了,那样更吓人!"

"嗯,这次太匆忙了,花还不够好。以后我一定送你更好的。"

"傻瓜,这就是最好的了……"她依偎到他的胸前,大学三年她从来都不乏追求者,但是他们之中还没有人想到要送她玫瑰花,只有他是不同的,和所有的人都不一样。

"静宜,我要跟你说件事。"

汪静宜"嗯"了一声,她闭起眼睛呼吸着他身上的气味,其实她觉得,这味道比花香更能令自己陶醉……"什么?!你说什么!"汪静宜猛地从他怀里挣出来,瞪大眼睛看着他,"你、你真的已经考完自学大专了?"

李威连静静地看着汪静宜,她轻呼一声,扑上去抱紧他:"怎么可能?你的工作那么忙,怎么有时间?!"

"这你就别管了,反正我考出来了。"李威连把汪静宜搂得更紧些,在她的耳边说,"我要接着再考本科。静宜,我会和你在同一时间拿到大学文凭的,你相信吗?"

"我相信……"汪静宜感到眩晕,这个夜晚仿佛到处都有梦想的光芒。

"等到那一天,我就要让所有的人都知道,你是我的女朋友。"

汪静宜轻轻地点了点头,她的眼睛湿湿的,胸中充满爱的馨香,来自玫瑰,也来自他。

他们没有等到那一天。实际上,这是他们当年的最后一次相会。待到再次见面,就是整整十五年以后了。

左庆宏被双规已经有差不多一个月了,汪静宜仍然得不到他任何确切的消息。女儿左菲娅正在期终考试,汪静宜骗她说爸爸出长差,暂时没让孩子起疑心。除了继续想方设法探听丈夫的情况之外,汪静宜也忙着处理家里的各种文件、账户和单据。她知道,左庆宏多半逃不过这一劫了,她要为这个家的未来、为女儿的前途做好准备。

然而,每当夜深人静独自在床上辗转反侧的时候,汪静宜头脑中反反复复出现的,并不是和丈夫将近二十年的婚姻细琐,而是她和李威连分离又重逢的场景。许多年来她早已习惯了左庆宏的胡作非为，最初的恐惧感在知悉丈夫的不忠后荡然无存。汪静宜发现，即使自己劝丈夫见好就收，他也有更多的地方去淫乱、去挥霍，倒不如尽可能为自己和女儿多争取一些实际的利益。汪静宜根本不屑用争吵和眼泪来与比自己年轻风骚的女人争夺丈夫，她对自己的身份有持重，对自己的地位有把握，对自己的价值亦有信心。而与此同时，她也为有朝一日失去丈夫做足了准备，在心理和财务的各个方面。

因此时至今日，现实的崩塌对汪静宜来说，好像已成定局，反而没什么特别的感觉。倒是李威连在此刻弃她而去的举动，令她深切回味起多年前自己的行为——在最绝望的时候遭到抛弃，这恐怕就是当初她给予李威连的，现在他又不折不扣地还给了自己。

她知道，这一次他们是真的永别了。这就是经验带来的好处，人可以清醒地判断自己的处境，也能够冷静地品尝幻灭。而不像1984年的他们，一味憧憬着未来，却脆弱得无力抵御任何打击；甚至也不像1999年的他们，尽管在狭路相逢时已经懂得伪装，被创伤和仇恨浸透的心依旧渗出深深的血痕来，正是这种痛楚使他们的重逢畸变成新的契机，又指引了他们近十年来的关系——不是由爱，而是因恨所引发的纠缠。现在，一切终于都结束了。

1999年的年初，左庆宏被提拔成为海关通关处的副处长，这是一个真正有实权的位置，对于自视颇高却命运坎坷的汪静宜来说，也算是韶华将逝之际一桩鸡肋似的喜讯。她原本的志向哪里是左庆宏能企及的，但屡遭挫折之后，汪静宜渐渐学会了接受现实。

那次左副处长接受了一个邀请——参加美国西岸联合化工中国公司在希尔顿饭店举办的新年招待会。邀请中写着："请携夫人出席"，汪静宜便随同丈夫一起前往希尔顿饭店。这晚左庆宏的兴致特别高，因为升职以后，他刚刚开始有机会参与这类场合，还因为他的妻子必定是席间最美丽的女宾之一。这年汪静宜虽然已过三十五岁，容貌和风韵依然处于相当完美的阶段。

在西岸化工中国公司总经理致欢迎词的时候，汪静宜一眼就认出了李威连。在她的眼里，他似乎没有丝毫改变，又仿佛彻底变成了另外一个人。过去的十五年如同一夜酣眠，汪静宜在认出李威连的那一刻从梦中惊醒，醒来时仲夏已逝，隆冬在即。

左庆宏没有发现妻子的异样，事实上汪静宜也没有明显表现出情绪的起伏，她只是在麻木地等待着，等待着他来到自己的面前，也把自己认出来。她承担着巨大的恐惧等待那个时刻，汪静宜从来就不是个胆怯的女人。

他真的来了，过来向他们敬酒致意。在左庆宏兴奋地介绍汪静宜时，她看见他的目光十分礼貌地落在自己的脸上，他甚至还微笑着朝她点了点头，轻轻举起酒杯，极有风度地表示了对美丽女性的赞赏，随后便离开了。

汪静宜知道，他认出她来了。这是哪怕到死都不会消失的心灵感应，是由他们青春的肉体，在一次次水乳交融中编织而成的欲望之网，早就镌刻在了他们的灵魂最深处。尽管如此，她却无法采取任何行动，只能继续等待。多么可笑，虽然十五年的时间彻底颠倒了他们的相对地位，等待的却始终是她。十五年前是因为高傲，十五年后是因为卑下。

不知是怎么回事，他们这桌来了很多人敬酒，左庆宏很快被彻底灌醉。立即有人过来，帮助汪静宜把烂醉的左庆宏弄出宴会厅，扶到旁边的休息室。一名侍应生彬彬有礼地请她上楼，汪静宜毫不迟疑地跟了过去，虽然事隔十五年，她并没有忘记等待的奥妙。

在那间黑黢黢的客房里，她没有想到要去开灯。与其说是沿袭多年前的习惯，不如说是怯于面对，到了这个时候，汪静宜终于感觉到了莫大的羞愧，但已经无路可退了。

李威连用最暴虐的方式与她相认。汪静宜被逼在墙边，他用尽全力的冲撞使她几乎要半悬起来，只能死死地勾住他的脊背，可他完全不顾她的窘态，一下又一下刺向她的最深处，那里由于惊慌和急迫还完全没有准备好，强行进入带来剧烈的刺痛，她不敢喊出声来，只好憋足一口气强忍着，眼泪不自觉地流下来，结果却激起了他更强烈的欲望。汪静宜的头发被他揪扯着，后脑不停撞在墙上，身体下面痛得犹如撕裂一般，他却还是没完没了，她不知自己是该闪躲还是该迎奉，似乎无论如何她都要被捅穿了……

突然一切停止。他抽身得太过迅速，汪静宜几乎软瘫下去。李威连恰当地扶住了她委顿的身体，帮她靠在墙上。他轻轻抚摸了一下她的面颊，说了唯一的一句话："你没怎么变。"就走了出去。

汪静宜伏在地上干呕，过了很久才渐渐平静下来。直到这时候她才想起，整个过程中李威连都穿着全套西服，并且也没有完成最后的一个步骤。

接下去她又只能等待了，没有目标没有期限的等待。一个月很快就过了，热闹的春节也过去了。踏着满地的鞭炮碎屑去公司上班时，汪静宜几乎认定那一晚自己是做了场噩梦，连等待本身都变得荒诞无稽。她早就离开了医学的本行，目前开着一家不大不小的房产中介公司。1999年上海的房价还没有起飞，房产中介的生意很一般，汪静宜的公司开在徐汇区，主要做海外客户，经营得差强人意。

夜幕降临的时候，汪静宜最后一个离开公司。她走出办公楼的旋转门时，感觉今夜街上的气氛有些异样。她一时没有想明白是怎么回事，就沿着灯光迷离的街道匆匆往前走，因为她还要赶去赴一个客户的约。据业务员说，这位客户是个来自海外的跨国公司高管，有意出手购买徐汇区的老房子，假如做成的话，佣金将非常可观。但是对方很神秘，业务员连人家的身份都说不清楚，汪静宜气恼之下，决定亲自出马看看，先鉴别一下真伪再说。

会面的咖啡馆就在离汪静宜公司的几步之遥，她刚走到门口，有人从里面推门而出。

"走吧。"李威连的声音响在耳侧，汪静宜的腰间感到轻柔的触摸，他的手臂很自然地环绕上来，好像一直以来他就是这样拥着她，对彼此都早已形成温馨的习惯。但是汪静宜记得清楚，在医学院秘密约会的三年间，他们从来没有这样相互依偎地在人前散步。

"先生，请买支玫瑰，送给你美丽的太太吧！"

汪静宜猛醒，原来今天是情人节。在他们的身前身后，来往穿梭的都是手捧花束的年轻情侣们，甜香和笑容在夜空中飘荡，好似一首充满柔情蜜意的歌曲。

卖花的小姑娘拦在他们面前，李威连停下脚步，汪静宜也只好跟着站住。

"先生，买一支吧，买一支吧！"

她不敢看他的表情，却又不得不看。这里不是农田河沟边铺满宁静月色的夜，旖旎的霓虹绚彩落在人的脸上，满是青白相交的阴影，映得他眼底的黑越发沉黯，深邃得叫她心惊胆战。

"谢谢你，小姑娘，我们不需要。"李威连很温和地说。

"怎么会呢？！今天过节呀，您就买一支吧，您的太太多美呀！"

李威连默默地掏出钱夹，从里面抽出好几张百元钞票，递到小姑娘的手里："拿去吧，你可以走了。"

那小女孩张大嘴巴看着手里的钱，突然把玫瑰花往李威连的怀里一扔，就惊叫着跑开了，一边跑还一边朝后看，好像生怕李威连会反悔似的。

李威连重新揽住汪静宜向前走去，经过垃圾桶时，他不露痕迹地轻轻扬手，花枝尽数跌入污秽之中。

那次会面，很好地奠定了他们今后关系的基调。他们开始不频繁也不稀疏的约会，每次李威连在上海，都会找时间和汪静宜见面。性的过程依旧暴虐，不过汪静宜倒逐渐适应了这种方式，她心里也明白，如果他对自己温柔，恐怕自己就根本鼓不起再次相见的勇气，因此现在这样也不错。既然有仇恨，就让他全部发泄在自己的身上吧，何况他即使再暴虐，也丝毫不显得粗俗。真正让汪静宜难过的是，李威连始终衣冠楚楚地与她做爱，并且从不射精，她懂得这是他对她最严厉的惩罚，对此她无能为力，只能接受。

此外，从情人节的那次会面起，汪静宜还渐渐了解了李威连与她恢复交往的另一个目的。这个目的无关风月，相当实际，李威连从中表现出的精明果敢，让汪静宜不禁叹为观止。从此以后的将近十年中，西岸化工在上海海关可谓事事顺畅，而汪静宜夫妇的个人资产也在悄悄地迅速膨胀。当然，西岸化工和海关的关系正大光明，绝不会招来任何指责，李威连在暗中所做的一切，只不过是让左庆宏更加有恃无恐罢了。

经历了时间的锻造，他们终于成为默契的合作伙伴，在性方面如此，在钱方面亦如此。

直到今天，狂欢落幕。

汪静宜走进公司，两个礼拜前她就把员工全部打发走了。这两周里，她每天只和自己的心腹、财务小梁遍查全部账务，封堵漏洞、销毁证据，凡是会引起麻烦的任何可能性，汪静宜都要消灭干净。她知道自己的时间并不多，好在他们一向还算小心，没有什么太明显的疏漏。

"汪总，"小梁拿着一份文件来到汪静宜面前，"差不多都整理好了。不过，我发现了这个，您看看。"

汪静宜接过文件，她的脸色立即变了，想了想才说："这也没什么要紧的……"

小梁点点头："是的，我也觉得对我们无所谓。但是最近老有人来打听这栋房子的事情，所以我想还是把相关材料都整理出来，您看情况处理吧。"

"老有人打听？谁？什么人？"

小梁支支吾吾："唔，前些天有个市公安局的警官来问过，昨天又有位从美国来的女士也在问，他们都很想知道'逸园'现在的主人究竟是谁。不过我推说这属于业主的隐私，都把他们打发了。"

汪静宜一下子紧张起来："是吗？怎么公安局的人也来问这个？"

"嗯，不过他说只是随便问问，也没有什么调查公函之类的，我就什么都没说。"

小梁走了，汪静宜向她支付了一大笔报酬。现在，汪静宜对自己这家房产公司的状况完全有把握了，唯一要处理的就是手中的这份文件。

她看它看了很久——这是他和她之间最后一个关联了。汪静宜心痛如绞，没想到最后，她还是对他这样难以割舍。但是她必须要斩断这个关联，因为它对他非常危险。

汪静宜取出女儿的求学材料，将那份文件夹在女儿的护照中间。汪静宜了解李威连的谨慎和细心，他一定会看见的。到那时，他还会不会对她生起些许怀念之情呢？

现在汪静宜才深深地领悟到,诀别还是应该趁年轻时。否则她就不会被迫在今天,吞咽数倍于当年的离别之痛。她把材料封装好,就扑在桌上痛哭起来——

她真的永远、永远地失去他了。

第十二章

仅仅隔了三天,这个中午孟飞扬又在中山公园旁的越南河粉餐厅里等人了。率先到来的是童晓,他那个标志性的上竖发型刚在门口一晃悠,孟飞扬就朝他招手:"这儿哪!"

等童晓在对面坐定跷起二郎腿,孟飞扬乐了:"你还真是永远一副游手好闲的样子,堪称人民公务员的楷模。"

童晓怒目圆睁:"说得很对!我越清闲,越表明伟大祖国的治安良好,社会和谐,国际友人在上海过得其乐融融,难道你还希望天下大乱、恐怖主义泛滥不成?!"

"行了、行了……"孟飞扬给他倒茶,"说不过你。"

童晓好一阵东张西望:"这儿挺不错嘛,你怎么想起跑到中山公园来了?你家不在这附近吧。"

"嘿嘿,这里美女多嘛。"孟飞扬正朝童晓挤眉弄眼,突然又向上抬头微笑:"你来啦。"

童晓听到脑袋上方响起一个姑娘的声音,满是遮掩不住的欢快:"飞扬,你今天的表现好极了!我刚才到老板那里打听过了,他对你的面试非常满意,我看你的工作基本没问题了!"

孟飞扬也是满脸笑容:"是啊?那我真要好好谢谢你了。唔……"他看看童晓,"亚萍,我给你介绍个朋友。"

童晓已经站起身了,穿着灰色小套裙的柯亚萍就在他面前,有些困惑地打量着他，脸上因为喜悦而泛起的红晕还没有褪尽。

孟飞扬赶紧为二人做介绍："这是童晓，市公安局的朋友。柯亚萍，我老同事的女儿，哦，现在在帮我介绍工作呢。"

童晓和柯亚萍互相点了点头，童晓招呼："柯……小姐，快请坐。"

柯亚萍站着不动，童晓瞪了孟飞扬一眼，这家伙居然找了个每排两人的火车座，这怎么坐啊？孟飞扬也意识到问题了："呃……亚萍，你坐……我、我去看看别的座位！"

"不用了。"柯亚萍笑了笑，指指孟飞扬身边的座位："我就坐这里吧。"

三个人这才坐下，孟飞扬和柯亚萍并肩，对面是童晓。孟飞扬张罗着点菜，柯亚萍垂着眼睑不说话。孟飞扬暗自叫苦，童晓平时那么油嘴滑舌，怎么关键时候掉链子了。再看看对面，童晓倒是饶有兴味地在打量自己和柯亚萍，可就是不闲聊几句调节气氛——孟飞扬咬牙，好小子，看我以后怎么收拾你！

刚把菜点完，柯亚萍说话了，她是对孟飞扬提问："飞扬，我还不知道你有公安局的朋友呢？"

"因为我负责调查攸川康介的案子，所以我们俩认识了。"孟飞扬没来得及，童晓却抢先回答了，他笑眯眯的，目光很礼貌地在柯亚萍鼻翼附近盘旋。

"攸川康介？！"柯亚萍大吃了一惊，有些恐慌地看着孟飞扬。

"亚萍，你别紧张，是这样的。"孟飞扬连忙把童晓调查攸川死因的前后经过讲述了一遍，"亚萍，童晓对攸川康介染上艾滋病的过程非常感兴趣，恰好你上次也从照片上认出了攸川康介召过的患艾滋病男孩，所以我想，你应该和童晓好好聊聊，你提供的信息会对他很有帮助的。"

童晓急忙附和："是的，会非常有帮助的。"

柯亚萍依旧垂着眼睛："可是……我帮攸川康介召……男妓的事情，你们要是知道了……"

"啊，我不负责这些。"童晓表明态度，"现在你是作为证人提供情况而已，别的我不管。"

柯亚萍这才抬起头来，目光轻轻拂过孟飞扬的面庞："真是的，你也不事先跟我说一声，弄得我好意外。"她语调中的抱怨就像蜻蜓点水，荡起的波痕转瞬即逝。

孟飞扬窘迫地"哼"了一声，无言以对。

还好热腾腾的河粉及时上桌了，柯亚萍吃了几口，就把筷子搁下："唔，要我说什么呢？"

"就说说攸川康介来中国召男妓的具体过程吧。"童晓也把筷子放下了。

柯亚萍想了想，细声细气地说："其实也不复杂。攸川康介自己认识不少皮条客，我感觉他们都是旧相识，看样子攸川在中国搞这个绝不是一年、两年。每次来中国之前，他会先通知我，让我和皮条客联系，按照他的要求'备货'，他就是这么说的。等他到中国之后，皮条客已经把人都带到了，而且一般都经过挑选和相应的指导，所以基本上能让攸川满意。攸川康介离开之前，会把要支付的报酬交给我，再由我转付给皮条客。"她犹豫了一下，低声说："我手上有几个皮条客的联系方式，如果你们需要……"

童晓点点头："嗯，方便的话就交给我，我会转给相关部门。那么……这些召来的人你都认识吗？"

柯亚萍的脸由红转白，嗓子好像被什么堵住了："……他们都还是些孩子。我、我真的不想看见他们，他们的样子实在、实在叫人受不了。"

大家都吃不下河粉了，静了一会儿，还是柯亚萍继续说下去："可我又不得不见。为了安全，攸川康介从不和皮条客直接见面，都是让他们把人带到附近，再由我去把人接到宾馆。我基本上不和他们讲话，那些男孩子也都很沉默，所以我连他们的名字都不知道。"

童晓问："那个照片上的男孩呢？你知道他是哪里来的吗？"

柯亚萍摇摇头："不知道，我只记得他是去年六月那次被召的，这个男孩子长得特别瘦弱，看上去十五岁都不到，所以我印象很深刻……当时我就觉得，他太可怜了。"她的声音越来越低，终于被周围的喧闹彻底吞没了。

"咳、咳。"童晓清了清嗓子,显然是硬着头皮在问:"攸川康介是不是很注意安全?我是说……嗯,在那些方面,他有没有什么防范措施?"

柯亚萍又瞟了孟飞扬一眼,声音轻得好像蚊子叫:"他是、是特别小心。他连宾馆里的牙刷毛巾都不用,全部自己从日本带来。还有就是那些……东西,也都是自己准备。我记得有一次他说那什么用完了,就让我把已经带来的男孩子又送走了,总之是非常非常谨慎的。"

"是吗?"童晓吁了口气,"那这事情就不好理解了。即使这男孩有艾滋病,攸川康介如果做足防范措施的话,应该也不会感染上。另外,张乃驰在这里面又起了什么作用呢?皮条客怎么会把得艾滋病的孩子送给攸川康介?"他好像在自言自语,一边煞有介事地摇晃着脑袋。

"我……可以走了吗?上班要迟到了。"柯亚萍突然红着脸说。

"哦!"童晓和孟飞扬一起回答:"当然可以!"孟飞扬问:"我送你过去?""不用了,你们接着聊吧。"自从坐下之后,柯亚萍头一次露出笑容来,她朝孟飞扬摆摆手,就轻盈地走开了。

孟飞扬目送她出了餐厅大门,不由自主地松了口气。扭头一看,童晓还在那里自顾沉吟,孟飞扬在他眼前挥了挥手:"喂,琢磨什么呢?人家都走了。"

"我在思考!"童晓一皱眉,"走就走了呗,我又没打算因为协助嫖娼逮捕她。"

"怎么说话哪?"孟飞扬嘟囔起来,"早知道你这个态度,我就不尽公民义务了。"他凑到童晓跟前,面呈狡黠之色:"你说……她怎么样?"

"什么她怎么样?"

"哎,我今天让你们见面,可不单单是为了日本嫖客!"

"那还为什么?"童晓一脸无辜地反问。

"是谁老在我面前抱怨没女朋友的?!"

童晓朝孟飞扬扫了好几眼:"孟飞扬,你这人缺心眼吧?"

"我怎么缺心眼啦?"

童晓指了指桌子:"就因为你笨成这样,今天这顿饭也必须你来请。"他抱起胳膊靠在椅背上:"你瞎张罗个啥?人家分明是对你有意,你居然没发现?"

孟飞扬瞪大眼睛:"不会吧!怎么可能?她知道我有女朋友……"他猛地住了口,哦,不一定啊,在伊藤工作这段时间正好是戴希出国期间,两人的恋情前途未卜,他为此始终不愉快,就基本没在同事面前提起戴希。

童晓看着孟飞扬的脸色阴晴转换,连连摇头:"你啊,还是小心为妙吧。你那个女魔头可不是好惹的!"

张乃驰本来是要直接到地下二层的车库,但在电梯里接到朱明明的电话,说突然想起今天晚上要去做美容,不能和他一起吃饭了。张乃驰挂了电话,就直接走出底楼大厅,他有点儿懊恼,这些天为了应酬朱明明他推掉不少别的事情,但将近两周了,朱明明对他仍然时冷时热,态度暧昧。

不过这样也好,他的生活中充斥着虚伪的喧嚣,偶尔清静一次,也能令他感觉到自我依旧顽固地存在着,并未淡化成风中云烟。李威连是个执著于过去的人,他又何尝不是呢。

今夜无人共进晚餐,张乃驰决定去前面两个街口的爱尔兰酒吧,那里面的女孩浪漫多情,对英俊的他早就垂涎三尺,正好可以去好好消遣一番。

前方的转弯处,路灯的光芒被吸入高楼巨大的阴影之中,张乃驰埋头往前走,冷不防一个黑影从深不见底的角落踅出来,挡在他的面前。

"谁?"张乃驰吓了一大跳。

那个人没有说话,只是轻轻喘息着,倒像比张乃驰受惊更甚。

张乃驰眯起眼睛,这才看清楚对面站的是个年轻姑娘,红色高腰羽绒服里包裹的身段很纤细,围巾上方的脸有些发白,眼睛细细长长的,目光很特别。

张乃驰十分诧异:"你……找我吗?"

她点了点头，眼神更加奇异了，有点儿冷，又有点儿热切；似乎在期盼什么，又似乎随时想要逃离。张乃驰忽然发现，自己对这张脸，尤其是这种神情并不太陌生。

他往前跨了一步，几乎逼到了姑娘的脸前："这位小姐，咱们认识吗？"

她开口了，声音飘忽不定："张……先生，你一定记得我。"

张乃驰立刻就记起来了！

两分钟之后，张乃驰和柯亚萍并肩坐在人行道边的木条椅上。这木椅子漆成乳白色，椅背弯成大弧形，还冻得冰冷，坐上去十分不舒服。张乃驰本来建议两人一起去附近的星巴克或者爱尔兰酒吧也行，可是柯亚萍死活不愿意跟他去任何地方。张乃驰觉得，一男一女面对面站在大楼拐角处谈话实在太可疑，只好建议在这路边的长椅上坐下。

这里离西岸化工的办公楼并不远，他们随时有可能被西岸化工下班路过此地的员工目击，张乃驰哭笑不得地想着，幸好本人艳名在外，身边突然多个不明来历的年轻女性也不会太出人意料，想到这里他干脆伸展右手，不远不近地搁到柯亚萍颈后的椅背上。柯亚萍的身子明显地紧了紧，张乃驰暗自好笑，现在他反倒松弛下来，颇为享受今晚的这番奇遇，只要谢天谢地不让朱明明那个八婆看见就行了。

从侧面看着柯亚萍僵硬的身形，张乃驰微笑着问："柯小姐，我没记错吧？你是姓柯？"

柯亚萍目视前方，轻轻点了点头。

张乃驰露出更加亲切的笑容，起伏飘摇的语调如同在唱歌："柯小姐，今天能够再次见到你，我很高兴啊。不知柯小姐是否能够先解答我的一个小小疑问？"

柯亚萍终于朝张乃驰瞥了一眼，立即又害怕似的把目光移开了。

张乃驰微微叹了口气，摸了摸下巴颏："柯小姐，我的样子很可怕吗？或者特别令人印象深刻？我怎么就是不记得，曾经告诉过你我的姓名和身份？还是我的记忆力下降了？"

路上的行人开始不断地朝他们投来好奇的目光，尤其是一些打扮时髦的漂亮姑娘，也许都在纳闷，这样一位衣着讲究的英俊男人怎么会和一个其貌不扬的女孩坐在一起，他们究竟是什么关系呢？

柯亚萍扭过脸来，直盯着张乃驰说："张先生，那时候你的确什么都没告诉我。可是现在我知道你是谁了，而且我也知道了你让我做的事情究竟是什么！"

张乃驰静静地回望着柯亚萍，时间轰然流逝，好像飞泻的瀑布没入深潭。在无声的较量中，柯亚萍终于支持不住低下头，张乃驰凑到她的耳边："……告诉我，你是怎么知道的？"

柯亚萍咬了咬牙，鼓起全部勇气说："我看见一张照片，是你代表西岸化工和艾滋病患儿的合影，在孩子们中间……有那个男孩。"

"哦？"张乃驰只是低低地应了一声。

柯亚萍明白这时候自己必须说下去，把该说的说完，否则她就将彻底失去开口的机会："我立刻就想起来，当时你找到我，把这孩子混在皮条客送给攸川的'货'里，还让我偷偷地换掉了攸川康介自己带的……安全套，用你给我的那些……我当时不明白这么做的目的究竟是什么，现在我完全想通了。"她顿了顿，再次直视张乃驰，一字一句地说，"张先生，警方有人始终怀疑你和攸川康介得艾滋病有关系，我可以证明，他们的怀疑是对的！"

张乃驰抬起手，轻轻捋了捋鬓角，柯亚萍在他的脸上看不到丝毫情绪的起伏。

"柯小姐，你的记忆力果然很强大嘛。因此，想必你也一定记得……那次你从我手中收了多少钱。"

张乃驰的话并不出乎柯亚萍的意料，她说出早就准备好的回答："我是收了钱，但我是在不知道你真实目的的情况下，才帮你做了那些事情的。还有就是，"她抬起头，脸上泛起一阵怪异的红光，"你没有证据说明我收了钱收了多少，你没有凭据！"

张乃驰高高扬起眉毛，嘴角边突然荡起的笑容似乎在说，这世界怎么如此荒谬，又如此有趣！在他的目光中，凸显出此前没有的淫亵……甚至同情，他就这样戏谑地对柯亚萍说："柯小姐！你、你真是太可爱了！"他搁在椅背上的右手，再有一毫米就要触上柯亚萍的肩膀了，远远望过去他们俩是多么亲密，他继续压低声音说："但是你并没有向警方举报我，而是自己来找我，来和我说这番话……柯小姐，你是想帮我对不对？我应该怎么感谢你呢？"

柯亚萍的身子开始颤抖起来，张乃驰好像无比爱惜地叹息着，右手终于碰上了柯亚萍的头发，她全身一绷就要从椅子上跃起，被张乃驰死死地按住。柯亚萍恐惧地瞪着他，他却极尽温柔地冲着她笑："别这样，人家都看着呢。话既然都说到这个份上了，还是说完比较好。"

柯亚萍深吸口气："我要钱，给我钱我就保持沉默！"

张乃驰吹出一声清亮的口哨："柯小姐，我已经给过你钱了，还不少呢。"

"可现在情况不同了。你必须再给我钱，否则我就去告发你！"

张乃驰忍俊不禁："行啦行啦，不要这么凶这么正义！柯小姐，你要是真打算告发我，也不会等到现在。再说了，这事泄露出去，对你也未必光彩嘛。"

"我是因为无知犯的错，你就不一样了！"柯亚萍的口齿突然伶俐起来，情急之下的本能反应彰显出她的真实性格，"张先生，像你们这样的大公司，当高管的闹出点性骚扰的丑闻来，也是不得了的事情吧。你的事迹就算不受刑法追究，也会被人当做攻击你的有力材料的！"

张乃驰吁了口气，更紧密地拥住柯亚萍："柯小姐，让你这么一说，看来这钱我还不得不给了。不过呢……"他的手轻轻撩拨着柯亚萍的发梢："其实对你这样可爱的小姐，即使不为了其他，我也心甘情愿为你花钱。"

柯亚萍松开一直握紧的拳头，把一张捏得皱巴巴的小纸片塞过来："这上面是……账号，你把钱打进去。"她重新低下头去，眼睛里有什么东西一闪而过。

张乃驰展开小纸片，左看看右看看："想得真周到，我打多少钱进去好呢？"

"……五万。"

"五万！这么多啊？！"张乃驰无比夸张地叫起来。

柯亚萍呼吸急促，声音颤抖地辩解："不、不多的。"

张乃驰打量着她，满脸都是戏谑，眼中却寒意森森："你说不多就不多吧，这不重要……但是想要钱，你还得满足我的一个小小要求——当初救助艾滋患儿的活动，所有媒体报导所选用的照片都经过我的审批，因此我和那个男孩合影的照片绝对不可能公开出去，它只能在西岸化工的内部找到。所以，你必须要告诉我照片的来源，否则就别想拿到钱，你要想去举报去告发，随便！对我来说，如果不除去内奸，我给你再多的钱这秘密照样会泄漏出去的，我可没有那么愚蠢。"

柯亚萍愣住了，她紧张地思考着，过了好一会儿才开口说："这照片是、是我爸的一个老同事给我看的，他说他有个朋友在西岸化工上班，碰巧见到了这张照片，至于他那个朋友是谁，我确实不知道。"

"你爸的老同事？"张乃驰思忖着："哦，就是伊藤株式会社的人……那里面认识我的只有一个——孟飞扬！"他厉声问："孟飞扬，是他吗？！"

柯亚萍给他吓得哆嗦了一下，抿紧嘴唇没回答。

"那么说就是他了，孟飞扬在西岸化工的朋友……哈！"张乃驰猛拍椅背，"嚯嚯！居然搞进来个小间谍！"他兴奋不已地搓起双手："太有意思、太有意思了！看来孟飞扬的这个女朋友真是个人物啊！不简单……"

"女朋友？"柯亚萍突然插嘴了。

"是啊，你不知道？"张乃驰简直眉飞色舞起来，"哈哈，人还没进公司呢，就把我们的总裁给迷住了，现在竟然开始往外送情报，这个戴希实在令人惊异啊！"

"好了，我、我都告诉你了，你……"柯亚萍再次打断张乃驰的话。

"哦,一言为定、一言为定!"张乃驰这时的神情哪里像刚刚被人敲诈,倒像中了头彩似的。

柯亚萍刚要起身,张乃驰又一把将她的手按住,一边观察着她的神情,一边充满感情地说:"柯小姐,我非常非常喜欢你的冰雪聪明,现在这个俗世里,像你这样的女孩太少了。我衷心地希望,以后还能有机会见到你。"

"为什么?"

"因为我可以为你提供你最需要的东西——钱。当然了,前提是你能提供我也感兴趣的东西。"

柯亚萍坚决地说:"我再没什么令你感兴趣的东西了!"她最后一次向他投去既厌恶又惧怕的目光,站起身就走。

"喂,咱们后会有期哦!"她的背后传来轻浮的叫声。柯亚萍慌乱地扭头望去,张乃驰靠在长椅上,风度翩翩地向她抛来一个飞吻,他夸张的举动引来好几个路人驻足观看。

其实朱明明今天晚上并没有美容院的预约,她只是忽然对敷衍张乃驰感到万般厌倦。朱明明打心眼里觉得,和张乃驰上床还算愉快,但与他交谈相处就实在无趣,他的所有虚情假意比塑料花还要廉价,相处时间越久,越让朱明明害怕自己也跟着俗气了。

她在公司里磨蹭着,早已过了晚饭时间,她也不觉得饿。终于整个二十八层的人都走光了,西岸化工在这栋办公楼里占了好几层楼面,二十八层是中国区头头们的专用层,朱明明四顾空荡,又情不自禁地朝走廊尽头的小会议室走去。

除了Lisa之外,整个公司里只有朱明明还有一张总裁办公室的门卡,因为她曾经当过李威连的秘书,也因为需要有可靠的人和Lisa做个备份,李威连把这份信任给了朱明明。

她打开门走进去,这只是间临时的办公室,但对朱明明来说,这里已经充满了令她着迷的气息。李威连要到下周三才回来,桌上的文件夹中满是他的函件，都由Lisa理得整整齐齐，分门别类地放好了。

朱明明下意识地翻着那些函件，她也曾经负责整理它们，那时她怀着隐秘的情感工作着，心中时常能体验到莫名的满足……时至今日，朱明明只要冷静下来，还是能够从李威连给她的微妙关系中感到这种满足——她知道，其实他对她非常好。

"逸园"是李威连相当在乎的地方，他特意委托朱明明负责改造工程；虽然带着点强迫的性质，李威连想招聘戴希也通过朱明明的部门；他的权威从来不允许任何挑战，但是朱明明就可以小小地顶撞他，乃至不敲门进他的房间、大声关门表示不满……李威连总是对她的这类行为一笑置之，他是在有限度地纵容她，用这种方法巧妙地培植着他们之间特殊的信任。

朱明明这样想着，忍不住轻轻地叹息，还是知足吧。她打算离开了，刚要放下顺手拿起的一份快递，她突然停住了。很难说清是什么引起了她的怀疑，是寄件人处的空白，还是那娟秀的显然出自女性的笔迹，抑或是那几块模糊的仿佛泪痕的水渍……这是份非常普通的快递，拿在手里轻飘飘的，但是朱明明把它牢牢握住，心也随之"怦怦"乱跳起来。

深夜的薛宅一片静穆，主人已去的凄凉落满庭院，薛之樊生前最钟爱的七只猫像鬼魅似的在树荫下穿行，其中一只黑白相间的狸猫冷不防地从黑暗中猛蹿出来，把匆匆踏进院门的张乃驰吓了一跳。他站在窄小的甬道里抬头看，这栋二层花园洋房的大部分窗户漆黑，只有二楼的两扇窗中透出微弱的光，张乃驰知道，一间是薛之樊书房里点的蜡烛，灵堂就设在那里；另一间就是薛葆龄的卧室，她要在这里守到七七之后。

张乃驰轻手轻脚地走上楼梯，二楼走廊里的壁灯亮着，但依旧显得很昏暗，有年头的房子就是让人感觉阴森，张乃驰想，别说那死老头子一直不让自己进门，就是现在自己也没胃口住进来，他只对这里的财富感兴趣，如果能够把这套房子卖掉就好了，市价绝对超过五千万……

右手边就是薛之樊的书房了，张乃驰停在门前，伸手转了转门把，纹丝不动。他从鼻子里"哼"了一声，抬手推开对面的房门。

薛葆龄坐在床沿上，闻声抬头，神情略显讶异："咦？是乃驰，这么晚了你还过来？"

"我不能来吗？"

"当然能来……"薛葆龄垂下头，"是你自己嫌这里晦气，不愿意陪我一起住。"

张乃驰冷笑："我不愿意陪你？这里的一砖一瓦都不欢迎我，连猫见了我都怪叫，恐怕是我和这地方八字相冲吧！葆龄，"他叫着妻子的名字，坐到她的身边，"你对我还不了解吗？我这人没有别的优点，就是有自知之明。你家老头子活着的时候，我低头哈腰得已经够了，现在他过世了，我也不想扰得他阴魂难定！"

薛葆龄无言以对，只管低头扯弄着摆在床上的丝绸衬衣。

张乃驰的目光顺着她纤细的手指，缓缓扫过摊了一床的衬衣、长裙和西裤，以他堪称专业的眼光，立刻就能看出全都是Prada、Gucci和MaxMara的当季新品……父亲才刚火化，薛葆龄就如此大肆地补充衣柜？张乃驰的目光继续移动，床脚边的地毯上，两个LV的皮箱打开着。

"怎么？你要出门？"张乃驰皱起眉头。

薛葆龄仍旧低着头："是……我，我要去趟新加坡。为东亚在那里谈个会务合作项目。"

"谈合作？什么时候？"

"本周五，唔……周末。"每次都是类似的谈话，如果不是父亲遗嘱所引起的负疚感，薛葆龄的回答会更干脆些。

张乃驰的喉结在脖子里滚了滚，目光缓缓移回到薛葆龄的脸上："哦……葆龄，你也太敬业了，你爸还没三七，就急着出差，是不是有点儿……不合适？"

"我、我也是没办法。"果然，她的声音不那么镇定了。

张乃驰又摸了摸身边的浅金色长裙："就穿着这一身去谈合作吗？呵呵，对方肯定会头晕目眩的。唉，葆龄，你实在太美了，真让我这个做丈夫的吃醋啊。"

薛葆龄一把扯过衣服："不，不是的！我当然不会穿这个，这、这是专卖店送来试样的……他们不知道我爸的事，明天就让他们都拿回去。"

"那倒不必，你觉得好就留下嘛，大不了过段时间再穿。"张乃驰十分体贴地说："要不要穿给我看看？在这方面我还是有些品位的哦。"

"真的不用了……"薛葆龄已经有气无力了。

张乃驰环顾四周，衣柜的门也大敞着："葆龄，你那么多漂亮衣服，我好像很少看到你穿嘛，你都是什么时候穿的？我怎么不知道？"

薛葆龄按住胸口，深深地呼吸着。张乃驰咬紧牙关，好吧，火候差不多了，今天就先到这里。他若无其事地转换了话题："你爸的书房里点着香烛，要不要有人看着？那里面太多贵重物品了，万一烧起来，损失可就大啰！"

薛葆龄如释重负，赶紧回答："不会的，重要的藏书和字画都锁到库房里去了，最珍贵的那些已经放进银行保险柜，所以书房里没什么要紧东西。另外，我嘱咐过佣人每隔一小时去上香，所以……"

"所以什么！"张乃驰勃然大怒，噌地从床沿跳了起来，"薛葆龄，你爸活着的时候就把我当贼一样地防着，怎么？现在他都烧成灰了，换成你来把我当贼看了？！"

薛葆龄吓得脸色煞白，连忙来拉张乃驰："Richard，你、你千万别误会啊！我只是想把爸爸一生的心血保管好，他人不在了，我们也不常在这里住，放在书房里不安全……"

"不要碰我！"张乃驰粗鲁地甩掉薛葆龄的手，她一下就被推倒在床上。张乃驰站在床边，指着薛葆龄吼叫："把我当傻瓜啊！这房子有什么不安全的！嗯？除了佣人就是你和我，你现在还锁着书房门，哼哼，不就是针对我的吗？！看来连佣人都比我值得信任啊？是不是？！是不是？！"

"不是！真的不是！"薛葆龄高声嘶喊，随即又双手捂胸伏在床上，费力地喘息起来。

张乃驰冷冷地看了她好一会儿，才坐回到床边，扶起薛葆龄，轻轻地把她的头靠在自己肩上："怎么样？好点了吗？"

薛葆龄虚弱地点了点头，含着眼泪说："相信我，乃驰，我真的不会防你的。"

"嗯，但愿吧……"张乃驰叹了口气，"葆龄，你愿不愿意帮我件事？"

"当然，什么事？你说吧。"

张乃驰抚摸着薛葆龄的鬓发，慢条斯理地说："你爸原来书桌对面挂的那幅张大千水墨山水画，我去让拍卖行的朋友估了个价，他说如果能赶上今年春拍的话，应该能拍到一千万左右。葆龄，你能不能把这幅画卖了？"

薛葆龄诧异地看着张乃驰："乃驰，为什么？为什么要急着出卖这幅画？"

"因为我需要钱，一大笔钱。"

"可是……为什么呢？"

张乃驰不耐烦地推开薛葆龄："跟你说了不知多少遍，还要问我为什么！我早就告诉过你了，我一直想开创自己的事业，现在时机已经很成熟了，不论我个人的从商经验，还是人脉，都积累到位了。只要有足够的资金，我就能立即在商场上大显身手。所以葆龄，你对我到底怎么样，就看现在了！"

薛葆龄为难地说："乃驰，不是我不想帮你，可是爸爸的遗嘱你也知道，这幅画是爸爸最重要的藏品之一，我要卖它必须征得基金会的同意，否则是不能拿去拍卖的。"

张乃驰冷笑："我就知道你会这么说。葆龄，公开拍卖不行的话，不是还有黑市嘛！你把画搞到手还不是轻而易举的事，我私下找人收购，大不了价格稍微低一点。基金会那三个人又不会天天去查保险柜，等他们发现画不在了，我早就把生意做开了，他们能拿我们怎么样？难道还怕他们不成！"

"乃驰，这样……不行吧。"薛葆龄小声说。

"有什么不行的？哼，说来说去，葆龄啊，你心里面就是不肯帮我，我算看明白了！"

薛葆龄迟疑地攀住张乃驰的肩："乃驰，其实我是觉得，你何必非要自己创业呢？创业很辛苦，风险也很大，而你现在的职位这么体面、收入高还不怎么累，不是蛮好吗？许多人想觅都觅不到。况且还有William……"她突然住了口。

"况且什么？"张乃驰盯住薛葆龄，唇边溢出一丝讥笑，"你是想说，还有William处处关照我，对不对？在你的眼里，我就始终是靠他提携、靠他施舍才有了今天，对不对？要是没有了他，我张乃驰就一钱不值，对不对？"

"我不是这个意思！"薛葆龄忍不住大声辩解，苍白的脸也涨红了，"乃驰，你也知道的，商场上的人际关系有多重要。William和你是那么多年的朋友，他在事业上帮了你多少你自己心里清楚。我没有否认你个人的能力，可本领再大的人也需要和别人协作，现在社会上谁不懂这个道理？你就是要创业，也不能靠你自己一个人啊！"

"这你不用操心！我当然有合作者。"

"是吗？是谁？"薛葆龄紧追不舍。

张乃驰托起薛葆龄的下颌："我告诉你，你就会给我钱吗？"

薛葆龄挣脱他的手，又垂下眼睑不说话了。

沉闷压抑的气氛覆盖在这间装饰华贵的卧室上空，满床亮丽的衣饰徒劳地闪耀着光彩，却无法带来一丝暖意。

张乃驰阴沉着脸思索了半天，突然问："你为什么想知道我的合作者？不会是……"他疑虑重重地打量着薛葆龄，"他让你打听的？"

"他？你是说……哦，"薛葆龄反问，随即鄙夷地笑了，"他要是真关心这个，也犯不着让我来打听啊，他可以直接问你的，你对他的脾气还不了解？"

"哈！"张乃驰干笑一声，仰躺在那一大堆名牌衣服上，"这倒是，他不关心那些，除了女人他还关心什么？女人，女人，有了女人就有了一切……"他顺手捞起一条紫色的丝披肩盖在自己的脸上："真美啊，多么魅惑的色彩，就像女人一样。呵呵，不过William在这方面的手段也确实高明，把女人当事业来做也相当成功。"

"把女人当事业来做？什么意思？"

"不明白啊，哈哈，我解释给你听。"张乃驰翻了个身，亲热地拥住薛葆龄的腰，"葆龄，你想想，李威连有了Katherine Sean，就有了西岸化工董事会的入门券，什么股票啊、权益啊，不费吹灰之力就到手咯。他当然用不着再冒风险去创业，而Sean家族也找到了一条最得力最忠实的走狗，这么互利双赢的买卖，他们两方做得实在是完美，令人不得不佩服啊！"

薛葆龄不满地说："话也不要说得太难听，你就这么肯定Katherine和William只是政治婚姻？"

"我当然能肯定！你想想，William一年有几天待在美国的家里，再说他那些风流韵事，Katherine会不清楚？她可是哈佛商学院的高才生，才智超群的人物。葆龄，我听说啊，Katherine的私生活和William简直不相上下，否则她怎么会默许丈夫的种种淫乱行为？"

薛葆龄沉默了，清丽而柔弱的面庞上笼起层层阴霾，眼神十分悲楚，张乃驰专注地端详着她，很久才伸出手，轻轻捋了捋她的发梢："他们和我们不一样。葆龄，我们之间还是有感情的。"

他的话音刚落，薛葆龄的神色就变了，惊慌驱走悲伤、闪避取代沉郁，她有些坐立不安。张乃驰倒像沉浸到往事中："你爸从一开始就不喜欢我，想方设法要拆散我们，他逼着你去东京读旅游和酒店管理，一走就是三年。结果还是William巧立名目，安排我每个月都去东京出差至少一周的时间，才使得我们的交往不仅没有被迫中断，感情反而因此迅速升温。我至今都记得，那三年中每次去东京之前，我都会兴奋不已，为了给你买件礼物，我会在中环的精品店里逛上整整一天……"

"乃驰……"薛葆龄眼泪汪汪地叫了一声，她听不下去，却又无处可逃。

"所以嘛，William的确是帮了我很多。哪怕你我的婚姻，也几乎是他一手促成的。想起这些，我还真是从心底里感激他。不过有时我也困惑，他为我做这些到底是图什么呢？假如说在公司里，我或许还能帮到他，那么我们俩的结合，又能给他带来什么好处呢？唔？葆龄，也许你明白？"

张乃驰温柔的问话像利刃直刺过去，薛葆龄拼尽全力说了句："我想……他是同情我们吧。"就虚弱地倚靠在床头，动弹不得了。

"同情？"张乃驰若有所思，"那他还真是好心啊。不过要是让Alex Sean知道，他这个能干的妹夫刚在西岸化工谋到一官半职，就那么放肆地假公济私，把公司当自己家一样摆弄，恐怕也是要吐血的吧！"

"Richard，你不能！"

"呵呵，你紧张什么，我开个玩笑而已。"张乃驰抚了抚薛葆龄血色尽失的面颊，在她的唇上轻轻吻了一下，"不早了，我先走了。你好好休息，祝你在新加坡玩得……噢，是工作得顺利。"

薛葆龄没有听到张乃驰关门下楼的声音，她好像短暂地失去了知觉，直到手机锲而不舍的响铃终于把她从昏沉中唤醒。薛葆龄在衣服堆下找到手机，只看了一眼号码就马上把它贴在耳侧："Wiliiam！"

"是我，你怎么了？"李威连立刻听出了薛葆龄的异样。

"我，没什么……"

"哦。葆龄，你不要去新加坡了。"

"不让我去？为什么？！"薛葆龄大失所望地叫起来。

李威连稍稍沉默了一下，才说："……因为我要提前回上海，所以在新加坡的日程比原来更加紧凑，我确实不可能有任何时间和你会面。"

薛葆龄说不出话来。

李威连等了等，继续说："对不起，这次是我考虑得不周到。我最近要想的事情实在太多，有点兼顾不过来。"

他的声音听上去的确相当疲倦，薛葆龄不忍心了："我知道了，没关系。其实爸爸刚过世，我本来也不该出门的。你……别太累了，注意身体，我等你回来。"

"好。"李威连就要挂机，薛葆龄突然说："William，你最近和Richard之间有什么特别的事发生吗？"

"没有，怎么了？"

薛葆龄吞吞吐吐地说："说不清楚，就是感觉他怪怪的，好像对你越来越不满……另外就是，他急着筹钱要自己成立公司。"

又是短暂的沉默，他才说："我知道了。你休息吧，再见。"

第十三章

　　周一早上，孟飞扬和戴希一起离开家去上班。距春节还有两周的时间，孟飞扬也找到工作了。可惜他们俩的公司在不同的方向，虽然都是搭地铁，却要在中途分道扬镳。

　　这个早晨戴希工作得心不在焉，效率很低。照片整理得差不多了，Lisa告诉她李威连周三回公司，所以戴希要在这两天里完成全部工作，她不得不面对李威连的那些照片了。戴希很郁闷，尽管鼓足了劲，在整个过程中她还是频频走神，戴希对自己相当不满。

　　磨蹭到将近中午，她连十分之一都没搞定，戴希决定惩罚自己，今天中午不吃午饭，继续工作！MSN上跳出好几个吃饭邀请，都是公司里刚认识的年轻男同事，戴希一律无视，后来索性从MSN上脱机——烦死人了！

　　桌上的电话突然响起来，戴希吓了一跳。Lisa在话筒里急促地问："你在啊？怎么不上MSN？"

　　"我……"

　　Lisa打断她，戴希还没听见过她这么紧张的口气："William提前回来了，他要找你，你别挂，我把电话转过来。"

　　刹那间戴希的脑袋一片空白，紧接着她便听到话筒里有人说话："戴希？你好。"

　　"是……呃，你好。"戴希觉得自己简直傻透了。

　　"你还记得'双妹1919'吧？"

"哦，我……记得！"

"很好，我在那里等你。你从公司步行过来，只需要十五分钟。"

戴希放下电话，从桌上一把抓起围巾，一边往脖子上绕一边朝外跑，等站到电梯门前发现大家都在朝自己看，她又扭头往回跑——连外套都忘记穿了！经过自己的桌子，她总算稳了稳神，记起来把电脑关上了。

今天中午的阳光真好，戴希走得太急，拐上"双妹1919"所在的那条小街时，她有点气喘吁吁的，但全身上下都热起来。前面就是"双妹"黑色木格中嵌磨砂玻璃的门了，金灿灿的阳光从门楣上的铜字招牌上折射下来，直晃眼睛，戴希跨上台阶，却对着门后挂的小木牌发起愣来——"CLOSED"。

"戴小姐，请进。"门开了，穿米黄旗袍披着雪白毛披肩的女人半掩在门后，微侧着身子朝戴希微笑。

戴希也对她微笑，这个是温柔版的邱文悦，戴希已经能够辨认出她来了。一踏进房门，满屋的咖啡浓香就引得戴希深呼吸了好几下，这香气很纯粹、很好闻，不像那个雪夜，空气里还混杂着线香、奶油和其他食物的香味，虽然也旖旎浓郁，但却有些不够明净。

整间店堂空荡荡的，只有最尽头靠窗的座位上坐着一个人，是李威连。

邱文悦关上门就往柜台后走去，戴希只好自己走到李威连面前。

"请坐。"他说。

戴希坐下来，阳光从她左侧的大玻璃窗照进来，明晃晃的光柱中全是跳动的微尘，隔着这些她看不太清对面的李威连。戴希把围巾和外套一起放到身旁，悄悄地吁了口气——这里好舒服啊，难怪他不去公司。

"戴希，你是从公司来吗？"

"啊？是啊。"戴希糊涂了，不是他自己打电话到公司的吗？

"那你走得相当快，我挂下电话到现在才刚刚十五分钟。"

"是么？"戴希得意了——我几乎跑过来的，当然快啦，是不是应该表扬我？

"既然在公司上班，为什么不遵守着装规范？"李威连的口气里可没有半点表扬的意思。

"着装规范？"戴希有点发懵，她下意识地瞧瞧自己身上，紧身毛衫和窄腿西裤，还行吧？

"Maggie没有告诉你公司的着装规范吗？"

戴希抬起头，可桌子中间的阳光太亮，她就是看不清阴影中李威连的脸，只好嘟囔了一句："Maggie啊，她什么都不跟我说。"

"是吗？可是新员工入职手册里有详细的说明，你自己从公司内部网站上也能查到。"

"我是看到过的。"戴希低头承认，她现在想起来了，当时自己对着装规范里的严格要求相当不满，尤其讨厌女员工一年四季都必须穿套裙和高跟鞋的规定，所以她今天确实是违反规定了。

"……可大家都这么穿的。"戴希尝试着辩解，声音小得可怜。

"谁允许的？"李威连的语调越发严厉了。

"他们说……只要你不在公司，就可以随便些。"

"他们是谁？"

戴希的手心都出汗了，其实是Lisa这么对她说的，可不能出卖人家呀。

"即使对其他部门人员可以适当宽松，你属于人事部，在这方面就必须不折不扣地执行，否则怎么再去约束别人？"

戴希哑口无言，李威连还不肯放过她："公司有明确规定，违反一次着装规范部门内部警告；两次取消绩效考评优秀资格；三次就直接开除。但作为人事部的员工，如果你让我再看见第二次违规，我肯定立即开除你，决不给你第三次机会！"

好久没人这么劈头盖脸地训过戴希了，她面红耳赤地垂下脑袋。邱文悦端上咖啡来，就在戴希的眼前冒着热气，浓香扑鼻，她连碰都不敢碰。突然，戴希的眼前暗下来，她本能地抬头，原来是邱文悦把窗帘放下了，隔在桌子中间的轻尘光柱骤然消失，她终于可以看清楚李威连了。

其实这才是戴希第三次见到李威连，前两次的时间加起来不超过半小时。再次看清他的面容，戴希发现他对自己差不多还是个陌生人，但又有着某种异乎寻常的熟悉。正是这种说不出缘由的熟悉感，使戴希立刻排除了挨训的懊恼，因为以她见习精神科医生的专业眼光，马上就看出李威连正处在情绪极不稳定的状态中。这种状态是由于过度的脑力劳动和超负荷的精神压力所造成的，每个人对这些因素的承受能力不同，根据戴希所了解到的李威连，他在这方面应该是超级强悍的。他会有现在的状态，一定是压力累积到极限的边缘了。

必须让他放松下来，戴希想，要不然我今天一定还会挨训，不仅仅是我，还会有许多许多人遭殃，好惨哪，我算是替大家顶雷了……

李威连显然也在竭力调整自己的情绪，他沉默了好一会儿，才用稍微和缓的语气对戴希说："喝过这里的咖啡吗？"

"上次来时喝过，蛮好的。"

"嗯，你试试现在的这个。"

戴希端起杯子喝了一口："真苦啊！上次我喝到的没这么苦呀？"

"是，这是用了一种很稀少的咖啡豆品种。"李威连的神情更加松弛了一些，"不过文悦搞错了，她应该给你LATTE，这种ESPRESSO是给我的。我叫她替你换一杯。"

"不要！"戴希连忙说，"我就喝这个吧，挺特别的。"

"也好，喝惯了这里的咖啡，全世界的咖啡都不觉得苦了。"

戴希情不自禁地又看了他一眼，李威连今天的情绪起伏真称得上变幻莫测，从外表看他的神采依旧，但那双眼睛的确疲惫至极，他肯定不会允许自己这样出现在众人面前，但是却叫来了戴希。

李威连做任何事情都是精确计划、目标明晰的，戴希开始模糊地意识到，今天他对她有所期待，而且是很重要、很特殊的期待。

"你的工作完成了吗？"又隔了好一会儿，李威连问。

"还没有，刚完成了80%。"戴希老实回答，预备好再次挨训。

还好，这次李威连没有训她，只是简单地说："速度比我预料的慢些，主要的困难在哪里？"

困难就是你啊！戴希无奈地叹了口气："没有困难，是我自己效率低。"

她的回答似乎让李威连略感意外，他想了想，才说："80%也不错了，谈谈你对西岸化工的感受吧——就是从那些照片里得到的首要印象。"

戴希认真地思索了片刻，字斟句酌地回答："感受很多，最首要的印象嘛……我觉得，西岸化工是一家特别资产阶级的公司。"

"资产阶级的公司？"李威连的表情没有丝毫变化，"说得具体点。"

戴希觉得脊背一阵发凉，论文答辩也不过如此了："嗯，所谓资产阶级的公司，只是我个人选择的一种说法，其实我想表达的是……西岸化工是一家很有传统、很有风格、很有文化，但同时也有些保守、有些奢侈，相当傲慢的公司。"一口气说完这么多形容词，戴希的胸口有点儿发紧、脑袋有点儿发晕。

又是一阵沉默，现在就算借个胆子给戴希，她也不敢抬头去看。终于，她等到了李威连冷冰冰的声音："举例说明你的观点吧。"

戴希有些惊喜——他没有生气呀！不过她还是不敢抬眼，就继续垂着头背书似的往下说："从这些照片里面我看到，西岸化工大中华区每一年的年会，以及其他重要的活动，都选择在上海最顶级的酒店中举行。十年的活动照片里，我好像看到了上海顶级酒店的发展史。不仅如此，我还看到了中国内地、香港、新加坡等等各地最豪华的宴会，以及各种高级俱乐部的活动，有高尔夫的、游艇的、马会的……很开眼界。"

"这很正常，因为我们所面对的客户，以及我们所选择的合作伙伴，本来就属于这个层次。"

"我明白，从树立公司形象的角度来说，这些都是必需的和成功的举措。而且我也相信，这些做法沿袭了西岸化工美国总部的惯例，所以我才说这家公司非常传统。至于风格和文化则表现在更多的方面。包括你刚才提到的着装规范，连男士衬衫使用的袖扣材质和颜色都做了详细规定，难怪我每天进公司都觉得眼前一亮，好像全上海职场里的俊男靓女都集中在了西岸化工。我还发现，公司对员工的形象要求相当高，从照片上就可以看出，哪怕你是凤雏再世，要在西岸化工做到高管也是绝对没可能的。我觉得——只有最传统的老牌资本主义企业才会这样以貌取人。"

"你的说法非常表面,也非常片面。"她的耳朵里飘进他这样的评价。

戴希不由自主地把头抬起来了:"从照片里看问题,当然表面片面了。"她的胆子好像一下子大起来了,不等李威连再问就往下说,"公司的办公场所和装修布置不仅豪华,而且相当有品位,假如不是'逸园'发生的意外事件,西岸化工的办公面积宽敞得简直叫人难以置信。Lisa告诉我,除了典雅气派的大小会议室之外,整个'逸园'里只有不到十间办公室,但每间都有酒吧和附设的更衣室、洗手间。公司的配车也极尽高档,养了好几名司机,甚至连他们都个个英俊,上班时西服革履,戴着雪白的手套。"

"你很会观察。"

李威连的口吻里带出明显嘲讽的意味,却并未使戴希感到不安。她已经敏锐地发觉到,虽然地位、才智、风度和气质,这每一样都赋予了他通身的权威感,李威连还是会时不时地真情流露,这种坦率的态度既表明了他的自信,也是对他人基于平等的尊重。李威连是个严厉的老板,但绝不是个听不得意见的老板。

于是戴希越说越来劲了,两周以来憋在心里的话滔滔不绝地往外冒:"我的感受并不仅仅来自于照片。这两周里我也学习了公司人事方面的很多制度,我得出结论,西岸化工在为员工提供报酬和福利方面非常慷慨,单单一年二十天以上的休假就足够让人羡慕了,连刚进公司的普通员工也能享受到。还有从十年前就开始的购房补贴、无息贷款到购车补贴,从美容卡、健身卡到动辄出国的春游、秋游……我真没听说过,在这些方面还有多少企业可以与西岸化工相匹敌。所以,虽然才上了两个礼拜的班,我就能从公司的每个层面体会到员工的自豪感和归属感,这是由前面所谈到的各方面共同作用产生的效果。"

说得口渴了,戴希端起杯子喝咖啡,李威连此时才等到了发言机会:"我好像看到过,从心理学的角度来分析,让员工产生归属感和自豪感,比单纯的金钱激励更有效果。"

"是呀!"戴希赶紧把咖啡杯放回桌上,一不小心发出"砰"的声响。她截住他的话:"按照马斯洛的需求层次理论,金钱激励只不过满足人的第二层安全需要；而归属感和自尊感则分别属于第三层的社交需要和第四层的尊重需要。因此我才说，西岸化工是一家非常有文化的公司，企业文化有许多方面，而我所说的文化，仅仅是从两周的照片与制度研究中得出的片面和表面印象。"

戴希停下来，等着李威连置评，但他只是静静地看着她在自己面前班门弄斧。

戴希只好鼓足勇气，继续往下说："刚才说的算好的方面，然而任何事物都有利有弊。同样的现象也可以被解读为奢侈和傲慢。人们也许会说：西岸化工所做的这一切，其初衷并非是为了取得员工的高度认可，而只是为了取悦高端客户、满足少数管理者的私欲和虚荣心。另外就是，在全球化的今天，尤其是爆发国际金融危机以后，几乎所有的跨国企业都在强调压缩成本，西岸化工的这种奢华作风会不会显得不合时宜，与时代脱节了呢？"

"金融危机对西岸化工大中华区的影响十分有限。"李威连终于又说了一句话。

"哦，"戴希点点头，"可是Lisa告诉我，从去年年底起，总部也开始推行成本压缩的策略。大中华区虽然用不着裁员，并且还能继续招聘新人，但年底薪资上调和奖金的计划都被暂时搁置了，还有其他的开支项目也在陆续压缩。所以我担心，西岸化工大中华区的奢侈作风又能维持多久呢？就算业务增长再迅猛，也还是有可能被总部和其他地区诟病的吧？"

"我不同意这样的作风就是你所谓的奢侈，何况大中华区一直执行的都是总公司的政策。"

戴希也不知道自己是怎么了，竟然直接反驳起李威连的话来："那不一定吧，虽然政策是总部制定的，具体的贯彻却体现出执行者的风格，也就是——"

"我的风格。"

寂静再度降临，戴希突然很希望刚才的轻尘光柱还存在着，要是有那半透明的旋转帷幕悬在桌子上空，她就能够忽视从对面投来的锐利目光，而不必像此刻这样如坐针毡。

"说下去，你的话应该还没说完。"

戴希没有立即开口，她的脑子飞速运转，想判断清楚目前的形势。对于李威连的反应，戴希依旧没有十分把握，可是内心又有某种声音在坚定地告诉她：你所做的是正确的……她自己也不明白这种信心从何而来，她就是相信——他能够理解她的好意。

"嗯，我到西岸化工毕竟才两周，对别的我确实没有发言权，但是关于着装规范我还想谈谈我个人的看法。"说到这里，戴希大喘了口气，李威连仍旧一言不发。

"我不否认公司的着装规范很必要，也很有品位，相当有效地提升了员工的精神面貌。我只是觉得这个规范太细致，也太拘泥了。假如真的必须有你在场的情况下，才能确保大家对这项规范不折不扣地执行，而其他时间却采取阳奉阴违的做法，也许这个规范本身就存在问题，值得探讨。经典和高雅固然美好，从另一角度也意味着距离和守旧。以我这个新人的眼光来看，我们公司的着装规范多少缺乏一些活力和时代感。这是一个全球化、信息化和不断变革的时代，为什么我们不能在外表上增加更多的灵活度和潮流性呢？反正我就是觉得，西岸化工的员工不应该都像是从银行或者律师事务所里走出来的，那也未免太老气沉沉了。"

"你是想代表年轻人，表达对公司这项制度的不认可？"

戴希差点儿就想说——是的，我们之间有代沟。但实际上她说出口的是："我只是想表达：年轻人对革新的期待。"

"不，我认为你要表达的不是这些。"

"啊？"戴希抬起头来，李威连保持着原先的坐姿，慢条斯理地说："我的结论是，你花了整整二十分钟的时间，兜了那么大一个圈子，目的无非就是——抗议我刚才对你违反着装规定的批评。戴希，你一直就是在狡辩！"

戴希瞪大眼睛愣了足足半分钟，才气鼓鼓地回答："我才不敢狡辩呢！您放心，我接受、全盘接受您的批评！从明天开始我每天都会穿着黑色西装及膝套裙，白色或灰色丝绸衬衣，肉色透明丝袜和假装从连卡佛实际从淘宝上买的黑色七厘米高跟鞋，把发梢吹得朝内卷起，抹无瑕粉底涂哑光口红，戴成套的水钻耳环和项链，不过是仿卡地亚的赝品，胳膊上再挽一个LV或者Gucci的包包，但再次对不起的是我仍旧只能用A货，因为我一个月的工资也不够买一个名牌包何况我现在还没拿到钱！"

李威连放声大笑起来。

在他的笑声中戴希垂下眼睑，悄悄地松开握紧的拳头——谢天谢地，你总算笑了，要不然我真没脸再去见希金斯教授了。

她又不敢看他了，却从心底里感到温暖，这样多好啊：他不仅理解，并且完全接受了她的好意。

"戴希，"李威连笑完了，叫了戴希一声，"你就这么讨厌穿套裙和高跟鞋吗？"

戴希撇了撇嘴："反正我就是不愿意穿得和朱明明一样。"

"她身上的可都是真货。"李威连注视着戴希说，他的眼睛还是很疲惫，但是比二十多分钟前要灵动了许多，"要不要我给你例外的特批？我也不想看到一个山寨版的朱明明。"

"例外的特批？"戴希想了想，"还是不要搞特殊吧。再说，妇女解放本来就是个群体性的诉求。"

"我绝对不会支持此类诉求。"

戴希小声嘟囔："行啦，你是总裁你说了算。"

"除了这个，你还有其他诉求吗？"李威连又沉默了一会儿，突然问道。

戴希直起腰看了看周围，邱文悦远远地坐在柜台后面，无所事事地摆弄着柜台上的老式唱机，不时朝他们两人这里瞟上一眼。店堂里的咖啡香气仍然馥郁醇厚，周围的温度不高也不低，窗帘放下以后，阳光不再刺眼撩人，斑驳的日影洒落在漆黑的护墙板和桌椅间，婉转流动，月份牌上的旗袍女子面容栩栩如生，好像就要带着时光的印迹从过去款款而来……一切都是这样安详而生动，于沉静中悄然释放着诱惑，戴希的心跳有些加速，她连忙按了按肚子，苦着脸问："这个'双妹1919'到底是不是家餐厅啊？"

"是啊，怎么？"

"那为什么我每次来这里都要挨饿？这里没东西吃吗……"

李威连低低地叫了一声："该死！都是我不好，对不起！"他朝柜台上的邱文悦挥了挥手，她会意地向他点点头，立刻往后面的厨房走去。

李威连转过头来，一脸歉意地说："真对不起，其实你来之前我就让文悦为你准备了午餐，可是刚才全给忘了。"他瞥了眼手表，"都快一点半了，你没饿坏吧？"

戴希好奇地看着他："你自己不饿吗？"

他笑了笑："我中午不能吃东西，否则半小时以后我就会睁不开眼睛的。这些天有点累。"

"哦……"戴希看了看他面前的咖啡杯，难怪他不停地在喝咖啡。

"你喜欢日本餐吗？"

"啊？"戴希连忙回答，"喜欢！可是上回来我就没看到菜单，光听说这里的日式定食很有名气。"

"上次来你就是坐的这个座位吗？"

还真是！戴希想起来了，那晚上凶巴巴的邱文忻就是不让自己坐这个位置。她又一次环顾四周，果然其他座位上都有菜单，只有现在这张桌上没有。戴希恍然大悟，原来是这样啊……

"戴小姐。"邱文悦已经来到桌边，轻唤了一声后，就在戴希面前摆下盛满生鱼片的黑漆木盘，光看上去就花团锦簇的，说不出的诱人。邱文悦一边继续有条有理地摆放着其他小碟小碗，一边轻言细语："戴小姐，菜单里厢的是厨师做格，今朝请侬是我亲手做格。侬看看配胃口伐？"

戴希都不知该说什么好了，看看对面，李威连还是一口接一口地喝着咖啡。

邱文悦把东西摆放整齐，满意地看了看，又给李威连端上新的咖啡，这才轻轻靠在他身边的椅侧，继续和戴希闲聊："戴小姐，亏得我做格是日本餐，无所谓呃。否则拨伊搞到现在格个辰光，小菜老早就冷特勒，侬讲是伐？"

虽然在两个人的注视下吃东西很考验人，戴希还是勇敢地往嘴里塞着三文鱼，以此来逃避邱文悦的问话。也许是饿惨了的缘故，总之戴希觉得今天的生鱼片是这辈子吃到过的最好吃的，同时她对邱文悦的好感陡生，尤其喜欢她身上那股子上海女人特有的体贴温存。邱文悦有着典型的上海女人的娇嗲，却没有上海女人的精明，在戴希看来真是可爱极了。唔，也许精明强悍都给那个讨厌的邱文忻占去了吧，戴希想，原来双胞胎还有这么个优势，可以把好坏人格一分为二……

戴希边吃边胡思乱想，邱文悦却光顾着和她聊天："戴小姐，那两个人刚刚讲英文我听勿清爽，不过我看得出伊对侬老凶呃。伊格个人啊，有辰光就是一眼勿讲道理，自家吃力了就对人家乱发脾气，侬勿要睬伊，晓得伐？"

戴希差点儿给芥末呛到，她想笑又不敢笑，可邱文悦已经好几次在向她问话，再不回答就太不礼貌了，戴希只好抬起头，含含糊糊地说："我晓得格，伊就是咖啡吃得忒多了。"这句话刚说完她就飞速低头，还是瞥到李威连眼中的一抹闪光，戴希的脸腾地涨红了，耳朵和脖颈一块儿发起烫来。

"侬闲话讲光了伐？……好走勒。"

戴希真正是大吃一惊，李威连坚持和她说英语，以至于她都快忘记李威连是中国人了。然而现在，她听到他说出这样柔和的沪语，还是用男人对女人才有的既娇惯又埋怨的语气，戴希猛然意识到，李威连原本就是个地地道道的上海男人啊。

邱文悦颇不情愿地走开了。戴希的内心体验着正在愈变愈强的亲切感，这感觉神秘而又奇异，不知不觉地牵引起飘散到邈远边际的思绪，她恍恍惚惚地把筷子放下了。

"吃饱了？"邱文悦一消失，李威连就重新对戴希实行英语政策，令她大感欣慰。

"是，我吃饱了，非常非常好吃，谢谢你。"戴希真心实意地用英语回答，她原先总感觉两个中国人彼此说英语有些别扭，现在才发现要对另一个上海人说上海话，那才叫惊心动魄！

"那就好。把咖啡喝完咱们就走吧，我带你去看看'逸园'。"

"'逸园'？！"戴希很惊讶。

"是的，我听文悦说，前些天你曾经来过这里。"

"啊，是来过的……"

"好了，走吧。"李威连率先站起身来。戴希也忙跟着站起来，外套已经被他拿在手里，她只好由他替自己把外套穿好，尴尬得不知所措，慌慌张张地朝前门走。

"不是那里，跟我走吧。"李威连在她身后说。

戴希又赶紧回头，跟着李威连往店堂后面走去。

柜台旁并列着两扇黑漆木门，一扇虚掩着，门缝里泄漏出厨具亮泽的光芒，还有哗哗的水声，戴希刚才见到邱文悦从这里进出——是厨房。另一扇门则紧闭着，李威连上前拧开黄铜把手，推门走了进去。原来这是一条幽暗的走廊，又窄又短，右侧是墙壁，左侧是向上的楼梯，往前几步开外就是另一扇深褐色的门，比其他门都宽一些，看起来应该是通向户外的。

走廊里没有开灯，从明亮的店堂一进到这里，戴希的眼前哗地落下张黑幕来，只能依稀辨出李威连的背影。她本能地紧靠在他的身后，才走了两步，前面的李威连突然止步，戴希正好撞到他的背上。

楼梯上方有零星的微光，勾勒出一个强硬的姿态，连面孔都是漆黑的。她生冷的话语里似乎也带着黑色的噪音："现在就走？勿上去看看？"

李威连没有回答，径直走过楼梯口。

"伊现在只认得侬！"女人略微抬高声音，李威连头也不回地打开了褐色大门，明亮的阳光迎面扑来，他侧过身轻轻一揽戴希的肩，把她从那双阴郁愤恨的视线下解救了出来。

阳光还是像戴希来时一样绚烂，却无法迅速驱除她全身的寒意，戴希不由自主地打了个哆嗦。

"吓到你了？"

"没有，"戴希局促地摇了摇头，"她们俩长得那么像，可是……"

李威连冷冷地说："长得确实一模一样，并且都非常像她们的母亲——我中学时代的英语教师。"

"哦，我那天见过的。"戴希回忆起坐在轮椅上的老太太，如霜鬓发下还能依稀看见当年的美丽，原来她就是童晓故事里的英语教师。

"她曾经特别为我辅导英语，读中学那几年我每周都会来这里，她就住在楼上。"好像是为了配合李威连的叙述，头顶上响起开启窗户的声音。李威连停下来，注意倾听这从二十多年前延续至今的恶意，脸上现出一抹嘲讽的笑。当然，这只能是自嘲的笑容，因为他的眼神比任何时候都更加凄凉。

专注于往事的他忽略了戴希的异样，李威连没有发现，有人开始在他身边无法控制地战栗起来。

——英语教师、不见天日的窄小楼梯、石库门楼上的房间、每周一次从不间断的特别辅导，以及，令希金斯教授都大加赞赏的优美英语……一阵又一阵的狂暴飓风从心头卷起，滔天巨浪挟带着沉重的真相压下来，戴希给打得几乎站立不住。她不敢相信自己的眼睛，但是她又分明觉得，自己捕捉到了那双脆弱又倔强的翅膀，在心灵的无垠黑夜中奋力拍击……戴希被这个想法彻底惊呆了。她差点儿就要叫出声来："这可能吗？！"

正是一天之内最宁静的时候，寂寂无声的小弄被阳光切割成两半，"双妹"隐在阴冷之中，对面则是"逸园"高耸的院墙。树木枝杈沿着围墙顶端伸展开来，烘托出圆形的阳台和屋顶，都在日光下呈现出温暖的浅金色，上面还笼罩着一层淡淡的烟霞。

李威连率先走下街沿，边走边说："过去这条弄堂很短，就到这里为止，前面的路是后来才打通的，所以在我读书的时候，这条路比现在还要僻静，很多时候一整天都没有人经过。"其实这里现在依旧僻静，戴希来了两次，所遇到的只有邱文悦和她的妈妈。而现在陪伴他们的，就是空洞的回声，嗡嗡地响在耳边，让人的心也跟着空了似的。

狭窄的弄堂几步就横越了，戴希迷迷糊糊地跟在李威连身后，一抬眼，面前赫然就是那天林念真和她一起看到的"逸园"后门。

"看见这扇小门了吗？它是'逸园'的后门，从'双妹'到这里是条捷径，不仅比绕到前面的大马路要近很多，最重要的是，这么走几乎不会被任何人看到……"李威连继续说着，根本不朝戴希看，他是在和许多年前的自己对话，戴希眼睁睁看着他的目光越过现实，投向命运黑暗的最深处，人虽然还近在咫尺，灵魂的线索却像随时会绷裂。戴希吓坏了，她想把他拉回来，但又完全束手无策。

"周一到周六，'逸园'里都有印刷厂的工人上班，只有周日是清静的。因此每个周日，我总是先去'双妹'，然后再穿过这条小弄到'逸园'。为了安全，后门是从里面闩死的，但是对我不成问题，总有人悄悄地为我把后门打开，在'逸园'里有我最好的朋友……"

李威连伸出右手用力一推，门没有开。他愣了愣，回过头来，终于又看见了戴希。

"我搞错了，这里现在进不去。"他低声说。

"我们可以走了吗？我不想进去了！"戴希快要哭出来了。

李威连长长地舒了口气："好的，以后再说吧。"他注视着戴希，神色逐渐镇定，"但是在离开之前，针对你刚才所说的资产阶级风格，我还要解释几句。"

他们面对面站在"逸园"之外，从"双妹"楼上投射而来的阴森目光始终没有离开过。戴希的脑子乱作一团，李威连恢复了自制力的声音仿佛从很远很远处传来：

"中学那些年，我之所以每周都来访问'逸园'，完全是为了遵从我母亲的意愿。她在我念初一的时候就离开上海去了香港。临走前，她带着我第一次拜访了'逸园'的主人——袁伯翰。我母亲的家族和袁家是世交，她从小就认识袁伯翰老先生，称他为伯伯。当时'文革'刚结束，袁伯翰才从下放的农村返回上海。我母亲对袁老先生说，我会一个人暂时留在上海，但她不想对我放任，因此想恳请袁老先生帮忙——教我成为一名绅士。"

说到这里，李威连再次露出自嘲的微笑："当时我就觉得，她说话的口气，好像我已经是半个流氓了。但只要是我母亲的期望，我无论如何都要做到。所以从那以后，我就开始每周一次拜访袁伯翰老先生，来'逸园'上这个匪夷所思的绅士课程。袁老先生对此似乎也没什么周密的计划，他只是很随意地把他认为有用的东西教给我。从圣经开始，他给我讲了东西方哲学，和我探讨世界历史和军事，教我礼仪、穿着、烹调等等，因为他自己是个建筑设计师，所以他给我讲得最多的，还是绘画、音乐和其他艺术……戴希，我想告诉你的是，那段时间我学到的很多东西，包括着装等等全都是纸上谈兵，直到十年以后我才拥有了自己的第一个领带夹。可是今天，我认为我的母亲实在太有远见了。你说得很对，她确实是个充满了资产阶级风格的人。在她看来，粗俗才是这个世界上最大的罪过。当我们贫穷的时候，问题还不太显著，可一旦变得富有，金钱就会成倍地放大粗俗。因此，自从我开始领导西岸化工中国公司的发展，我就始终怀有这样的心愿：让我们的员工在获得财富的同时，也能学会有品位地花钱，追求优雅的生活。我希望大家都能真正地懂得，金钱既非荣耀，也不是负担，它只是身外之物，使用得当才是对它的正确态度……也许是我过分偏执于某些表面文章了，我应该对此进行反思。"

他停下来等了等，戴希却没有丝毫反应。

"戴希？"李威连到底还是发现了她的反常，"为什么这样沮丧？是不是我对你太严厉了？"

戴希无法回答，她觉得自己只要一开口，就会忍不住哭泣的。她现在已经不再问自己，究竟是不是他？……答案几乎是肯定的了。李威连的话她只听了个大概，此刻在戴希的头脑里，反反复复的是另外一个问题：他为什么要告诉我这些？为什么？

其实，戴希差不多能够回答这个问题，但是她不忍心，正如她已经很长时间不忍心看他的眼睛一样——我必须要离开，马上离开，戴希想，否则我肯定会在下一刻崩溃。

"我累了，我想回家。"戴希说。

"好，要不要我派车送你？"

"不！我自己叫出租。"

李威连迟疑了一下："也好，那就一起走吧。先替你叫车，我走回公司。"

站在街边等出租时，李威连说："本来我会用这个下午做一些别的事情，因为和你交谈，我始终没有想到过那些事情。谢谢你，戴希。"

出租车停在他们面前，戴希连再见都没有说就坐了进去。"小姐，去哪儿啊？"出租车司机连问好几遍，终于不耐烦了，"哎哟，小姐啊，前面十字路口，我们到底直行还是转弯啊？"

"回去！"

"回去？回哪儿啊？"

戴希叫起来："就回我上车的地方！"

"什么事情嘛？有毛病啊！"司机骂骂咧咧地掉头往回开。

在他们分手的地方戴希下了车，刚才李威连目送她乘坐的出租车开走，现在这里已经没有他的踪影。戴希茫然地张望着，身边只有陌生人匆忙的脚步。从这个地点向前，就是夹在"双妹"和"逸园"中间的小弄，往左步行一刻钟是西岸化工所在的大楼，但是这两个方向戴希都不愿选择，于是她就往右而去，根本不知道自己会走到哪里。

寒风不停地打在脸上，戴希快步走着，穿过一条又一条的小弄，不知不觉离开大道，在一座雕塑下拐了弯。再往前又是人迹稀落了，偶尔迎面走来的都是背着黑色大包的年轻人，不时有隐约的乐声从路边的乐器店和CD店里飘散出来。

戴希目不斜视地走过音乐学院的大门，沿着围墙继续向前，直到墙内传出持续不断的大提琴曲，她才停下来，站在一棵高大的梧桐树下倾听。时间随着琴声流逝，好像生命的音符一去不复返，悲欢无法捕捉，只能任它们从眼前淌过，埃尔加乐曲中的激情犹如潮汐滚滚而来，又平缓地退去，戴希的心绪在琴声中渐渐平静下来。

大提琴曲结束了，戴希拨通手机。

"Jane，你好。我是戴希，希金斯教授在吗？"

"是戴希啊，你好。真不巧，他去北京参加国际心理学论坛了，昨天走的，要后天晚上才会回来。你有急事找他吗？"

"唔……不急的。就是关于研究课题的事，等教授回来我再给他打电话吧。"

"也行。戴希,你这些天好吗?新工作习惯吗?"

"都挺好的,谢谢你。"戴希停了停,"Jane,我想问你一个问题。"

"什么问题?"Jane的声音听上去是那样温柔,使戴希感觉有所依靠。

戴希把手机握得更紧些:"Jane,假如有人寻求你的帮助,而你又不能肯定自己是否能够帮到他,你会选择退缩吗?还是仍然尝试着去帮他?"

电话里稍静了片刻,柔缓的声音再次响起:"戴希,我认为——帮助是一个行动,而不是一个结果。你觉得呢?"

戴希思索着:"……也许是吧。"

"另外就是,其实我们都有这样的经验,有时候向别人请求帮助比帮助别人要困难得多。"

"哦,你说得对……"戴希低下头,就在不久之前她亲眼目睹了求助者的挣扎,他每说一句话都好像在悬崖边行走,在短短的一小时中几乎耗尽了心力。

"所以我想,对求助者来说,你的态度比能力更加重要。戴希,你是学习心理学的,你肯定懂得这个。"

"我懂了,谢谢你,Jane。"

戴希回到西岸化工时已经过了下午五点。她一打开电脑就在MSN上找到了Lisa,Lisa告诉她李威连三点不到就回来了,随即和化肥/农药部门的总监Mark关门开会,谈了整整两个小时。Mark一走,有机/无机部门专门负责合资生产的Raymond紧跟其上,估计这一谈少说也得两小时。戴希请Lisa帮忙,李威连一旦有空闲就通知自己,戴希要向他汇报整理照片的工作情况。

随后戴希就开始做先前没有完成的工作,这一次她心无旁骛,工作的进展神速,当孟飞扬的电话打过来时,只剩下最后的10%了。戴希一接起电话,才想起来今天约好了和飞扬、童晓一块儿吃晚饭,他们俩都已经到了餐厅，等了她一会儿见没有消息，孟飞扬才打电话来问。戴希只好说对不起，今天要加班没法陪他俩，她忙坏了所以忘记通知。

孟飞扬犹豫片刻，才说好吧，戴希能听出他的失望和不快，但是今天她真的顾不上其他了——"对不起，飞扬。"戴希又说了一遍，"你让童晓听电话好吗？我有些情况要跟他讲。"

"喂？女魔头，什么情况啊？"

戴希吸了口气："我今天了解到两件事要告诉你，第一，李威连根本不是袁伯翰出事那天才第一次去'逸园'的。实际上在读中学的六年里，他每周日都去见袁伯翰，学习绅士课程。"

"什么课程？"

"绅士课程。因为他一直很小心，所以没有外人知道。"戴希继续说，"第二，李威连的确早就认识袁佳，他们是……曾经是最好的朋友。"

童晓应该是呆了呆，才说："这些情况怎么这么古怪？你都是从哪里打听到的？"

戴希突然发起脾气来："这你别管，反正我告诉你了，信不信由你吧！"她把电话挂断了。

"女强人的脾气都会变得暴躁吗？"童晓无奈地冲孟飞扬摇头。孟飞扬沉默着，脸色不太明朗。

电脑时钟显示七点了，戴希在MSN上振了振Lisa："他有空了吗？"

"啊，我刚给他订好了顶楼'锦翅轩'的包房，他和Mark、Raymond一起吃晚饭，他们已经上去了，估计吃完就十点了。"Lisa说，"戴希，William让我下班，你也走吧。"

戴希不甘心："十点以后呢？"

"十一点钟他要和董事会开视频会议，肯定会在公司。"Lisa发来一朵鲜花，"亲爱的戴希，你不会打算一直等下去吧？"

"我等着。"

"呃……随你啦。姑娘，你可要保重啊！"

"谢谢你,我会的!"

戴希继续埋头工作,中午的生鱼片真耐饥,她居然一点儿不觉得饿。就在她终于大功告成的时候,突然听到有人在叫她:"戴希,你怎么还在这里?"

戴希抬起头,李威连就站在她面前,从他的身后望出去,整间办公室空空荡荡。戴希忙问:"几点啦?"

"十点三刻。"他注视着戴希,"你不是早就回家了吗?"

"我……在加班。"戴希发现自己还是受不了他的目光,只好低下头,"我把剩下的20%都做完了。"

"你到我这里来。"

戴希跟着李威连走进他的办公室,他把门关上了。

"这个还给你。"戴希把移动硬盘放到他的桌上。

李威连看了她一会儿,才说:"下午和你分手时我说的话,希望你不要误解。我的意思是说……我一向能够控制局面,但是现在的状况需要我更加谨慎,我不想出一点差错……"他皱了皱眉,"这样说也许不太容易理解……"

"我明白!"戴希打断他,他又开始挣扎了,她真不希望看见他这样。实际上戴希可以很容易地说,我知道你是怎么回事,我对你的了解远远超过你的想象,但是她也清楚地知道现在决不能这样说——时机,不,是信任还没有到。

李威连又沉默了,好像在想自己的心事。过了好一会儿,他才对戴希苦涩地笑了笑:"真巧,我刚才也一直在考虑你的事。我认为你需要尽快接受完整的新员工培训,从而全面地了解公司。但是新员工培训每季度组织一次,你恰好错过了一月份的,要等到四月份才有下一次,我觉得有点儿晚……最近倒是有一个不错的机会——亚太区的新入职经理培训,在香港举办,不仅内容非常全面,你还有机会认识亚太区的许多新经理,以及高级管理层。唯一的问题是,培训的日期是从农历新年的初四到初七,因为对于亚太区的其他地方来说,并没有春节长假。当然,如果你参加这次培训，假期都是可以补的。你考虑一下吧，这两天就决定，我会让Maggie替你安排。"

他停下来，又看了看戴希，补充说："那段时间上海的办公室关闭，我……也会在香港。"

戴希的心狠狠地痛了痛，没有说话。

李威连朝门边走去："太晚了，快回家吧。我只能送你到电梯，马上要开会。"

"我考虑好了。"戴希站在原地说，"我愿意参加香港的培训。"

他紧紧地盯住她，然后掉转目光："那好，走吧。"

走到电梯前，李威连说："我会给Maggie留言，说你今天加班了。明天下午再来上班吧。"

过了十二点戴希才回到家。孟飞扬已经睡熟了，呼吸里散发出阵阵酒气，这个晚上他一定喝了不少。戴希把今天整理的照片全部存在"咨询者X"的目录下，这是她偷偷拷贝到U盘里带回来的。之后，戴希抱着双膝坐在电脑前，又想了很久很久。

孟飞扬在酣眠中呢喃，将戴希缥缈的神思唤回。她躺到床上，把冰冷的面颊靠在他的肩窝里，轻声说："我爱你，飞扬。千万不要让我再离开你呀。"孟飞扬翻了个身，依旧沉睡不醒。